brelan de dames

Barbara Cartland est une romancière anglaise dont la réputation n'est plus à faire.

Près de trois cents romans variés et passionnants mêlent aventures et amour.

Les Éditions J'ai Lu *en ont déjà publié plus de cinquante que vous retrouverez dans le catalogue gratuit disponible chez tous les libraires.*

Désormais les Éditions J'ai Lu *publient également* Les romans préférés de Barbara Cartland, *un choix des livres qui ont enchanté sa jeunesse.*

BARBARA CARTLAND

brelan de dames

traduit de l'anglais par Philippe Barbier

Éditions J'ai Lu

Ce roman a paru sous le titre original :

THE PASSIONATE PILGRIM

1

Un bruit de pas sur la terrasse fit sursauter Randal Gray. Il jura à voix basse :

– Bon sang de bonsoir!

Il avait pourtant donné des ordres précis : on ne devait le déranger sous aucun prétexte. Mais, décidément, les domestiques français étaient tous les mêmes : pour peu qu'on leur donnât un bon pourboire, ils ouvriraient votre porte au diable.

– Zut!

Il était si fatigué, si las, après ces interminables journées, ces nuits et ces semaines de vacarme, de musique et de bavardages, qu'il n'aspirait plus qu'à s'étendre, le dos au soleil, pour jouir de la chaleur et se laisser glisser dans un sommeil sans rêve.

C'étaient les bavardages, plus que toute autre chose, qui l'avaient mené au bord de la dépression, ces interminables discussions dont le rythme ne diminuait à aucun moment, à tel point que, même lorsqu'il se retrouvait seul, l'écho des voix résonnait encore à ses oreilles.

Des voix se rapprochèrent. Randal se rendit compte que ses poings se serraient avec férocité, tandis qu'une vague de haine envahissait tout son corps. Il fit un formidable effort de volonté pour se détendre.

C'était ridicule. Ce n'était que de la comédie. Combien de fois s'était-il juré de ne jamais céder à ces mouvements d'humeur! D'habitude son bon sens et son humour étaient ses meilleurs moyens de défense. Mais il se sentait si fatigué et si vulnérable en ce moment...

Le bruit se rapprochait; un bruit de pas et de voix qui empiétait sur sa vie privée. Il savait que dans un moment il devrait se lever et saluer de prétendus amis. Pendant quelques instants, il crut avec toute la force du désespoir qu'en le voyant ainsi étendu, immobile, les yeux fermés, ils le croiraient endormi et s'en iraient. Mais tout en formulant cette pensée, il la savait ridicule. De toute façon, dans le monde où il vivait personne ne s'en allait et encore moins lorsque c'était lui qu'on venait voir. Ses visiteurs se montraient toujours persévérants.

Randal se mit à rire tout seul.

« Mon Dieu! Je deviens comme un enfant gâté », pensa-t-il.

Avec un effort qui pour lui était presque surhumain, il s'assit sur le matelas blanc rayé de rouge sur lequel il était étendu au bord de la piscine.

Deux personnes l'observaient; pendant un instant, il les fixa d'un regard vide. Il s'était attendu à voir quelques-unes de ses nombreuses relations disséminées sur la Côte, de Cannes à Monte-Carlo. Il avait pensé à un certain nombre de personnes susceptibles de lui rendre visite lorsqu'il avait donné l'ordre à Pierre de ne laisser entrer personne dans la villa, tout en sachant qu'il ne serait pas obéi.

Pierre avait été trop longtemps à la villa d'Azur au service de Mme de Montier pour ne pas connaître la plupart des personnalités qui, d'année en année, affluaient sur la Riviera à la recherche du soleil et des plaisirs d'une société cosmopolite.

Sans aucun doute il trouvait plus avantageux, pensait Randal avec mauvaise humeur, de conserver de bonnes relations avec ceux qui lui avaient déjà prouvé leur générosité et qui seraient susceptibles, dans l'avenir, de se révéler une source fructueuse de revenus, plutôt que de rester en bons termes avec l'étrange et inexplicable hôte que Madame avait laissé dans la villa lorsqu'elle était partie précipitamment pour l'Amérique.

Pierre ne pouvait pas apprécier un jeune homme qui désirait ne pas recevoir, qui voulait garder la fameuse piscine pour lui seul et s'arrachait péniblement d'un lourd sommeil pour avaler les délicieux repas qu'on lui préparait.

Oui, Randal s'était attendu à ce que sa solitude soit forcée tôt ou tard; mais il fut surpris que ces intrus aient, à première vue, l'apparence de parfaits inconnus. L'homme, d'un certain âge, était grand, vêtu de l'inévitable blazer bleu orné de boutons dorés et d'un pantalon de flanelle blanche, comme s'il venait de descendre d'un luxueux yacht ancré au port. A son côté se trouvait une enfant qu'une tenue trop recherchée rendait plutôt ridicule. Elle portait une robe en organdi à volants de dentelle qui aurait été mieux à sa place à Paris que sur la Riviera, dans la chaleur vibrante de l'après-midi.

Les visiteurs, debout, l'examinaient avec gravité. Du moins l'expression du visage de l'enfant parut-elle particulièrement sérieuse à Randal. Puis l'homme lui tendit la main et, dès qu'il se mit à parler, Randal reconnut en lui un type de visiteurs qui ne lui était que trop familier.

– Mon cher ami, pardonnez-nous de nous introduire de la sorte, dit l'homme. Votre domestique nous a dit que vous souhaitiez être seul, mais je l'ai persuadé de nous laisser entrer en lui affirmant que j'étais un de vos plus anciens amis, presque un père pour vous.

Randal se leva lentement. Il serra la main de l'homme, tout en essayant de se rappeler où il avait entendu cette voix profonde et enjouée, où il avait vu ce visage marqué par la débauche, mais qui avait dû être extrêmement beau. Il semblait impossible qu'il ait pu oublier ces yeux très enfoncés et étincelants qui avaient un charme étrange, magnétique, au point que, en dépit de la colère qu'il avait éprouvée à être dérangé, il lui sourit spontanément et sans effort tout en l'écoutant.

– ... J'ai dit à votre domestique, continua le visiteur de sa voix profonde : « Non, M. Gray ne nous attend pas! Comment, au nom du ciel, le pourrait-il, alors qu'il ignore que nous sommes ici? Cela doit faire près de vingt ans que nous nous sommes rencontrés et vingt ans dans la vie d'un jeune homme, c'est long! Toutefois si Randal ne m'avait pas connu il y a vingt ans, il ne serait pas ici aujourd'hui, et ne serait pas en train de prendre un repos bien gagné après le brillant succès qu'il a remporté sur les deux continents. Il serait... eh bien, que serait-il en train de faire? Il serait dans un bureau, occupé à faire des comptes. »

Ces dernières paroles furent accompagnées d'un geste spectaculaire et d'un affaiblissement de la voix qui auraient révélé, même à un profane, que l'orateur avait été formé pour la scène. Il y eut une pause, une pause théâtrale, et Randal alors s'exclama :

– Bien sûr, j'y suis! Vous êtes D'Arcy Forest!

– Mouche du premier coup! s'écria l'homme. M'avez-vous oublié?

– Non, bien sûr je ne vous ai pas oublié, répliqua Randal, mais il y a si longtemps que nous ne nous sommes rencontrés. Quatorze années pour être exact, et non vingt!

– Quelle importance, mon cher? demanda D'Arcy Forest. L'important c'est que je crois vous avoir rendu service à cette époque.

Randal fit un signe de tête.

– Vous avez parfaitement raison! Sans vous, je serais entré au service d'un avoué comme mon père le voulait. En fait, je suis allé à Oxford.

– Et vous avez bien fait! s'écria D'Arcy Forest.

Enfin! Je me suis souvent demandé ce que vous deveniez. J'avais pressenti, alors que vous n'aviez que dix-huit ans, qu'un brillant avenir vous attendait et lorsque, en lisant la semaine dernière un article consacré à votre succès à New York, j'ai vu dans le journal que vous étiez ici, j'ai dit à Sorella : « Je vais te présenter un jeune homme très célèbre, ma chérie, un jeune homme dont j'avais deviné la valeur voilà quelques années. »

Il se tourna vers l'enfant debout à ses côtés. Randal la regarda avec plus d'attention. Elle n'était pas aussi jeune qu'il avait d'abord cru. « Elle doit avoir douze ou treize ans », décida-t-il. C'étaient ses vêtements qui la rajeunissaient. Ces ridicules manches à volants, ces ourlets bordés de dentelle et les rubans dont on l'avait affublée lui donnaient l'allure grotesque d'une poupée de carnaval.

Elle le fixa avec gravité. « Elle n'est pas belle », pensa-t-il. Elle était petite et mince au point d'en être laide; ses cheveux, presque noirs, pendaient sur ses épaules en mèches désordonnées; ses joues étaient d'une pâleur étonnante. Seuls ses yeux étaient d'une beauté exceptionnelle; bordés de longs cils noirs, ils étaient d'un vert semblable à la mer avant la tempête.

Son père passa tendrement son bras autour de ses épaules.

– Vous n'aviez pas rencontré ma petite Sorella, dit-il. Elle n'était qu'un bébé lorsque je vous ai connu, un bébé heureux et protégé par l'amour de sa mère, qu'elle devait perdre dans des circonstances tragiques.

Il s'arrêta un moment et bien qu'il ne fît aucun geste, Randal sentit que, moralement, il essuyait une larme de son œil.

– Je ne peux pas vous expliquer ce que ma petite Sorella a représenté pour moi, dit-il peu après avec un sanglot dans la voix. Nous avons été tout l'un pour l'autre. Je ne sais pas comment j'aurais survécu sans elle.

Randal se sentit mal à l'aise. L'homme exagérait et cependant il y avait quelque chose de si sincère dans son émotion qu'il ne put s'empêcher d'en être touché. Il se tourna un peu nerveusement vers les balançoires à baldaquin et les fauteuils recouverts de coussins, disposés avec goût sur la terrasse. Il remarqua alors que Sorella ne s'abandonnait pas à l'étreinte de son père. Il y avait dans ses yeux une expression qui le choqua presque.

Randal n'était pas sûr d'interpréter cette expression correctement. On pouvait la prendre pour de la timidité, de la gêne ou de l'ennui; et pourtant, il devinait que c'était un sentiment plus profond, assez proche du mépris.

Mais qu'est-ce qui pouvait expliquer le mépris de Sorella? Randal n'en avait aucune idée et il se dit qu'il valait mieux ne pas s'intéresser à cette enfant peu avenante. Toutefois, lorsqu'il s'assit avec ses hôtes dans les confortables fauteuils, c'était Sorella qui l'intriguait.

Maintenant, il se souvenait bien de D'Arcy Forest, un acteur de la vieille école. Forest avait fait connaissance de la mère de Randal à l'occasion d'une représentation de charité au théâtre local.

Les parents de Randal vivaient à Worcester à cette époque. Son père était directeur de banque. C'était un homme sévère, qu'un complexe d'infériorité rendait à la fois dogmatique et solennel. Il était satisfait du médiocre succès qu'il avait obtenu dans sa profession et n'attendait rien de plus de la vie.

C'était la mère de Randal qui avait de l'ambition pour son fils. Elle venait d'une famille de hobereaux désargentés et avait décidé, dès sa naissance, d'envoyer Randal dans une bonne école privée. Cette décision avait représenté beaucoup de sacrifices financiers, mais lorsque D'Arcy Forest fit son apparition dans leurs vies, Randal venait de terminer son dernier trimestre à Marlborough.

Mme Gray faisait partie d'un comité de dames charitables qui avait persuadé le directeur du théâtre de la ville d'organiser une soirée de gala pour la première d'une pièce de Charles Dickens, *Histoire de deux villes*, dont la recette devait aller à l'hôpital pour enfants. Le directeur fut vite convaincu. Son sens des affaires lui fit entrevoir la possibilité d'inscrire suffisamment de dépenses au compte de la nuit de gala pour se prémunir contre un déficit en cas d'échec; en même temps il obtenait une abondante publicité gratuite.

Il se dit aussi, bien qu'il n'eût aucune ambition sociale, que la présence du représentant de la Couronne dans le comté, du maire et d'un certain nombre de personnalités bienfaitrices de l'hôpital favoriserait le développement de son théâtre. Et qui plus est, il s'attirerait aussi les remerciements du public qui considérerait son geste comme un acte de générosité.

La compagnie était aussi enchantée que le directeur. Comme la soirée de première dans toutes les villes avait lieu un lundi, ils avaient l'habitude de jouer devant une salle à moitié vide, dans une atmosphère glaciale. Dès le troisième acte, ils étaient tous si déprimés qu'ils attendaient la fin de la représentation avec impatience pour regagner leurs chambres ou se trouver dans l'ambiance plus chaleureuse d'un pub.

D'Arcy Forest, dans le rôle de Sidney Carton, était remarquable et Mme Gray, comme beaucoup d'autres dames présentes, sentit des larmes lui piquer les yeux lorsqu'il prononça le fameux monologue sur les marches de l'échafaud. Avec les autres membres du comité, elle alla le féliciter dans sa loge et le remercia pour le rôle qu'il avait joué dans le succès de la soirée. Elle fut tellement séduite par ses manières charmantes qu'elle l'invita à déjeuner.

D'Arcy Forest avait accepté avec plaisir et, bien que

Mme Gray eût regretté par la suite son invitation précipitée, elle ne put s'empêcher d'éprouver une soudaine émotion lorsque, le dimanche suivant, elle le vit entrer dans son salon.

Pendant les trois jours qui avaient précédé le déjeuner, la famille avait été divisée. Père, mère et fils n'avaient eu qu'un seul et unique sujet de conversation. Ce fut une crise qui les affecta beaucoup plus profondément qu'aucun autre événement n'aurait pu le faire. Même le danger imminent d'une guerre n'avait pu détourner leur attention du problème qui se présentait à eux.

Toute famille bourgeoise se trouvait d'ailleurs un jour ou l'autre confrontée à ce problème : quelle carrière allait choisir Randal ?

Son père avait pour lui des projets précis. Le frère aîné de M. Gray était avoué à Kidderminster. Plusieurs années auparavant il lui avait écrit pour lui suggérer de faire entrer le jeune Randal dans son cabinet quand il aurait fini ses études. Cette proposition avait paru à M. Gray tout à fait satisfaisante. Il avait donc accepté l'offre de son frère et avait souvent parlé à Randal de l'avenir qui l'attendait.

Et voilà qu'au moment précis où Randal aurait dû faire ses bagages et se mettre en route pour Kidderminster, la situation était bouleversée. Au cours de son dernier trimestre à Marlborough, Randal s'était présenté à l'examen d'entrée d'Oxford. Il en avait parlé à ses parents, mais n'avait pas trop insisté sur ce sujet. Comme ceux-ci ne considéraient pas leur fils comme exceptionnellement intelligent, ils avaient prêté peu d'attention à ces projets.

La nouvelle que Randal avait obtenu sa bourse d'études avait éclaté comme une bombe. Le jeune homme lui-même en avait été le premier surpris. Il s'était inscrit pour faire plaisir à son professeur principal qui avait une haute opinion des capacités de son élève et, à cette occasion, son désir de faire plaisir eut des résultats d'une grande portée.

Sa mère souhaitait qu'il acceptât la bourse d'études. Elle avait lutté courageusement pour que son fils aille dans une école privée, et son entrée à l'université semblait être le couronnement de ses efforts.

M. Gray, au contraire, déclara que ce n'étaient que des inepties. La bourse n'était pas très importante; cela entraînerait beaucoup d'autres dépenses et il considérait qu'il avait suffisamment dépensé d'argent pour le jeune Randal. Il était temps que le garçon gagnât sa vie en acceptant le travail qui l'attendait à Kidderminster. Randal lui-même avait à peine droit à la parole. Etant très attaché à ses parents, il trouvait difficile de prendre parti pour l'un ou pour l'autre, en portant ainsi un coup cruel à celui avec qui il serait en désaccord. Il resta silencieux et laissa la tempête se déchaîner autour de lui.

– J'ai invité M. D'Arcy Forest à déjeuner, dit Mme Gray au petit déjeuner. Je suis contente qu'il vienne pour une raison au moins : nous parlerons de quelque chose d'autre que de l'avenir de Randal. Je suis fatiguée de cette discussion. Il va à Oxford, un point c'est tout.

– Il va à Kidderminster! rugit M. Gray en frappant la table de son poing si violemment que les tasses sautèrent dans leurs soucoupes.

Pourtant, D'Arcy Forest n'était pas dans la maison depuis plus de dix minutes qu'il se trouvait déjà impliqué dans la discussion capitale sur l'avenir de Randal.

Il défendit son opinion avec fougue. Il se rangea du côté de Mme Gray avec une autorité impressionnante et une éloquence irrésistible.

– Ne voyez-vous pas ce que cela signifie pour un jeune homme? demanda-t-il à M. Gray. Et il vanta les traditions de l'université d'Oxford, sa place dans la civilisation et le rôle qu'elle jouait dans la formation de ceux qui étaient appelés à constituer l'élite de la nation. Il parla avec une telle ferveur que M. Gray en fut impressionné.

– Peut-être étiez-vous vous-même à Oxford, monsieur Forest? hasarda-t-il enfin lorsque le comédien s'interrompit pour manger l'excellent roastbeef qui venait de lui être servi.

– Hélas, je n'ai pas eu cette chance! répondit D'Arcy Forest avec nostalgie. Je gagne ma vie depuis l'âge de quinze ans; mais si j'avais un fils je me priverais de manger pour lui donner la possibilité de faire les études que je n'ai pas pu faire, et pour qu'il puisse se désaltérer à la fontaine de la Sagesse.

C'était incontestablement l'éloquence de D'Arcy Forest et les remarques incessantes de Mme Gray qui lui avaient permis d'aller à Oxford. Il n'avait jamais revu D'Arcy Forest jusqu'à ce jour et il doutait que ses parents aient jamais eu une pensée pour l'acteur après que la compagnie qui avait joué *Histoire de deux villes* eut quitté Worcester. Mais que cette visite eût été déterminante pour lui, Randal serait le dernier à le réfuter.

– Et êtes-vous toujours comédien? demanda-t-il, en plissant les yeux pour se protéger du reflet éblouissant du soleil sur l'eau de la piscine.

– Non, j'ai quitté les planches il y a bien des années, répliqua D'Arcy Forest. C'est une longue histoire, mon garçon, et je ne vais pas vous ennuyer. Il suffit de dire que lorsque ma femme mourut et me laissa seul avec ma fille encore bébé, j'ai dû renoncer à ma carrière pour m'occuper d'elle. Ma santé ne me permettait d'ailleurs plus d'exercer ce métier dans de bonnes conditions. Bien que je regrette souvent les feux de la rampe et que j'aie la nostalgie de l'odeur du fard, je sais que j'ai bien agi en quittant le théâtre. Il n'y a plus de place pour les vrais acteurs aujourd'hui.

Randal poussa un soupir de soulagement. Il avait craint que D'Arcy Forest ne lui demandât un rôle dans une de ses pièces. Il aurait été navré de devoir lui opposer un refus.

Il ne s'en faisait pas trop lorsque ceux qui cherchaient sa protection étaient jeunes. Il pouvait dire à un jeune homme ou à une jeune femme qu'ils feraient mieux de trouver un autre métier que celui de comédien; mais le désespoir de ceux qui étaient âgés lui déchirait le cœur et le blessait d'une façon intolérable. Ils ne savaient rien faire d'autre et ils gardaient toute leur foi dans leur talent d'acteur. Perclus de rhumatismes ou si faibles que leur voix hésitante était à peine audible au delà du premier rang d'orchestre, ils croyaient néanmoins qu'ils étaient capables de décrocher un rôle difficile et de le tenir.

La foi était souvent la seule chose qui leur restait; et Randal savait que, s'il la leur retirait, il ne leur resterait rien d'autre à faire que de rentrer chez eux et de mourir.

Il se laissa glisser sur les coussins. Son appréhension était dissipée et il se mit à rire de ce que son hôte disait.

D'Arcy Forest était amusant, cela ne faisait aucun doute. Il savait capter l'attention de son auditoire et ce fut avec un tressaillement de surprise que Randal s'aperçut qu'il était 4 h 30 et qu'il l'avait écouté pendant plus d'une heure et demie.

– C'est l'heure du thé, dit-il. A moins que vous ne préfériez un rafraîchissement? J'aurais dû vous en offrir un dès votre arrivée, pardonnez-moi.

– Ne vous excusez pas, mon cher, dit D'Arcy Forest. Petite Sorella et moi-même venions de déjeuner lorsque nous sommes arrivés. Toutefois, maintenant, je ne refuserais pas un verre.

A côté de la piscine se trouvait une grotte décorative qui contenait un interphone. Randal appela Pierre dans l'office.

– Descendez des boissons, dit-il, et du thé pour moi.

Attendez une minute. (Il se tourna vers D'Arcy Forest.) J'ai oublié votre fille. Qu'aimerait-elle?

Randal cherchait Sorella des yeux tout en parlant; mais l'enfant semblait avoir disparu. Pris sous le charme de la conversation de son père, il avait oublié sa présence. Soudain il la vit à l'autre extrémité de la piscine. Elle leur tournait le dos, tranquillement assise sur les rochers qui surplombaient la mer dont les vagues clapotaient paresseusement.

Il ne se sentit pas le courage de la rappeler.

– Deux thés, ordonna-t-il, et il replaça l'interphone.

– Qu'est-ce que votre fille fait là-bas? demanda-t-il avec désinvolture.

– Ce qu'elle fait? (Pendant un instant D'Arcy Forest parut interloqué, puis il rit.) Oh, elle trouve toujours le moyen de s'occuper.

Il y avait quelque chose de mielleux dans sa réponse qui éveilla les soupçons de Randal. Pour la première fois, il jeta un regard inquisiteur sur D'Arcy Forest, en considérant en lui non plus l'homme du monde à la conversation agréable, mais le père responsable de l'éducation d'une jeune enfant. Le succès que remporta sa première pièce avait fait de Randal un auteur dramatique en vue. Et lui qui, jusqu'à l'âge de vingt-cinq ans, n'avait jamais rencontré le moindre acteur, la moindre actrice, à l'exception de D'Arcy Forest, les côtoya du soir au matin. Sept années avaient passé et il continuait à être fasciné par le monde du théâtre.

Il faut dire que le théâtre laissait une marque indélébile sur tous ceux qui l'approchaient. Il aurait reconnu que D'Arcy Forest était un acteur, l'eût-il rencontré au milieu d'un désert ou dans les neiges de l'Alaska. Tout en lui trahissait sa profession : la manière dont il marchait, parlait ou plaçait son chapeau sur ses cheveux gris.

Et pourtant, à propos de D'Arcy Forest, plus que le

nom d'acteur, c'est celui d'aventurier qui vint à l'esprit de Randal. D'Arcy appartenait à une race d'hommes qui s'était éteinte au début du siècle. De nos jours, les petits escrocs avaient perdu leur charme.

D'Arcy Forest était capable de vous voler avec une telle élégance, une telle éloquence et de si bonnes manières qu'il vous aurait en même temps persuadé qu'il est agréable d'être volé. Voler était peut-être un mot trop fort pour désigner le genre d'exaction dont pouvait se rendre coupable D'Arcy Forest. Il s'agissait plutôt d'un emprunt jamais remboursé, d'un investissement qui ne rapportait aucun dividende, d'invitations jamais rendues. A l'écouter parler et à observer l'expression vive et calculatrice de ses yeux, Randal devina que ce sourire cachait un esprit agile qui était en train de s'interroger sur la manière de tirer le meilleur profit de leur rencontre.

Malgré les apparences, Randal était certain qu'il avait besoin d'argent. Il y avait une recherche trop calculée dans sa tenue; le riche peut avoir l'air pauvre, cela lui importe peu, mais il faut toujours que le pauvre ait l'air riche.

Tandis que Pierre apportait les boissons et les plaçait sur une table basse près des deux hommes, Randal pensa que tôt ou tard il lui demanderait de l'argent. S'il n'était pas venu pour solliciter un rôle, c'était pour de l'argent.

Cependant, pour une fois, Randal n'éprouvait aucune gêne.

Il n'avait pas été riche assez longtemps pour se sentir à l'aise dans le rôle du bienfaiteur généreux. Il détestait l'expression que les gens avaient sur leur visage lorsqu'ils étaient sur le point de lui emprunter de l'argent, une expression cupide et vorace, teintée de ressentiment. Il s'était mille fois reproché d'être aussi sensible, mais chaque fois que cette situation se présentait, il la redoutait.

Cependant, cette fois, de façon tout à fait inattendue, il n'avait aucune appréhension. Au contraire, il était amusé. C'était certainement dû à l'extraordinaire charme de D'Arcy, pensa-t-il. Le souvenir de son père écoutant D'Arcy Forest pendant le fameux repas traversa son esprit. Il se rappelait que sa mère avait accordé beaucoup d'attention aux propos du comédien, tandis que lui-même éprouvait un sentiment d'admiration mêlé de réprobation. Maintenant qu'il était plus mûr, il pouvait évaluer dans toute son étendue l'impression que cet homme arrivait à produire par son éloquence.

Et cependant, il se rendait compte que, dans bien des milieux, D'Arcy Forest devait être considéré comme un homme vulgaire même si, captivé par son magnétisme, on était contraint de l'aimer.

Oui, magnétisme était le terme juste.

Pierre finit d'arranger les couverts pour le thé puis se recula pour contempler son œuvre.

– Les gâteaux, c'est assez, monsieur? demanda-t-il.

– Je pense que oui, répondit Randal. Sinon je vous appellerai.

– Très bien, dit Pierre en s'inclinant.

Puis il se retira en jetant un regard significatif à D'Arcy Forest. Lorsqu'il fut hors de portée, Randal demanda :

– Combien avez-vous donné à Pierre pour entrer? Pardonnez-moi de vous le demander, mais je suis curieux.

– Combien? Mais, mon garçon, je ne suis pas Crésus, répliqua D'Arcy Forest. Je ne donne jamais de pourboire lorsque je peux m'en dispenser. Ce qui n'est pas toujours facile ici : les Français sont si déconcertés s'ils ne reçoivent pas automatiquement ce qu'ils attendent. Non, j'ai seulement parlé à votre domestique et, s'il est déçu lorsque je partirai, la leçon lui aura été utile.

Randal rejeta la tête en arrière et rit. C'était le genre de franchise qu'il aimait. Si peu de gens à la place de D'Arcy auraient avoué leur avarice! Il prit la théière.

– Je tiens à prendre le thé, même en France, dit-il. Je pense qu'il est inutile de vous offrir un sandwich ou des gâteaux?

– Je mange rarement entre les repas, répondit D'Arcy Forest, et jamais lorsque je bois.

– Et votre fille?

– Sorella, viens prendre ton thé! dit D'Arcy en élevant le ton.

Elle ne bougea pas. Il cria à nouveau :

– Sorella!

Elle resta assise encore une ou deux secondes; Randal se rappela combien il lui avait été pénible d'ouvrir les yeux et de se lever lorsque ses hôtes étaient venus le déranger. « Mais elle ne dort pas », se dit-il en observant l'enfant qui balançait les jambes lentement au-dessus du vide. Et cependant il savait que ces voix qui l'arrachaient à la solitude créaient en elle la même répugnance que celle qu'il avait éprouvée.

Elle vint vers eux, ses sandales plates à lanières faisant un faible bruit sur le passage dallé. Lorsqu'elle se rapprocha, Randal put voir l'expression de son visage. Il y avait une sorte de rayonnement dans ses yeux, mais il disparut lorsque son père lui parla, et Randal se demanda s'il l'avait imaginé.

– M. Gray vous a fait préparer un excellent thé.

Sorella ne répondit pas. Randal se rendit compte qu'il n'avait pas encore entendu le son de sa voix.

– Avez-vous faim? demanda-t-il à dessein.

– Oui, dit-elle, car je n'ai rien mangé depuis le petit déjeuner.

Sa voix était très douce. Elle parlait avec un calme qui contrastait avec l'exubérance de son père.

– Rien depuis le petit déjeuner! s'exclama Randal. Vous devez être affamée!

Il se souvint que D'Arcy Forest avait dit qu'ils

venaient de déjeuner. « C'est un vieux menteur », pensa-t-il.

Sorella s'assit sur une chaise basse près de la table où était disposé le thé. Elle tendit la main, prit un sandwich et commença à manger; elle semblait se concentrer sur la nourriture et oublier tout le reste.

– Que voulez-vous boire? demanda Randal. Du thé ou préférez-vous une boisson rafraîchissante?

Il attendait qu'elle réponde, mais son père le fit pour elle.

– Donnez-lui du thé, dit-il. Elle est anglaise et doit se conformer aux coutumes britanniques. Je suis absolument contre cette habitude qu'ils ont ici de laisser les enfants boire du vin à table.

– Aimez-vous le vin? demanda Randal avec surprise.

Sorella fit non de la tête :

– Papa dit cela parce qu'hier soir le serveur m'a versé un verre de vin qui n'était pas inclus dans le prix du dîner, et il a dû payer un supplément.

Elle parlait comme une femme parlerait d'un mari déraisonnable. Il y eut un silence gênant, puis D'Arcy Forest se mit à rire.

– La langue de vipère! dit-il. Oh Dieu, délivre-nous de la franchise des enfants!

Sorella continua de manger et Randal se versa une autre tasse de thé.

– Où êtes-vous descendus? demanda-t-il pour relancer la conversation.

Après un court silence, D'Arcy Forest dit :

– Nulle part! C'est précisément, mon cher, la raison pour laquelle nous sommes venus vous voir.

Randal serra l'anse de sa tasse. Enfin on y était! Le moment qu'il avait attendu, l'instant où D'Arcy Forest allait lui exposer le motif de sa visite était arrivé. Plus tard, lorsqu'il évoquerait cette scène, il ne pourrait plus jamais se rappeler comment il avait réagi à la phrase de D'Arcy.

Randal était descendu dans le Midi de la France pour trouver le repos, le calme et avant tout pour être seul, après les semaines épuisantes qu'il avait passées à New York où la chaleur étouffante était presque insupportable. Dans un climat de fol énervement, les répétitions étaient allées de mal en pis et il s'était demandé mille fois pourquoi il avait choisi une profession aussi ingrate que celle d'auteur dramatique.

En outre, ce séjour américain avait été précédé par trois mois d'un travail harassant pour la production d'un film. Et, pour la première fois de sa vie, il s'était senti au bord de la dépression. Finalement il était retourné en Angleterre après une première triomphale au cours de laquelle il avait été si acclamé qu'elle l'avait laissé encore plus épuisé qu'avant.

Il s'était dit plus d'une fois qu'il était ridicule pour un solide jeune homme de trente-deux ans de s'effondrer parce qu'il avait travaillé douze heures par jour. Ce n'était pas seulement le travail d'adaptation et de mise en scène de la pièce qui le fatiguait, mais aussi les exigences de son entourage. Tous attendaient de lui un soutien moral, intellectuel et physique permanent. Et, pour dire la vérité, il y avait une origine plus profonde à son abattement : c'était bien à cause de Jane et Lucille qu'il était si las, qu'il ne pouvait plus trouver le sommeil, que son esprit était aussi surmené et agité.

Car il y avait deux femmes dans sa vie alors qu'une seule aurait été bien suffisante. Il les avait fuies l'une et l'autre, laissant Lucille à New York et Jane en Angleterre, et était descendu dans le Midi. Il avait eu soudain grande envie de soleil, non pas du soleil brûlant de New York dont la chaleur semblait s'élever de la chaussée et vous frappait en pleine face, mais du doux soleil réconfortant de la Méditerranée qui pouvait chasser la fatigue d'un corps épuisé et remplir l'âme d'une paix tranquille.

Il connaissait peu Mme de Montier qu'il avait rencontrée dans quelques réceptions mondaines à Londres. Mais il avait éprouvé de la sympathie pour elle et avait deviné que c'était réciproque.

« Venez à la maison lorsque vous pourrez échapper à toutes ces niaiseries, lui avait-elle dit la dernière fois qu'ils s'étaient rencontrés. Vous pourrez vous étendre sur le bord de la piscine, contempler la mer et oublier le reste du monde. Je le fais parfois en souvenir du passé. »

Elle avait été une star très acclamée, à défaut d'avoir été une grande comédienne, la maîtresse d'un grand-duc et la petite amie d'un roi des Balkans. Elle avait perdu dans ses vieux jours non seulement ses maris, mais aussi sa beauté; cependant elle avait conservé tout son sens de l'humour.

Elle était de ces rares femmes qui n'exigent rien des hommes qui les entourent. Elle en avait tant connu dans sa jeunesse que, devenue vieille, elle ne leur demandait rien d'autre qu'une oreille attentive lorsqu'elle parlait et de respecter son silence lorsqu'elle n'avait rien à dire, ce qui était rare.

Randal ne séjournait que depuis quelques jours dans sa villa, lorsque Mme de Montier avait été appelée aux Etats-Unis.

« Je dois partir, avait-elle dit, après avoir lu le télégramme. C'est au sujet de la fortune de mon second mari; elle est immense et lorsqu'on est vieux, Randal, l'argent prend beaucoup d'importance. J'aime l'argent et j'ai l'intention de conserver celui que j'ai. Il faut que j'aille à New York. »

Elle avait balayé ses objections et deux jours plus tard, elle quittait la villa accompagnée de deux femmes de chambre, d'un secrétaire, d'un chauffeur, de vingt-quatre sacs et valises et de deux tourterelles en cage.

Les tourterelles étaient ses favorites du moment. Une fois, Mme de Montier avait eu un singe, mais il avait harcelé ses hôtes et s'était échappé une nuit pour se faire attaquer par des chiens errants qui l'avaient déchiqueté et laissé mort. Mme de Montier avait affirmé qu'elle en avait le cœur brisé; mais ses amis la soupçonnaient d'être secrètement soulagée. Les tourterelles créaient bien moins d'embarras. Elles chantaient agréablement et les domestiques ne refusaient pas de nettoyer leur cage et de les nourrir.

Mme de Montier emmenait ses tourterelles avec elle en Amérique mais elle laissait derrière elle des tableaux de valeur, une collection unique de tabatières et quelques remarquables pièces d'argenterie. Elle laissait également à Randal l'entière disposition de sa villa.

« Restez aussi longtemps que vous le pourrez, avait-elle dit, Pierre et Madeleine prendront soin de vous. Faites-les travailler un peu, sinon ils vont devenir gras et paresseux, et lorsque je voudrai donner une réception, ils me diront que cela leur procure trop de mal. Ce sont toujours les gens qui n'ont rien à faire qui trouvent le petit travail supplémentaire insupportable. »

Randal avait ri; mais, pour sa part, il était résolu à laisser Pierre et Madeleine tranquilles. Tout ce qu'il désirait, c'étaient du repos et de la solitude. « On a si peu l'occasion d'être seul dans la vie », pensait-il. A Londres, dans son appartement, il y avait sa secrétaire, la sonnerie incessante du téléphone et il était dérangé mille fois par jour. Dans sa maison de campagne, très récemment acquise, c'était la même chose. Les gens prenaient leur voiture et venaient le rejoindre même pour une brève conversation. Il lui fallait une secrétaire là aussi car les domestiques refusaient de répondre au téléphone. C'était la rançon du succès, Randal le savait et, jusqu'à présent, il avait trouvé trop de bonheur dans cette réussite pour prendre conscience qu'elle avait un revers.

Il avait été dépassé par son succès. Les obligations de l'homme célèbre, ajoutées au travail de l'auteur dramatique, avaient usé ses dernières forces. « C'est un problème d'endurance », pensait-il.

Il avait été absorbé par un milieu auquel il n'avait jamais rêvé d'appartenir. C'était Jane Crake qui l'avait introduit dans la haute société et il avait aussitôt compris que la jeune femme jouerait un rôle important dans sa vie. Dans son souvenir, son visage lui apparaissait nimbé de lumière.

Elle était très attirante et incarnait exactement celle que sa mère aurait appelée « la personne qu'il te faut ». Il avait eu l'intention de parler de Jane à Lucille lorsqu'il était allé à New York mais l'occasion ne s'était pas présentée. C'était ridicule, il le savait, d'avoir peur de dire à Lucille ce que Jane représentait pour lui ou, plutôt, quel rôle elle allait jouer dans sa vie; mais il n'avait pas osé. C'est alors que Lucille, avant même qu'il ne le sût, avait été engagée pour jouer dans sa nouvelle pièce qui devait être représentée en octobre et elle devait venir à Londres dès la fin août.

Et c'est parce que cette crainte de la rencontre entre Jane et Lucille le poursuivait que Randal n'avait pas réussi à se détendre ni à se reposer comme il aurait pu le faire durant les jours qui avaient suivi le départ de Mme de Montier pour New York. Même lorsqu'il dormait, il avait l'impression d'entendre leurs voix, de voir leurs visages. Plus tard, bien longtemps après, Randal s'était demandé si ce n'était pas pour ne plus penser à Jane et Lucille qu'il avait accepté la scandaleuse proposition de D'Arcy Forest – proposition qui lui avait d'abord coupé le souffle et que pourtant il avait acceptée sans savoir au juste pourquoi.

C'était contraire à tout ce qu'il avait prévu, à tout ce qu'il voulait et cependant il avait permis à D'Arcy de s'installer avec sa fille dans la villa parce qu'ils n'avaient nulle part où aller.

Randal, qui ne se serait pas cru capable d'une telle folie, dut se rendre à l'évidence quand il vit qu'on installait leurs bagages dans les chambres qui leur avaient été attribuées.

Encore sous le coup de l'émotion il pénétra dans le salon où il trouva Sorella pelotonnée sur le canapé, le visage tourné vers la mer.

Elle ne l'entendit pas entrer. Lorsqu'elle prit conscience de sa présence elle sursauta. L'espace d'une seconde elle sembla ne pas le voir, puis se leva d'un bond.

Randal n'eut pas l'impression qu'elle avait peur de lui ni qu'elle était impatiente de s'en aller, mais simplement qu'elle se retirait comme un enfant obéissant en présence d'une grande personne qui ne veut pas être dérangée.

Il y avait quelque chose d'affligeant dans cet effacement et Randal, pour être gentil, lui dit d'une manière chaleureuse :

– Vous vous plairez ici, si vous ne trouvez pas l'endroit trop isolé.

Cette remarque l'arrêta. Elle se tourna vers lui et leurs regards se croisèrent.

– Je crois que vous êtes idiot, dit-elle lentement et distinctement. Et sans attendre la réponse, elle sortit de la pièce.

2

Randal trouva deux lettres sur son plateau de petit déjeuner.

Le soleil faisait étinceler la cafetière d'argent et illuminait les porcelaines rares qui témoignaient du goût raffiné de Mme de Montier.

Les lettres étaient appuyées sur le porte-toasts. Sans même regarder l'écriture, Randal sut de qui elles venaient. La couleur, bleu pâle de l'une, et la sobriété de l'autre ne trompaient pas.

Il se renversa sur ses oreillers pour les observer. Il se sentait calme et éprouvait même une certaine indifférence à l'égard de ses correspondantes; elles avaient cessé, avec d'autres problèmes, d'être un sujet d'énervement pour lui.

Non qu'il fût particulièrement replié sur lui-même, mais il s'était inquiété outre mesure pour sa santé et la fatigue qu'il avait ressentie la semaine précédente l'avait alarmé à tel point qu'il éprouvait un immense soulagement à se sentir de nouveau en pleine possession de ses moyens.

« Croyez-le ou non, dit-il en s'adressant aux lettres, je suis redevable de cette guérison à D'Arcy Forest. »

Depuis que Sorella et son père séjournaient à la villa, Randal n'avait pas seulement apprécié leur compagnie, mais en avait également retiré un profit inattendu : le remède idéal contre son épuisement.

Il était évident, pensait Randal, que ce qu'il lui fallait ce n'était pas la solitude, mais un changement de compagnie. Ce qui distinguait essentiellement D'Arcy Forest de tous les gens avec lesquels il avait travaillé à Londres et à New York, c'était certainement la vitalité surprenante du personnage.

Sans aucun doute, la première impression de Randal avait été la bonne : il s'agissait d'un aventurier! Mais même ce terme était encore trop faible. D'Arcy était aussi un boucanier, un pirate, un bandit de grand chemin.

Il suffisait de fermer les yeux en l'écoutant pour l'imaginer vêtu de velours et de dentelle, chaussé de hautes bottes et coiffé d'un chapeau à plumes. C'était peut-être un vantard et un fier-à-bras, mais il avait tant de panache et sa personne s'entourait d'un tel romantisme que ceux qui écoutaient sa voix chaude et vibrante étaient fascinés.

D'Arcy pouvait se permettre de fanfaronner sur ses conquêtes, car Randal comprenait sans difficulté pourquoi peu de femmes résistaient à sa virilité triomphante. Il les volait, ou plutôt elles se saignaient à blanc pour le plaisir d'être avec lui; mais si l'on juge les gens d'après ce qu'ils donnent et ce qu'ils reçoivent, D'Arcy était loin d'être le seul bénéficiaire de ces relations.

Sa compagnie ensorcelait, amusait et distrayait à la fois. Randal avait ri durant cette dernière semaine comme il n'avait plus ri depuis longtemps.

Il était habitué aux conversations brillantes car il avait été récemment admis dans un cercle mondain qui s'enorgueillissait de compter parmi ses membres les plus beaux esprits de l'époque. Mais D'Arcy avait un humour d'un style très différent. Plus riche et plus piquant, il avait quelque chose de shakespearien, aussi vigoureux que lui-même était robuste. D'Arcy avait peut-être mené une vie de libertin et sans doute était-il menteur, dans la mesure où il était prêt à inventer n'importe quelle anecdote pour impressionner son auditoire, mais derrière cet exhibitionnisme se cachaient une grande sincérité et une solide expérience et c'était bien plus important que d'avoir un joli tour de phrase pour faire rire sur le compte d'autrui.

Les histoires de D'Arcy n'avaient pas toujours leur place dans un salon et parfois, lorsque Sorella était présente, Randal regardait l'enfant avec embarras puis lançait au père un regard d'avertissement pour lui signifier que ses paroles n'étaient pas faites pour de chastes oreilles.

Mais D'Arcy se contentait de rire.

– Pour les esprits purs le sexe est un sujet ennuyeux, disait-il. De toute manière, Sorella n'écoute pas. Elle ne m'écoute jamais. Elle a entendu ces histoires trop souvent, n'est-ce pas, mon chat?

Sorella répondait rarement; elle se contentait de fixer son père de ses étranges yeux verts. Elle montrait si peu ses sentiments, elle était si silencieuse que

Randal se demanda plus d'une fois à quoi elle pouvait bien penser en leur compagnie.

Il avait peu d'expérience, mais il n'était pas borné au point de ne pas comprendre que Sorella était une enfant particulière. Elle apparaissait au début des repas pour disparaître à la fin sans jamais dire où elle allait.

Randal avait d'abord été charmé de son attitude en croyant qu'elle agissait ainsi pour respecter sa tranquillité. Puis sa curiosité s'était éveillée.

– Parlez-moi de votre fille, avait-il dit à D'Arcy un après-midi, tandis qu'après un délicieux repas composé d'huîtres, de gigot d'agneau et de fromage de Brie, ils s'étendaient sur deux chaises longues et allumaient leurs cigares.

– Ma pauvre petite orpheline de Sorella! s'était exclamé D'Arcy avec émotion. Je ne puis vous dire tout ce qu'elle représente pour moi; j'ai dû faire d'immenses sacrifices pour la garder auprès de moi, mais n'en parlons pas. C'est une grande responsabilité que d'avoir un enfant, mon cher, une grande responsabilité, particulièrement lorsqu'on doit assumer à la fois le rôle du père et de la mère. Cependant, reconnaissez qu'elle me fait honneur.

– Après la mort de votre femme, ne pouviez-vous la confier à quelque parent?

– Non, à personne. Ma femme, comme je crois vous l'avoir déjà dit, s'était enfuie de chez elle pour m'épouser. Ses parents rompirent avec elle, comme si elle s'était donnée au diable! Ce n'était ni la première ni la dernière fois que j'étais accusé d'être un personnage peu recommandable! Néanmoins, je crois que j'ai rendu ma femme heureuse. Elle avait appris la danse et devint danseuse de ballet après notre mariage. Si elle avait commencé plus jeune et avait eu de meilleurs professeurs, elle serait peut-être devenue célèbre. En fait, elle a été heureuse des succès modestes qu'elle a remportés et elle est morte comme le doit une bonne artiste, si elle ne veut pas décevoir son public. Elle avait pris froid mais, malgré une forte fièvre, elle voulut participer aux deux représentations pour lesquelles elle avait été engagée le lendemain de Noël. Elle décéda quarante-huit heures plus tard. Evidemment, je n'allais pas trahir sa confiance et abandonner l'enfant qu'elle me laissait.

Randal jeta un regard soupçonneux vers D'Arcy. Il ne pouvait prendre cette version héroïque au pied de la lettre. Si Mme Forest était allée danser alors qu'elle aurait dû se mettre au lit, c'était sans doute parce que son mari n'avait pas de travail et qu'ils avaient besoin d'argent. Randal se demanda, comme il l'avait déjà fait auparavant, quelle sorte de père D'Arcy avait été pour sa fille. Ce vieux libertin avait-il traîné son enfant avec lui dans son univers de débauche?

Randal pensa que Sorella s'était révélée un atout dans la mesure où elle incitait à la compassion. Assurément, tous ces vêtements qui lui allaient si mal avaient été offerts par les amies de son père; elles croyaient qu'en choyant la pauvre orpheline, elles s'attireraient les grâces de D'Arcy.

Il était réconfortant de penser que Sorella avait trouvé de la joie dans ces médiocres attentions car, lorsque Randal la vit en maillot de bain, il fut franchement choqué. Elle avait déjà l'air maigre et décharné dans ses extravagantes robes d'organdi, à fanfreluches et dentelles, mais sans elles, elle faisait penser à un petit chat écorché.

Il est vrai que sa peau avait ce teint rare de magnolia qui ne brunit jamais, ce qui accentuait l'aspect misérable de ses petits coudes anguleux et de ses omoplates pointues; mais Randal avait la certitude que l'enfant avait été mal nourrie et soupçonnait que le récit de la vie de plaisirs de D'Arcy n'était qu'un tissu de mensonges.

– Quel âge a Sorella? avait-il demandé.

D'Arcy avait hésité avant de répondre, « ne sachant s'il devait dire la vérité », avait pensé Randal.

– Quinze ans, avait-il enfin répondu, plutôt de mauvaise grâce.

– Quinze ans! Je la croyais plus jeune.

– Sorella s'intéresse anormalement à ses anniversaires, avait ajouté sèchement D'Arcy.

Les lèvres de Randal s'étaient crispées.

Il imaginait trop bien pourquoi D'Arcy faisait tout son possible pour que sa fille restât une charmante enfant. Une fille dont la féminité serait en pleine éclosion ne serait pas une auxiliaire efficace dans la conduite de ses intrigues amoureuses. La jalousie des femmes est notoire, et la fille d'un amant, pour être acceptée, doit être très jeune.

– Oui, quinze ans, reprit D'Arcy avec ressentiment. Je lui dis qu'elle se fait vieille et qu'il faudra bientôt penser à son avenir.

– La destinez-vous au théâtre?

D'Arcy avait fait non de la tête.

– Elle n'en serait pas capable : une grande actrice naît comédienne, elle ne le devient pas. Sorella n'a aucune idée de ce que sont la comédie et l'art. Elle a aussi le défaut d'être sincère; c'était une qualité de ma femme qui m'irritait beaucoup et Sorella en a hérité.

Randal n'avait pu s'empêcher de rire.

– Alors, qu'allez-vous faire?

D'Arcy avait levé les épaules, puis, en souriant :

– Je ne dirais pas que la formation de ma fille ait été négligée, mais il faut avouer que ce qu'on lui a appris peut difficilement lui servir. Sorella est une joueuse de bridge de première classe. Elle joue également très bien au poker; si vous jouez avec elle, vous ferez bien d'être attentif lorsqu'elle bat les cartes. En outre, elle parle la plupart des langues européennes; tout au moins, elle les connaît suffisamment pour trouver son chemin dans une ville étrangère. Autant de dons utiles, vous devez l'admettre, mon cher Randal, mais difficiles à convertir en un revenu mensuel!

– J'en suis désolé pour la petite.

– Parfait! Alors peut-être pourriez-vous lui trouver une activité, avait instantanément répondu D'Arcy. Elle pourrait apprendre la dactylographie et devenir votre secrétaire.

– Il n'en est pas question! s'était récrié Randal, tout en se demandant ce que Hoppy penserait de Sorella...

La même pensée traversa son esprit ce matin-là, lorsque, en prenant en main les deux lettres, il découvrit qu'elles en cachaient une troisième.

C'était une petite lettre timide dont l'adresse était tracée d'une écriture nette et sans prétention, qui lui était familière.

Il l'ouvrit et commença à la lire tandis qu'il se versait du café. Un léger sourire se dessina sur ses lèvres et son visage prit une expression affectueuse.

Mary Hopkins était devenue sa secrétaire à l'époque où il faisait ses débuts d'auteur dramatique. Hoppy, comme chacun l'appelait, lui avait dit plus tard qu'elle avait accepté un salaire bien inférieur à ce qu'elle avait l'habitude de recevoir, simplement parce qu'elle avait eu foi en lui.

Randal était certain que c'était vrai, car cette attitude était très conforme à la personnalité exceptionnelle de Hoppy. C'était une femme d'un certain âge, aux cheveux gris et au visage émacié; on ne pouvait rester plus de quelques instants en sa compagnie sans l'admirer et l'aimer à la fois.

C'était Hoppy qui avait fait travailler Randal jusqu'à ce qu'il implorât presque sa clémence. C'était elle qui organisait sa vie, s'occupait de sa publicité, négociait avec ses directeurs et ses agents et réglait même ses affaires de cœur. Comme il le lui avait dit une fois, elle était bien plus acharnée qu'une épouse et bien plus exigeante qu'une maîtresse. Elle s'était contentée de se moquer de lui et avait continué de le conduire dans la voie du succès. Et cependant, alors qu'elle le contraignait à respecter les souhaits et les exigences du grand public pour lequel il travaillait, elle le faisait rire par sa propre indifférence pour tout ce qui séduit habituellement les gens.

Hoppy s'intéressait peu à l'argent et encore moins aux gens dits importants. Elle aimait les hommes et les femmes pour ce qu'ils étaient et l'éventail de ses amis allait du ministre au chiffonnier, avec un mépris complet de ce que autrui pouvait penser d'elle ou d'eux.

Elle s'occupait des finances de Randal avec une efficacité et une vigilance à laquelle rien n'échappait; elle ne lui permettait pas de se laisser soutirer un *penny* et lui interdisait d'engraisser les vautours affamés qui étaient toujours prêts à fondre sur le compte en banque d'un jeune homme prospère. En même temps, elle oubliait invariablement de préparer un chèque pour elle-même et plus d'une fois Randal avait dû l'obliger à acheter des vêtements indispensables, comme un manteau pour l'hiver ou de nouvelles chaussures. Elle n'avait jamais de temps à perdre pour elle-même!

Hoppy représentait un véritable trésor pour Randal et il éprouvait une reconnaissance infinie pour la dévotion qu'elle lui montrait. Toutefois, il s'avouait souvent à lui-même qu'il avait un peu peur d'elle. Elle était si tyrannique lorsqu'elle voulait quelque chose! Au point qu'il s'était demandé si c'était pour faire plaisir à Hoppy ou parce qu'il le souhaitait réellement, qu'il allait épouser Jane Crake...

C'était Hoppy qui avait décidé que le père de Jane, lord Rockampstead, financerait la pièce de Randal.

Lord Rockampstead était novice dans le monde du théâtre et le fait qu'il était prêt à engloutir plusieurs millions dans des pièces montées dans le West End (1) était une aubaine pour les directeurs de théâtre désargentés et les producteurs financièrement moins solides.

Crake's Flakes (2) était une marque connue pratiquement de toute ménagère en Grande-Bretagne. L'affaire familiale avait été créée par le père de lord Rockampstead. C'était un homme réaliste, originaire du Lancashire (3), issu d'une famille modeste, qui avait reçu une formation médiocre.

Il avait été très soucieux de donner les meilleures chances à son fils, qu'il voulait préserver de la lutte que lui-même avait dû livrer pour obtenir la considération sociale.

Lorsqu'il hérita l'énorme fortune de son père et sa baronnie, John Crake était déjà un personnage respecté. Bien que son nom fût étalé sur tous les panneaux publicitaires, il était reçu dans les maisons les plus raffinées pour bien d'autres raisons. Sa collection de tableaux était réputée parmi les amateurs d'art; ses pur-sang avaient gagné les grandes courses classiques; son équipe de polo possédait une étonnante série de coupes internationales; son voilier, dans l'American Cup, avait pulvérisé tous les records. Pendant quelques années la poursuite des trophées sportifs, alliée à la jouissance d'une très belle chasse en Ecosse et d'un manoir classé, occupèrent entièrement l'esprit du nouveau lord Rockampstead; puis il s'intéressa au théâtre.

Trois des pièces qu'il avait déjà financées avaient été des échecs lorsque à un cocktail, il fut présenté par hasard à Randal. Hoppy se débrouilla, avec son astuce habituelle, pour obtenir à Randal une invitation au château de Bletchingly. Les deux hommes éprouvèrent de la sympathie l'un pour l'autre et lord Rockamp-

(1) Quartier chic à l'ouest de Londres.
(2) « Les céréales Crake ».
(3) Région du nord-ouest de l'Angleterre.

stead laissa entendre qu'il souhaitait être le premier à lire le manuscrit d'*Aujourd'hui et demain.*

C'était la pièce la plus ambitieuse de Randal, et sa mise en scène demandait un budget important. Son agent n'était pas sûr de trouver un producteur, jusqu'au jour où les intrigues de Hoppy convainquirent lord Rockampstead de participer à l'affaire.

Mais si Randal avait obtenu le soutien de lord Rockampstead, il avait également attiré l'attention de sa fille; c'est ce que Hoppy lui rappelait très clairement lorsqu'elle écrivait à la fin de la lettre :

« Jane m'a téléphoné hier matin. Elle était très peinée de ne pas recevoir de vos nouvelles. Aussi l'ai-je rassurée en lui suggérant que votre courrier s'était perdu. Toutefois, si j'étais vous, je ne perdrais pas mon temps à enquêter à ce sujet; un coup de téléphone serait bien plus rapide. »

Randal rit en reposant la lettre sur le lit. C'était bien de Hoppy! Tout à coup, il se sentit jeune et le cœur léger. Qu'est-ce que cela pouvait bien faire? Londres et New York étaient loin. Ni Jane ni Lucille ne pouvaient lui gâcher cette matinée radieuse, car son découragement et sa fatigue avaient disparu et il sentait ses forces revenir.

Il sauta hors du lit et alla jusqu'au balcon. Une brume de chaleur était suspendue sur l'horizon, la mer était lisse et calme. Il pouvait entendre le faible clapotement des vagues contre les rochers, les feuilles des palmiers bruissaient sous la brise légère. Devant tant de beauté, qu'est-ce qui pouvait avoir de l'importance?

– « Ô, monde tel que Dieu l'a fait! Tout n'est que beauté », récita-t-il à haute voix.

Tandis qu'il parlait, il entendit un faible bruit et regarda vers le bas : Sorella debout sous le balcon avait le visage tourné vers lui.

Elle portait un grand bouquet de fleurs dans les bras et était vêtue d'une de ses robes d'organdi, bordée de dentelle de tulle, qui lui donnaient un air ridicule. Ses pieds étaient nus et elle avait l'air d'une princesse jouant à la mendiante.

Randal s'accouda au balcon et, en se penchant, dit :

– Bonjour, Sorella! Par une telle matinée quelles choses peuvent avoir de l'importance?

– Quelles sortes de choses? demanda Sorella avec circonspection.

– Oui, ces choses ennuyeuses, sérieuses, qu'on vous impose pour votre bien... Vous devez savoir de quoi je parle! Dites-moi, Sorella, ont-elles de l'importance?

– Si elles n'avaient pas d'importance vous ne me demanderiez pas si elles en ont, répliqua Sorella.

Randal sentit une soudaine irritation monter en lui. C'était la vérité, évidemment, et c'était pourquoi il ne voulait pas l'entendre.

– Vous êtes l'enfant la plus désagréable que je connaisse, dit-il. Ne pouvez-vous rire, être joyeuse et casser des objets comme les autres enfants? Venez plonger dans la piscine avec moi, car c'est ce que je vais faire.

– D'accord.

Sorella, soudain, le regarda en souriant.

– Je serai prêt dans cinq minutes, dit Randal en regagnant sa chambre.

« Je suis gai, je suis jeune, je suis heureux », se dit-il.

Il enfila son maillot de bain. Les deux lettres étaient restées cachetées sur son lit défait comme des actes d'accusation.

Il s'observa dans le miroir tout en se brossant les cheveux. Il admira son image : sa peau avait la couleur du bronze et, bien qu'il eût peu de temps pour faire du sport, il avait le corps assez musclé pour servir de modèle pour une statue de jeune athlète.

Il reposa la brosse à cheveux sur la coiffeuse et se

dirigea vers la porte. Les lettres étaient toujours au même endroit.

– Au diable les femmes! dit-il d'une voix forte, puis il dévala les escaliers et traversa la terrasse en courant.

Sorella l'attendait à la piscine. Elle portait son éternel maillot de bain bleu, qui, de façon évidente, avait appartenu à quelqu'un d'autre. Pour le mettre à sa taille, on avait fait un pli de chaque côté de la ceinture, qu'on avait cousu avec un fil de coton d'une couleur différente. Même ainsi, il ne lui allait pas. Aussi était-elle obligée de porter un morceau de ruban noir autour de la taille pour empêcher le maillot de glisser.

Elle était assise sur le plongeoir. Le regard perdu, elle avait la tête penchée et ses cheveux noirs tombaient en désordre sur ses joues.

– Que regardez-vous? demanda Randal.

Elle leva la tête en sursautant.

– Je me demandais quelle impression on aurait, étendu au fond de la piscine, à regarder en l'air à travers l'eau. Les poissons doivent trouver que nous sommes d'étranges créatures. Je pense qu'ils nous prennent pour des monstres dans le ciel.

Randal s'assit sur le bord, les pieds dans l'eau.

– Est-ce le genre de pensées que vous avez lorsque vous êtes seule? demanda-t-il. Personnellement, je pense que les poissons ont plutôt une vie agréable. Ils n'ont rien d'autre à faire que de nager, discuter avec leurs congénères et chercher à manger. Mais cessons de parler des poissons et parlons plutôt de vous. Pourquoi ne vous achetez-vous pas un maillot de bain convenable?

Sorella remonta un peu le ruban autour de sa taille.

– Les gens ne font pas cadeau de maillots de bain, répondit-elle après un moment. Ils aiment acheter de jolies robes à dentelles aux petites filles bien sages, mais pas de maillots de bain, ni de dessous, ni de chaussures d'hiver. Les gens ne donnent jamais ce genre de choses.

Elle parlait avec une calme résignation.

– Est-ce donc simplement une question d'argent? demanda Randal.

Elle le regarda. Ses yeux reflétaient la couleur de l'eau. Elle ne dit rien, mais il connaissait la réponse et il se dit qu'il était stupide d'avoir posé la question.

– Comment vivez-vous? dit-il enfin. Votre père n'a pas de travail, il me l'a dit lui-même; peut-être n'en a-t-il pas eu depuis des années et cependant vous êtes ici; vous étiez récemment à Rome et l'hiver dernier vous étiez à Paris. Comment faites-vous?

– Oh! on se débrouille. Pourquoi vous faites-vous du souci pour nous? Vous me disiez tout à l'heure que rien n'avait d'importance. On fait la course, la piscine aller et retour?

Elle plongea et Randal la suivit, oubliant, tandis qu'il nageait dans son sillage, qu'elle l'avait littéralement envoyé promener.

Il n'y avait aucun doute; elle nageait presque aussi bien que les poissons sur lesquels elle méditait. Elle battit Randal non pas une, mais trois fois. Puis ils s'assirent sur les pierres chaudes; Sorella dégagea ses yeux en rejetant ses cheveux mouillés en arrière; ses joues, pour la première fois depuis que Randal la connaissait, étaient un peu colorées.

– Où avez-vous appris à nager? demanda-t-il.

– Un garçon de café, à Antibes, m'a appris lorsque j'avais sept ans.

– Un garçon de café?

– Oui, un garçon de l'hôtel. Il était suédois et excellait dans tous les sports. Il m'avait promis que si jamais il me rencontrait en hiver, il m'apprendrait à skier. Mais on ne l'a jamais revu.

Il n'y avait aucun regret dans cette remarque prononcée d'une voix neutre. C'était juste une constatation.

– Ainsi, vous et votre père étiez descendus à Antibes lorsque vous aviez sept ans. Etiez-vous seuls?

– Non, il y avait beaucoup de gens à Antibes, à ce moment-là, répondit Sorella avec un petit sourire.

Il savait qu'elle se moquait de sa curiosité.

– Pourquoi m'avez-vous dit que j'étais un idiot, le soir de votre arrivée? demanda soudain Randal.

Il voulait lui poser cette question depuis plusieurs jours, mais il n'en avait pas eu l'occasion : D'Arcy avait toujours été avec eux.

– Je me suis montrée mal élevée et j'en suis désolée, dit Sorella.

– Je ne veux pas que vous soyez désolée. Je veux savoir pourquoi vous l'avez dit.

Elle le regarda du coin de l'œil.

– Pourquoi devrais-je vous le dire?

– Pourquoi pas? répliqua-t-il. Vous semblez être sur la défensive. Vous ne m'aimez pas ou ai-je fait quelque chose qui vous a déplu?

– Rien de tout cela.

– Alors, dites-moi ce que vous vouliez me faire comprendre le soir où vous m'avez dit que j'étais un idiot.

Sorella étendit les jambes puis, se laissant glisser en arrière, se coucha sur le dos.

Ses yeux étaient mi-clos, ses bras et ses jambes laissaient une tache d'humidité sur les pierres blanches. Ils semblaient maigres, presque décharnés à côté des membres solides et bronzés de Randal.

Il devinait le contour de sa poitrine sous le costume de bain. « C'est presque une femme », et pourtant, elle était, d'une certaine manière, si enfantine : un enfant perdu, sans défense, comme ceux qu'il avait vus, désolés et sans protection, dans le *no man's land* d'un champ de bataille.

C'était ce qu'elle lui rappelait, pensa-t-il tout à coup. Les orphelins qu'il avait vus pleurer le long de la route en Birmanie ou assis au milieu des ruines de ce qui, un jour, avait été leur maison.

– Dites-le moi, insista-t-il.

– Je pensais que vous étiez stupide car vous nous aviez laissés nous installer et détruire votre paix. Vous étiez seul et heureux; notre venue vous déplaisait au plus haut point. J'ai remarqué l'expression de votre visage lorsque nous vous avons surpris au soleil. Vous étiez poli et agréable, mais, en même temps, vous nous détestiez. Notre mort brutale vous aurait fait plaisir! Or, vous nous avez laissés rester. J'ai pensé, ce jour-là, que vous étiez vraiment idiot, mais maintenant, je n'en suis plus sûre. Daddy vous a fait rire. Vous mangez et dormez mieux. Vous semblez très différent.

Randal en avait le souffle coupé. Il n'avait jamais imaginé que l'enfant pût être aussi perspicace.

– C'est vrai, lorsque vous êtes arrivés je ne voulais pas vous recevoir, dit-il enfin. On ne sait pas toujours ce qui est bon pour soi-même. Il y a une morale à cette histoire : il ne faut jamais prendre de décision trop hâtive; ou encore : « Un bienfait n'est jamais perdu. »

– Quand partez-vous? demanda Sorella.

– Je ne sais pas.

Mais Randal savait que ce n'était pas vrai. Une ligne dans la lettre de Hoppy lui rappelait ses obligations : « Les répétitions d'*Aujourd'hui et Demain* commencent mercredi prochain. » Elle aurait pu aussi bien écrire : « Nous vous attendons mardi. »

Cependant, il n'allait pas le dire à Sorella; au contraire, il demanda :

– Pourquoi tenez-vous tant à connaître mes projets?

– Il faut que nous en fassions également.

– Mais vous devez avoir quelque idée de ce que vous allez faire. Après tout, lorsque votre père disait que les hôtels étaient pleins à cause de la course de voiliers, il...

La voix de Randal s'éteignit.

Pourquoi dire des inepties? L'excuse de D'Arcy selon laquelle les hôtels étaient complets n'avait trompé personne. Il cherchait un endroit où aller parce qu'il n'avait pas d'argent, c'était évident. Il en avait un peu plus depuis qu'il vivait à la villa, mais les quelques centaines de francs gagnés contre Randal au backgammon suffiraient tout juste à payer ses cigarettes.

Bien sûr, très probablement, il demanderait un peu d'argent à son hôte au moment de partir; mais Randal était décidé à ne lui donner qu'une faible somme.

– Vous devez bien avoir des projets, reprit-il avec de la colère dans la voix.

– Nous faisons rarement des projets longtemps à l'avance, répondit Sorella avec une assurance tranquille.

– Mais vous devez savoir si vous allez retourner à Paris ou si vous allez vivre ailleurs. Je dois regagner l'Angleterre la semaine prochaine.

Il vit l'expression qui passa dans son regard et tourna son visage vers la mer. Un voilier de course avec des voiles d'un rouge éblouissant glissait à la surface de l'eau.

– La semaine prochaine!

Les mots étaient prononcés dans un soupir mais il les entendit.

– Oui, dit-il avec un enjouement simulé; c'est la raison pour laquelle je vous demandais quels étaient vos projets.

Elle n'ouvrit plus la bouche et il resta assis en regardant le voilier disparaître à l'horizon.

3

Lucille Lund signa une demi-douzaine d'autographes, reçut un bouquet de roses fanées d'un garçon boutonneux de quinze ans, sourit d'une ravissante manière aux innombrables photographes avant de pouvoir rejoindre Hoppy qui l'attendait dans sa suite.

Elle jeta les roses et son étole de vison sur un canapé puis, sans prendre le temps de saluer Hoppy, posa la question qui occupait toutes ses pensées depuis que l'avion avait atterri à Croydon.

– Où est Randal?

Hoppy n'hésita pas :

– En route vers l'Angleterre, j'espère.

– Pourquoi n'était-il pas à l'aéroport pour m'accueillir?

Lucille parlait sèchement. Sans attendre la réponse de Hoppy, elle traversa la pièce et s'arrêta devant la cheminée où elle s'observa dans la glace, comme si la vue de son propre reflet lui redonnait confiance en elle-même.

Le visage qu'elle contemplait était familier à des millions de cinéphiles dans le monde : un ovale parfait, des pommettes haut placées, d'immenses yeux bleus interrogateurs qui parvenaient, grâce à un miracle de la nature, à avoir une expression à la fois mystérieuse et innocente, des lèvres finement dessinées et un petit nez retroussé qui avait fait monter d'une façon vertigineuse les recettes d'une douzaine de films. Lucille Lund, la plus belle star du monde, avait réussi à conserver une personnalité fascinante et magique dans un monde qui avait tourné le dos au rêve et préférait souvent contempler sa propre image commune et vulgaire. Tandis que les scénarios réalistes affluaient dans les studios et que les autres artistes portaient des jeans, des chaussures à talons plats et des pulls à col roulé, Lucille, couverte de bijoux et enveloppée de zibeline, ravissait toujours ses admirateurs dans des rôles d'éternelle amoureuse.

Son agent publicitaire trouvait facile, à une époque où les stars de cinéma ne sortaient que la nuit, portaient des feutres souples à large bord et des lunettes de soleil, de remplir les échos et les pages illustrées des magazines d'une Lucille aussi romantique dans la vie réelle qu'à l'écran.

« Je me demande quel âge elle a vraiment », pensait Hoppy en observant Lucille qui, après avoir étudié son visage dans la glace, marcha vers la fenêtre et offrit à la lumière impitoyable son visage sans défaut.

Le salon donnait sur la Tamise. Lucille resta debout quelques instants, fixant les péniches qui glissaient sur l'eau grise; mais il était évident que ses pensées étaient ailleurs.

– Randal est-il conscient de ce que j'ai sacrifié pour venir ici interpréter le rôle principal de sa pièce? demanda-t-elle enfin d'une voix dure. Au studio, ils étaient fous lorsqu'ils ont appris ce que je voulais faire. Ils m'ont offert quinze mille dollars supplémentaires par mois pour que je reste à Hollywood. A une époque où les salaires ont plutôt tendance à s'effondrer, quinze mille dollars ne sont pas à négliger! Mais j'avais promis à Randal, et j'ai tenu ma promesse.

– Il vous en est très reconnaissant, vous le savez, dit Hoppy d'un ton apaisant; mais il était terriblement fatigué. Il m'a téléphoné à son arrivée en France; sa voix était si faible que j'ai failli sauter dans un avion accompagnée d'un docteur. Il arrivera sous peu; vous pouvez en être sûre. Ce n'est pas dans sa nature d'être en retard, ni pour vous, ni pour une de ses pièces.

Hoppy, qui avait reconnu les signes avant-coureurs des colères de Lucille, essayait de la calmer; mais en même temps, elle ne pouvait s'empêcher de lui manifester une certaine froideur. Elle n'avait jamais aimé

Lucille et elle n'avait pas caché ses sentiments à Randal; mais elle avait assez de bon sens pour les dissimuler à la comédienne.

Avec Randal, Hoppy avait la franchise d'une femme que son âge et son expérience autorisent à ne pas dissimuler « ses » vérités. Mais elle savait aussi que son rôle auprès de lui consistait à lui éviter les tourments et les inquiétudes superflus. Or, Randal serait dans une mauvaise posture si, à son retour, il trouvait Lucille dans un de ses accès de mauvaise humeur susceptibles de troubler le bon déroulement des répétitions d'*Aujourd'hui et Demain.*

Aussi Hoppy fit-elle l'effort de dissimuler son agacement, pour empêcher que la tempête n'éclatât.

Les deux femmes formaient un contraste étrange dans cette pièce remplie de fleurs et décorée avec le luxe impersonnel des grands hôtels.

Lucille, dans sa tenue de voyage gris perle doublée de bleu saphir et avec ses boucles d'oreilles en diamants et ses bracelets à breloques, semblait prête à poser pour le magazine *Vogue.* Ses jambes, assurées pour cinquante mille dollars et célèbres dans les cinq continents, étaient mises en valeur par des bas de soie d'une texture si fine qu'ils coûtaient plus de trente-cinq dollars la paire.

Hoppy portait son éternel ensemble noir dont la jupe était trop longue pour être à la mode et qui avait besoin d'un bon coup de fer; elle était chaussée de confortables mocassins à semelles de crêpe et ses cheveux, gris aux tempes, étaient tirés en arrière et roulés en chignon sur la nuque. C'était une femme d'un certain âge, toute simple et sans prétention, mais qui rayonnait d'un charme indéfinissable. On sentait qu'on pouvait avoir confiance en elle et elle attirait par sa bienveillance les êtres en difficulté. En fait, elle avait, lorsqu'elle le désirait, autant de charme que Circé elle-même et elle utilisait maintenant ses pouvoirs pour ramener Lucille à de meilleurs sentiments.

– Pourquoi suis-je venue, Hoppy? disait Lucille d'un ton agressif. Je vous pose la question que je ne cesse de me poser depuis que je suis arrivée. Pourquoi suis-je venue?

– Je pense que nous connaissons toutes deux la réponse, dit Hoppy tranquillement.

Lucille la regarda puis, changeant soudain d'humeur, se mit à rire.

– Sacré bonhomme! s'exclama-t-elle. Qu'a-t-il donc qui nous pousse à faire tout ce qu'il veut?

– Je croyais que c'était Edward Jepson qui vous avait persuadée d'interpréter ce rôle, dit Hoppy avec circonspection.

Lucille haussa les épaules.

– Oui, bien sûr, c'est Edward qui a mené les négociations, répliqua-t-elle. Mais après tout, qui est Edward, sinon un homme d'affaires rusé? Je ne l'aurais jamais écouté, ni lui ni personne, si cela n'avait pas été pour Randal.

– Randal vous a-t-il demandé de venir à Londres? demanda Hoppy.

Il y avait une légère nuance de doute dans sa voix, mais apparemment Lucille ne la remarqua pas.

– En réalité, Randal voulait que je reste à New York. Comme vous le savez, j'y remportais un succès formidable dans sa pièce *les Doigts verts.* On a l'intention d'en faire un film et on aurait voulu que j'y interprète également le rôle principal. Je n'aurais pas refusé car je ne voulais pas jouer trop longtemps le même rôle au théâtre. Je crois que je me sens davantage à ma place au cinéma, après tant d'années d'expérience. Mais, en même temps, le théâtre exerce une véritable fascination sur moi. J'aime les applaudissements, j'aime sentir la présence du public; mais sincèrement, n'importe quel rôle, même excellent, devient monotone après la centième représentation.

– Donc Randal voulait que vous restiez dans *les Doigts verts* ?

Lucille était trop absorbée par ses propres pensées pour relever la note de soulagement dans la question de Hoppy.

– Je me demande souvent si j'ai raison de revenir au théâtre, dit-elle d'un ton posé. C'est Edward qui m'y a poussée la première fois. Après l'extraordinaire succès que j'avais obtenu dans le premier film de Randal, il avait voulu que je joue, en personne, à New York, sur une scène. C'est aussi la raison pour laquelle il a voulu que je vienne à Londres.

Lucille n'avouait pas à Hoppy que Edward avait ajouté :

– C'est maintenant ou jamais, Lucille. Tu ne rajeunis pas, sais-tu ?

– Je ne comprends pas ce que tu veux dire ! avait-elle crié avec hargne.

Mais elle avait plissé les yeux avec méfiance lorsqu'il avait répondu :

– Eh oui ! Tu te fais vieille, ma fille. Je sais très bien quel âge tu as.

– Si jamais tu le dis à quiconque, lui avait-elle jeté au visage, je crois que je te tuerai !

Il avait renversé la tête en arrière et ri du rire gras et satisfait d'un homme qui a réussi.

– N'aie pas peur, avait-il répondu. Les loups ne se mangent pas entre eux. Nous sommes tous deux embarqués dans la même galère, ma chère. J'ai foi en toi comme tu crois en toi-même; mais cela ne doit pas nous empêcher d'être francs l'un avec l'autre. Tu vas à Londres maintenant ou ce sera trop tard.

Lucille avait été d'humeur maussade tout le reste de la journée, mais ses querelles avec Edward passaient après les exigences de sa carrière. Il avait raison lorsqu'il disait qu'ils étaient dans la même galère. C'était lui qui l'avait découverte alors qu'elle se produisait dans un numéro de music-hall de second ordre dans un bled de la Caroline du Nord. C'était lui qui avait vu l'effet que l'on pouvait tirer de ses pommettes lorsqu'on les éclairait, qui s'était rendu compte que ses jambes étaient parfaites et que sa voix ne l'était pas. C'était Edward qui l'avait amenée à Hollywood et l'avait façonnée pour en faire une star.

Il l'avait fait travailler dur pour atteindre cet objectif. Elle avait pris des leçons de diction jusqu'à en pleurer et des leçons de maintien. Il jurait contre elle, l'humiliait avec ses sarcasmes, la rendait si malheureuse qu'elle avait souhaité parfois n'avoir jamais quitté son music-hall et pouvoir continuer ses tournées minables dans les théâtres à moitié vides des petites villes de province pour un salaire si maigre qu'il la laissait perpétuellement endettée et lui permettait à peine de manger à sa faim.

Mais la fin justifiait les moyens : elle devint une star en une soirée. Edward choisit un scénario dans lequel elle pouvait tenir le rôle principal, puis finança et produisit le film. *Visage d'ange* avait enthousiasmé le monde entier. Il n'y eut pas un pays où le visage fascinant de Lucille ne fût connu. Ses yeux mi-clos, ses lèvres légèrement entrouvertes, le galbe parfait de ses jambes ornaient les posters, les panneaux publicitaires, les couvertures des magazines, les cartes postales et les boîtes de chocolat.

On trouvait des admirateurs de Lucille en Chine et à Honolulu, des Clubs Lucille Lund aux Philippines et en Alaska. Il y avait des bureaux remplis de secrétaires qui ne faisaient rien d'autre que répondre aux lettres et envoyer des photographies. Il y avait une armée de scénaristes et de dialoguistes qui travaillaient sur ses prochains films.

Au début, Lucille croyait que ce n'était qu'un rêve dont elle s'éveillerait bien vite; puis, trop rapidement, elle commença à considérer que tout lui était dû. Edward, seul, ne la laissa jamais oublier complètement d'où elle venait et qui elle avait été avant qu'il ne la transformât en une femme dont la beauté coupait le souffle et dont le pouvoir de séduction était presque magique.

– Suis-je réellement si jolie que cela? avait demandé Lucille lorsqu'elle avait vu les premières prises de vues de son film.

– En tout cas, c'est certainement mieux que ceci, avait répondu Edward en sortant de son portefeuille, une photo qu'elle reconnut avoir envoyée aux agences de spectacle auxquelles elle avait recours lorsqu'elle était actrice itinérante. Elle avait été prise par un photographe sans talent. L'éclairage était mauvais, la pose exécrable. Elle avait l'air grasse et vulgaire; seule la jolie ligne de ses jambes, malgré les bas de mauvaise qualité, était incontestablement photogénique.

– Où as-tu trouvé cette photo? s'était écriée Lucille. Jette-la.

Mais Edward avait observé Lucille d'un air songeur puis avait replacé la photo dans son portefeuille.

Elle avait compris, alors, qu'il voulait la garder, non seulement parce qu'en la comparant avec ce que Lucille était devenue, il éprouvait une immense satisfaction personnelle, mais aussi pour lui rappeler que ce qu'il avait fait, il pouvait le défaire.

Si Lucille haïssait parfois Edward Jepson, au fond d'elle-même elle l'admirait plus que n'importe qui.

– Tu iras à Londres, avait-il dit.

Après avoir protesté, pour sauver les apparences, elle avait admis que ce voyage était nécessaire.

Mais Edward n'était pas là et elle préférait laisser croire à Hoppy qu'en venant à Londres elle avait fait un sacrifice, car elle croyait, comme beaucoup d'autres femmes l'avaient cru avant elle, que la secrétaire s'empresserait de répéter à Randal chacune de ses paroles.

– Qu'est-il allé faire dans le Midi? demanda-t-elle.

– Se reposer, répondit Hoppy. Je ne sais pas ce que

vous lui avez fait à New York, mais je n'avais jamais vu Randal dans un tel état de fatigue. Il était trop épuisé pour s'intéresser à quoi que ce soit, ce qui, vous le savez, est très rare chez lui.

– Il ne devrait pas se laisser abattre si facilement, dit Lucille sèchement. Regardez ce que je fais, cela ne m'empêche pas de rester en bonne santé. Tout le problème est de bien organiser ses journées et de n'être pas assez stupide pour perdre son temps avec des gens sans importance. Je pense souvent que Randal est trop gentil.

– Peut-on être trop gentil? demanda Hoppy d'un air interloqué. Après tout, Randal doit son succès au fait qu'il est capable de se mettre à la place des autres, de comprendre ce qu'ils ressentent et pensent. S'il ne s'intéressait qu'à lui-même, peut-être perdrait-il cette faculté qui est la qualité essentielle d'un bon auteur dramatique.

– Eh bien, il ne continuera pas à écrire des pièces pour moi s'il n'y arrive pas, répliqua Lucille.

Elle traversa la pièce et ouvrit la porte de sa chambre. Sa femme de chambre était déjà là en train de défaire les énormes malles qui avaient été envoyées par bateau et qui encombraient toute la pièce. Lucille retira son manteau et le jeta sur le lit, puis elle libéra sa chevelure blonde du petit chapeau de feutre gris orné de plumes et se peigna en vagues souples qui lui caressaient les joues.

Hoppy l'observa pendant un moment par l'embrasure de la porte, puis lui dit d'une voix calme :

– Si vous n'avez plus besoin de moi, mademoiselle, je vais rentrer à l'appartement pour voir s'il y a des nouvelles de Randal. Dans ce cas, je vous téléphonerai.

– Merci, mais je commence à me désintéresser de Randal, dit Lucille d'un ton indifférent.

Elle mentait et toutes deux le savaient; toutefois,

c'était une attitude qui leur convenait à l'une et à l'autre.

Hoppy prit un taxi qui la conduisit par des rues encombrées jusqu'à l'appartement de Randal à Park Lane. Sa voiture n'était toujours pas devant la porte de l'immeuble. Hoppy, qui avait envoyé le chauffeur à l'aéroport de bonne heure le matin, commença à s'inquiéter comme une mère peut s'inquiéter au sujet d'un fils irresponsable.

Elle avait eu la certitude que Randal reviendrait à temps. Tout était prêt pour son retour depuis plus d'une semaine; mais comme les jours s'écoulaient et que le moment de la première répétition approchait, Hoppy avait cru qu'elle pouvait tenir pour certain le retour de Randal au plus tard ce jour-là.

Le concierge l'accompagna dans l'ascenseur.

– Aucune nouvelle de M. Gray? demanda-t-il aimablement.

– J'espérais que vous m'annonceriez qu'il était arrivé pendant mon absence, répondit Hoppy.

– Aucune nouvelle de lui, mademoiselle. Il y a eu de nombreux visiteurs toutefois. Mlle Crake est là, qui attend.

– Je suis contente que vous me le disiez, dit Hoppy en sortant rapidement de l'ascenseur.

L'appartement de Randal était assez remarquable. Ce qui autrefois avait été le grenier d'un immense hôtel particulier dans Park Lane avait été transformé en un appartement charmant, unique en son genre à Londres. Les fenêtres, donnant sur Hyde Park, ouvraient sur des balcons assez vastes pour qu'on puisse y prendre des bains de soleil et d'où l'on avait une magnifique vue sur les arbres et les toits qui s'étendaient jusqu'à l'endroit où la Tamise déployait ses méandres en direction de la mer.

Le bureau de Randal était la pièce la plus austère de tout l'appartement. Il avait été aménagé par l'un des plus fameux jeunes décorateurs londoniens qui avait tenu à créer pour lui « le décor convenant à un auteur dramatique célèbre ».

Les rideaux de velours rouge et les chaises recouvertes d'un cuir de la même couleur étaient un défi au goût classique. Les peintures murales qui décoraient l'un des murs avaient attiré d'innombrables échotiers à la recherche d'un sujet. Mais il y avait quelques très beaux meubles du XVIIIe siècle et des peintures françaises modernes que les connaisseurs avertis n'auraient pas dédaignées. Dans ce décor prétentieux, mais néanmoins agréable, le bureau de Randal, en verre fumé, jetait une note tragique.

Jane Crake était assise sur le canapé de velours rouge, en train de feuilleter un magazine, lorsque Hoppy entra dans la pièce.

Elle tourna la tête et la joie que son visage exprimait fut remplacée par une expression de déception. Elle réussit néanmoins à sourire.

– J'étais si énervée à force d'attendre Randal que j'ai fini par venir ici. Vous ne craignez pas qu'il lui soit arrivé quelque chose, n'est-ce pas?

– Non, bien sûr que non, répondit Hoppy. De façon évidente, il a oublié jusqu'à l'existence de nos petites personnes. En ce moment, il est très probablement à Paris, sans savoir ce qu'il fera demain.

– Lucille est-elle arrivée?

– Oui, elle est descendue au Savoy. Elle comptait sur Randal pour l'accueillir à Croydon et a pris comme une insulte personnelle le fait qu'il ne soit pas en Angleterre pour son arrivée.

– Elle semble particulièrement désagréable, remarqua Jane. Je ne comprends pas pourquoi mon père tenait tant à son engagement. Il doit lui verser de telles sommes qu'il ne fera pas un *cent* de bénéfice, quel que soit le succès de la pièce.

– Il s'y retrouvera, dit Hoppy. Du point de vue publicitaire c'est un avantage fantastique d'avoir

Lucille pour la création, même si elle ne garde son rôle qu'un mois ou deux.

– Vous avez sans doute raison, dit Jane. Vous avez toujours raison, n'est-ce pas, Hoppy?

Elle releva la tête en souriant avec douceur; Hoppy, en la regardant, éprouva une sensation de soulagement. C'était la femme qu'il fallait à Randal, elle en était certaine.

Si Lucille Lund était séduisante, Jane Crake était élégante. Elle s'habillait presque exclusivement à Paris; ses vêtements avaient un chic qui ne se retrouve que dans les créations des couturiers français. Elle n'était pas belle à proprement parler, mais ses traits réguliers et ses grands yeux gris avaient une certaine majesté. Elle avait appris toute jeune à mettre en valeur ce qu'elle avait de mieux et à dissimuler ce qu'elle avait de moins bien. Sa bouche était trop étroite, mais un rouge à lèvres bien appliqué la faisait paraître plus grande; son menton était plutôt fort, mais elle avait un port de tête qui faisait oublier ce défaut.

A vingt-quatre ans elle avait une assurance qui impressionnait ceux qui la rencontraient. Hoppy pensait en ce moment qu'elle n'était pas seulement élégante, mais que c'était une dame.

– Qu'est-ce qui vous inquiète, Hoppy? demanda soudain Jane. Et ne dites pas que vous ne l'êtes pas, car vous mordillez votre stylo comme vous le faites toujours lorsque vous êtes contrariée.

– Je réfléchissais, dit Hoppy avec simplicité.

– Eh bien, arrêtez de réfléchir, ordonna Jane. Randal va arriver et nous aurons l'air ridicules de nous être inquiétées à son sujet. Vous ai-je dit que mon père avait dû verser cinq mille livres supplémentaires pour *Aujourd'hui et demain*?

– Cinq mille de plus! s'exclama Hoppy. Mais pourquoi?

– Eh bien, autant que je sache, la majeure partie de

cette somme sert à l'achat de vêtements pour Lucille Lund. Cela est égal à père; il est convaincu que ce sera la pièce de l'année, et lorsqu'il est convaincu d'une chose, rien au monde ne peut le faire changer d'avis.

– En tout cas c'est parfait ainsi, conclut Hoppy avec un peu de nervosité.

Elle pensait, comme elle l'avait fait souvent, que Randal avait beaucoup de chance d'avoir le soutien financier de lord Rockampstead. La plupart des auteurs dramatiques devaient attendre longtemps avant de trouver un producteur. Ils devaient passer par toutes les affres de l'insécurité, frapper à toutes les portes dans l'espoir d'obtenir ne serait-ce que cent livres.

Randal n'avait pas connu ce genre de problèmes et lorsque son directeur s'était récrié en disant que *Aujourd'hui et Demain* serait la pièce la plus coûteuse jamais mise en scène à Londres, lord Rockampstead avait fait son apparition et l'argent était disponible avant même que Randal se fût rendu compte qu'il en avait besoin.

« Que pouvait-on imaginer de mieux, pensait Hoppy, que le mariage de Randal avec la fille de lord Rockampstead ? » Jane évoluait dans le milieu le plus gai, et, de loin, le plus distingué qui existât à Londres. Elle avait des amis non seulement à Londres et à Paris, mais encore à Rome, Venise, Biarritz, Saint-Moritz et dans tous les lieux en vogue.

Ce n'étaient pas seulement des dilettantes ou des mondains, c'étaient des gens qui s'étaient élevés au-dessus du commun par leur talent personnel. Qu'ils fussent diplomates, hommes politiques, peintres, écrivains, musiciens ou auteurs dramatiques ils étaient tous célèbres grâce à leur intelligence ou à leurs dons.

Seules les plus belles femmes étaient admises dans ce cercle étroit. Toutefois, la beauté n'ouvrait pas toutes les portes, pas davantage que l'argent; certains millionnaires ne pouvaient s'introduire dans cette société fermée. On devait faire preuve de qualités supérieures et de génie pour dominer ses rivaux.

Randal avait la chance d'être admis dans cette société brillante et exigeante. Jane, la première, lui avait fait rencontrer certaines de ses relations et, comme il était en verve ce jour-là, il les avait diverties; aussi avait-il été invité à son tour puis réinvité jusqu'à ce qu'il devînt l'un des leurs, l'un des rares élus.

D'abord, il avait eu tendance à se moquer d'eux; la nourriture exquise, les conversations mondaines, les représentations privées après dîner, les soirées fastueuses et coûteuses ne l'impressionnaient pas.

Il trouvait prétentieux de faire tant de manières simplement pour se réunir afin de bavarder, de rire et de manger. Puis il découvrit que « le Cercle magique », comme il les appelait en privé, avait un charme bien à lui : l'on ne s'y ennuyait jamais.

Le Cercle magique se réunissait quotidiennement chez l'un ou l'autre de ses membres. Ils ne sortaient pas toujours en groupe mais on les retrouvait ensemble lors des événements mondains : premières théâtrales, soirées de gala cinématographique, bals, grandes réceptions; et en ces occasions, ils se regroupaient, lentement mais sûrement.

« Vous formez une sorte de franc-maçonnerie », leur avait dit un jour Randal, et on lui avait répondu en riant : « Nous sommes aussi sélects que le Jockey Club, mais beaucoup plus chers! » C'était vrai d'une certaine manière, car ils recherchaient en tout ce qu'il y avait de mieux. Chaque dîner rivalisait d'excellence avec le précédent; lorsqu'ils écoutaient de la musique, c'était la meilleure qui soit; s'ils donnaient une soirée, c'était une manifestation si convoitée que ceux qui n'y étaient pas invités en pleuraient presque. Tout ce qu'ils faisaient était éblouissant.

Ils exerçaient leur influence dans tous les domaines

et détenaient un pouvoir caché mais réel puisque ministres et ambassadeurs étaient toujours flattés d'être conviés à un de ces repas. De jeunes parlementaires ambitieux faisaient de leur mieux pour s'attirer les grâces d'un des membres féminins du cercle afin d'en faire partie à leur tour. Mais ce n'était pas si facile.

L'hôtel que Randal fréquentait le plus assidûment était, bien sûr, celui de lord Rockampstead. Au début, il était si impressionné d'être parrainé par lui et d'avoir été admis dans un tel cercle qu'il n'osait pas voir en Jane une jeune femme désirable et ne la considérait que comme une amie particulièrement agréable avec lui.

C'était un comportement exceptionnel de la part de Randal qui avait l'habitude d'attacher une importance excessive à la beauté physique. Hoppy lui avait même dit qu'il était en danger de devenir un débauché.

Ce n'était pas sa faute, car les femmes le trouvaient irrésistible. Il commençait à devenir cynique à leur égard, considérant que leur conversation était si ennuyeuse qu'il valait mieux les embrasser et les caresser, jusqu'au jour où il devint membre du Cercle magique. C'est alors qu'il découvrit que les femmes pouvaient être à la fois séduisantes et spirituelles.

Il apprit à écouter plutôt qu'à parler, à admirer aussi bien qu'à discuter; la personnalité de Jane lui semblait insaisissable, ce qui l'intrigua et excita son intérêt.

Alors, au moment même où il commençait à rêver d'elle, à regretter son absence lorsqu'elle n'était pas là, à comprendre qu'il la poursuivait parce qu'elle était, de loin, la jeune femme la plus attirante qu'il eût rencontrée depuis longtemps, il devint conscient que Jane était tombée amoureuse de lui.

En observant la jeune femme, Hoppy souhaitait que son amour fût moins visible. Il aurait été préférable que Randal eût quelques doutes. S'il avait dû se poser des questions, attendre, s'il avait été plus amoureux d'elle qu'elle de lui, comme tout aurait été plus facile! Mais Jane, qui avait refusé une demi-douzaine de prétendants distingués, avait fondu devant Randal, à l'instant même où elle avait posé les yeux sur lui.

Il se tenait debout dans le salon de son père à Belgrave Square, une longue pièce tendue de gris perle, décorée avec une sobriété raffinée qui mettait en valeur leur fameuse collection de peintures. Les regards de Randal s'étaient fixés sur un Turner, accroché au-dessus de la cheminée, après qu'il eut serré la main de Jane. Après avoir contemplé l'œuvre quelques instants, il avait dit presque avec vénération :

– C'est merveilleux, n'est-ce pas?

Jane avait juste eu le temps de se rendre compte à quel point le visage de Randal était séduisant et de remarquer l'élégance de sa tenue. Elle aimait ses mains soignées, aux longs doigts fins d'artiste, la façon dont ses cheveux étaient brossés vers l'arrière et le léger sourire au coin de ses lèvres, qui lui donnait l'air d'observer avec amusement son entourage.

– Oui, c'est merveilleux, avait-elle répondu. Mon père a beaucoup de trésors. Aimeriez-vous voir ses jades?

Elle l'avait conduit vers une vitrine où étaient exposés des jades délicatement sculptés, faiblement éclairés par-dessous. Elle avait fait un rappel historique de l'utilisation du jade dans les sépultures antiques et, tout au long de son explication, il l'écouta comme si elle avait été un conservateur de musée. Puis ils étaient descendus à la salle à manger. Ils étaient assis chacun à une extrémité de la longue table. De loin, elle l'avait observé, jalouse du succès qu'il remportait auprès de ses amies. Elle avait reparlé à Randal après le repas et, lorsqu'il était parti, elle avait pris la décision de le revoir. Quelque chose d'étrange l'attirait en lui, une qualité qu'elle n'avait rencontrée chez aucun autre homme.

– C'est un garçon très intelligent, lui avait dit son père. J'ai entendu dire qu'il était le meilleur auteur dramatique que l'on ait eu depuis vingt ans. As-tu vu sa dernière pièce?

– Je l'ai vue une fois, répondit Jane, mais je la reverrai.

Elle donnait maintenant une valeur très différente à ce que autrefois, elle n'avait regardé que comme une simple représentation théâtrale. L'œuvre était remarquablement intelligente, cela ne faisait aucun doute. Les personnages étaient peints avec une très grande finesse et l'ensemble de la pièce était d'une rare qualité.

Jane revit Randal le lendemain, puis le surlendemain. Il est difficile de savoir à quel moment précis elle était tombée amoureuse de lui parce que, de prime abord, elle se refusait à l'admettre. Elle avait toujours pensé que l'amour était un sentiment un peu surfait. On avait une aventure discrète et plaisante ou bien on se mariait parce que c'était la solution la plus raisonnable et la plus pratique. Il n'y avait que dans les romans populaires qu'on était transporté d'un fol amour pour une autre personne. Jane avait depuis longtemps décidé que ce genre d'événements ne lui arriverait pas; et pourtant c'était arrivé!

Elle était follement, irrésistiblement amoureuse d'un homme dont elle ne savait rien, sinon qu'il était un bon auteur dramatique.

Hoppy s'en était aperçue avant Randal et elle en avait été absolument charmée. Quant à Randal, il l'avait compris un jour où, à l'aube, ils revenaient d'une soirée.

Le chauffeur de Jane l'attendait avec la voiture; Randal l'avait aidée à monter puis, tandis qu'ils roulaient en direction de Belgrave Square, il lui avait pris la main et, la pressant contre ses lèvres d'un geste qui lui était familier, avait dit:

– Ce fut une merveilleuse soirée, Jane. J'étais très

fier d'y avoir à mon bras, la femme de loin la plus jolie.

C'était une des remarques que Randal faisait avec une extrême gentillesse. Il connaissait toutes les réponses à ce genre de compliments et s'était attendu à ce que Jane le remerciât avec le même empressement que la plupart des femmes montraient dans des circonstances analogues. Au lieu de cela, elle avait fermé sa main sur la sienne avec une telle force qu'il avait senti ses ongles entrer dans sa chair.

– Taisez-vous, avait-elle dit. Ne parlez pas ainsi.

Il l'avait regardée avec surprise. Il voyait les contours de son visage à la lumière des lampadaires, mais ses yeux, levés vers les siens, étaient sombres et mystérieux comme un lac profond.

– ... Ne dites pas des paroles que vous ne pensez pas, avait continué Jane d'une voix étonnamment émue. Je ne peux pas le supporter.

Alors, la prenant dans ses bras, il l'avait embrassée; Jane avait répondu avec un frémissement de tout le corps. Elle avait d'abord posé sa main sur la joue de Randal puis, la passant autour de son cou, elle l'avait attiré près d'elle. Cette étreinte avait été pour tous deux un moment d'excitation fébrile et d'irrésistible désir, mais la voiture s'était arrêtée devant la maison de Jane et le chauffeur était descendu pour ouvrir la porte.

– Vous verrai-je demain? avait demandé Randal.

– Bien sûr.

Elle l'avait quitté et la voiture était repartie en direction de l'appartement de Randal.

Ils s'étaient revus le lendemain. Randal savait que Jane était amoureuse de lui, il en était flatté et trouvait qu'il avait beaucoup de chance. Mais cependant, d'une certaine façon le charme s'était évanoui.

Jane, lorsqu'elle sortait avec un homme, avait l'art de l'étonner et de le distraire. Elle faisait en sorte qu'il ne s'ennuyât jamais.

Randal avait passé beaucoup de temps en sa compagnie, tout le temps qu'il ne consacrait pas à la mise en scène de sa nouvelle pièce et aux changements et corrections apportés au texte d'*Aujourd'hui et Demain*.

La pièce qui avait été représentée pendant l'été n'était qu'une comédie légère, mais elle avait tout de même exigé beaucoup de travail et d'énergie. Aussi l'impatience de Jane avait-elle grandi. Elle supportait mal que Randal eût d'autres préoccupations qu'elle-même, mais elle était trop intelligente pour le montrer. Seule Hoppy savait ce qu'elle ressentait; elle devinait l'impatience qui se cachait derrière son sourire serein.

Jane n'avouait pas même à Hoppy que Randal ne faisait aucun effort pour fixer la date de leur mariage. Il croyait que leur projet était resté un secret absolu. Ignorant que le père de Jane parlait déjà de leur future alliance comme d'un fait accepté, il s'accrochait avec insistance à l'idée que personne ne devait savoir.

Bien sûr, il changerait d'avis dans très peu de temps, cela ne faisait aucun doute, se disait Jane, et elle imaginait qu'il attendait que *Aujourd'hui et Demain* fût mis en scène avant de se prononcer. Elle devinait les réticences de Randal sans pouvoir en déterminer les causes exactes et, au fond d'elle-même, elle s'indignait contre son manque d'empressement à conclure le mariage.

Elle était sûre de lui : il avait eu beaucoup de femmes dans sa vie, mais elle avait confiance en elle-même et ne doutait pas qu'elle pût le garder une fois qu'il serait sien. Cependant, certaines réactions de Randal étaient inexplicables. Pas une seule fois pendant son séjour dans le Midi il ne lui avait écrit, et ce silence ne faisait qu'augmenter ses craintes.

Elle avait dû avoir recours à Hoppy pour savoir où il était et quand il reviendrait à Londres. C'était

Hoppy également qui avait dû la rassurer, maintes et maintes fois, en lui disant que Randal n'écrivait jamais une ligne, à moins qu'il ne fût payé pour le faire. Les lettres étaient un véritable cauchemar pour lui.

– Il sera de retour demain, avait-elle dit. Mais, le lendemain, il n'était toujours pas là.

– Que lui est-il arrivé, Hoppy? dit Jane en se levant du canapé, comme si elle ne supportait pas de rester immobile.

– En supposant qu'il soit parti à midi, dit Hoppy, il devrait arriver d'un moment à l'autre.

– Pourquoi n'est-il pas venu par un vol régulier?

– Il aime piloter, répondit Hoppy. Il était dans la R.A.F. pendant la guerre, comme vous le savez, et s'il est une chose qui lui fasse réellement plaisir, c'est d'être en l'air, dans les nuages. Lorsqu'il est de très mauvaise humeur et que tout va de travers, je lui dis : « Pour l'amour de Dieu, allez-vous-en faire un tour en avion et quand vous reviendrez vous serez un homme nouveau! », et il suit toujours mon conseil. C'est la raison pour laquelle je l'ai encouragé à en acheter un. Particulièrement, parce qu'il était très difficile de louer un avion qu'il fût autorisé à piloter lui-même. Ce n'est pas aussi simple que de louer une voiture.

– Non, je le pense bien, dit Jane.

Elle n'écoutait pas, Hoppy le savait. Elles parlaient toutes les deux pour tuer le temps.

– C'est une des personnes les plus prudentes que je connaisse, continua Hoppy. Il ne prend jamais aucun risque inutile et ne fait aucune acrobatie idiote, comme certains jeunes imbéciles. Voler avec Randal, c'est comme rouler en Rolls Royce!

Jane regarda sa montre, un ravissant boîtier incrusté de rubis.

– Eh bien, je pense que je suis ridicule de m'inquiéter à son sujet. J'espérais que nous pourrions dîner ensemble ce soir, mais ce sera certainement impossible si Lucille Lund est folle de rage. Je ferais mieux de rentrer à la maison. Dites-lui de m'appeler lorsqu'il rentrera. Il faut que je lui parle, même si je ne peux pas le voir.

– Oui, bien entendu, dit Hoppy. Je suis sûre qu'il sera là avant le dîner. Cela ne sert à rien de nous inquiéter.

– Non, bien sûr.

Tandis que Jane se dirigeait vers la porte, le téléphone se mit à sonner. Hoppy se jeta sur le récepteur.

– Allô!

Elle avait pris automatiquement le ton poli de la parfaite secrétaire, mais un instant seulement :

– Allô... Randal! Dieu merci... Où êtes-vous?... Nous étions mortes d'inquiétude à votre sujet... Un accident! Vous n'avez rien?... Quoi?... Qui?... Mais je n'ai jamais entendu parler de lui... Oui, oui, bien sûr... Oui...Oui, laissez-moi régler cela... Vous êtes sûr que vous n'avez rien... Dieu soit loué!

Hoppy reposa le récepteur bien que Jane tendît la main pour le prendre.

– Laissez-moi lui parler, s'écria-t-elle, laissez-moi lui parler.

– Il a coupé, répondit Hoppy. Il ne faut pas que vous lui parliez maintenant, il a eu un accident, un grave accident.

– Mais il n'a rien, je vous ai entendue le dire.

– Oui, Randal n'a rien, dit Hoppy avec calme. Mais quelqu'un qui était avec lui a été tué.

– Qui était-ce?

– Un homme. Quelqu'un dont je n'ai jamais entendu parler. Je crois que Randal a dit qu'il s'appelait D'Arcy Forest.

– Je n'ai jamais entendu ce nom, moi non plus. Mais comment a-t-il été tué?

– Ils ont eu des ennuis de moteur et ont dû faire un atterrissage forcé. L'avion a heurté un arbre. Randal n'a que quelques contusions. Mais ce D'Arcy Forest a été tué.

– Mais Randal n'est pas sérieusement blessé! dit Jane avec un soupir de soulagement.

– Non, Randal va bien, ainsi que l'autre passager, la fille de Forest. Il la ramène ici ce soir.

Leurs regards se croisèrent. Toutes deux se posaient la même question.

Qui était la fille de D'Arcy Forest et pourquoi voyageait-elle avec Randal?

4

Sorella, assise sur le canapé de velours rouge, était en train de déchiqueter une robe avec une paire de ciseaux lorsque Hoppy entra dans la pièce. Des mètres de volants de dentelle jonchaient le sol. Hoppy observa la scène avec étonnement pendant un instant puis, comprenant ce que Sorella était en train de faire :

– Oh! mais vous abîmez cette jolie robe, s'exclama-t-elle.

Sorella releva la tête une seconde, puis continua à couper l'étoffe.

– Vous ne la trouveriez pas jolie si vous deviez la porter, dit-elle.

– Mais vous n'allez pas... Je veux dire, c'est une très jolie robe pour une enfant et elle a dû coûter cher.

– En effet, acquiesça Sorella.

Elle ramassa la robe tout en parlant et la tint suspendue, comme pour l'examiner. Elle avait l'air misérable sans ses volants en dentelle.

– Vous l'avez saccagée! cria Hoppy.

– Je pense que oui, dit Sorella d'un air piteux. Elle

sera trop courte pour moi maintenant. De toute manière, elle avait toujours été trop courte.

Avec un geste de mépris elle jeta le vêtement sur le sol et dit :

– Il me faut de l'argent.

– Pour des vêtements? demanda Hoppy.

Sorella fit oui de la tête.

– Cela me semble une requête raisonnable, dit Hoppy qui se rappelait combien Sorella lui avait semblée étrange le soir où elle était arrivée, vêtue d'un manteau de satin jaune et coiffée d'un bonnet assorti.

Elle s'était attendue à une personne tout à fait différente. Elle s'était même armée de courage pour être désagréable avec Randal qui lui avait causé tant d'inquiétude. Tel qu'elle le connaissait, elle s'était préparée à ce qu'il arrivât souriant et doucereux, en compagnie d'une belle et séduisante jeune femme.

Elle s'était trompée sur tous les points. Randal n'était pas d'une humeur insouciante. Au contraire, il était arrivé soucieux et sincèrement malheureux d'avoir été la cause de la mort de D'Arcy Forest.

Et avec lui était arrivée Sorella, une enfant étrange et imprévisible, avait jugé Hoppy, dès qu'elle avait posé les yeux sur elle.

Ce qui lui avait semblé le plus étonnant, c'est que Sorella n'eût pas versé une seule larme sur le décès de son père. Pâle et contractée, elle avait dîné copieusement en silence, tandis que Randal répondait aux questions de la presse et de la police et accomplissait un nombre invraisemblable de formalités, tout en racontant à Hoppy, par phrases entrecoupées, ce qui s'était exactement passé.

Ce n'était absolument pas sa faute. On ne pouvait pas le tenir pour responsable d'un ennui mécanique et même le pilote le plus expérimenté n'aurait pu atterrir dans de meilleures conditions. Mais Randal se sentait coupable de ce qui était arrivé. Aussi Hoppy en voulait-elle presque à cet inconnu, D'Arcy Forest, qui était un tel sujet d'embarras, au moment précis où Randal aurait dû consacrer toutes ses forces à des problèmes bien différents. En plus, se posait la question de Sorella.

Hoppy, sur les ordres de Randal, avait préparé pour elle la petite chambre d'amis, dotée d'une salle de bains adjacente, et l'avait aidée à défaire sa valise.

En voyant ses vêtements, elle avait pensé qu'ils étaient tout à fait inappropriés au temps frais de l'automne londonien. Elle s'était attendue à ce que l'enfant reçût d'autres effets un ou deux jours plus tard.

Mais ce n'était pas le cas. Les vêtements de D'Arcy Forest étaient arrivés et avaient été envoyés par Randal à une œuvre de charité. Rien n'était parvenu pour Sorella et Hoppy avait dû se résigner à admettre, que le contenu de cette petite valise représentait tout son bien.

Hoppy devait reconnaître que toutes ces robes habillées à volants et dentelles ne convenaient pas et que le manteau jaune pâle de Sorella, qui avait été acheté à Paris, rue de la Paix, ne pouvait être porté que par une star du cinéma ou par une enfant dont la garde-robe aurait été riche et variée.

Hoppy se pencha pour ramasser la robe et les volants qui autrefois lui avaient donné l'apparence fragile et délicate d'un vêtement de poupée.

– Je suppose que quelqu'un s'occupe de la succession de votre père, dit-elle. Nous demanderons à Randal de déterminer quelle somme vous allez recevoir et alors vous pourrez vous acheter tout ce que vous voudrez.

– Si vous croyez que papa m'a laissé de l'argent, vous vous trompez. Lorsque nous avons quitté Cannes, il ne lui restait que cent francs. Il me l'a dit.

– Vous voulez dire par là que c'était tout l'argent qu'il avait en francs français?

– Non, tout l'argent qu'il avait au monde, corrigea Sorella. Croyez-vous que nous étions riches?

– Non, je pensais... eh bien je ne sais ce que je pensais, répondit Hoppy, gênée.

Elle regarda fixement la robe qu'elle tenait à la main. Elle avait dû coûter plusieurs milliers de francs. Elle baissa les yeux vers celle de Sorella. C'était le type même de vêtement excentrique et inutile que l'on se contente de regarder dans les vitrines des magasins. N'importe quelle enfant normale serait horrifiée à l'idée de porter une robe aussi peu pratique.

Sorella se leva.

– Vous ne comprenez pas, dit-elle tranquillement.

Elle marcha jusqu'à la fenêtre. Hoppy remarqua la grâce et la souplesse de ses mouvements. Sa robe était beaucoup trop courte, elle atteignait à peine ses genoux, ses chaussettes blanches et ses sandales noires paraissaient ridicules.

En effet, il fallait faire quelque chose pour elle, et Hoppy comprit que cela constituerait une partie de ses fonctions.

– Je demanderai à Randal s'il est d'accord pour vous acheter quelques nouveaux vêtements, dit-elle gentiment. Je suis certaine qu'il acceptera.

– Ce soir? Vous allez lui parler ce soir? demanda Sorella en se retournant vivement.

– Si j'en ai l'occasion, répondit Hoppy en souriant. Il est parti pour la répétition maintenant, comme vous le savez. S'ils s'arrêtent assez tôt, je pense qu'il dînera dehors avec un de ses amis.

– Probablement avec Jane, dit Sorella.

– Ne l'appelez-vous pas Mlle Crake?

– Elle m'a dit de l'appeler Jane. Cela n'a aucune importance pour moi, je peux l'appeler n'importe comment!

– Non, non, appelez-la Jane, si elle vous l'a demandé, répondit Hoppy pour éviter toute discussion. Tout le monde s'appelle par son prénom dans le milieu du spectacle. J'avais cru que Mlle Crake faisait exception à la règle. Mais, bien entendu, vous devez faire ce qu'elle vous demande.

Sorella ne répondit pas. Hoppy la regarda d'un air interrogateur. L'enfant avait la détestable habitude de rester silencieuse lorsqu'on attendait d'elle le contraire. C'était une attitude déconcertante et qui avait pour effet de mettre son interlocuteur mal à l'aise.

– Vous aimez beaucoup Jane Crake, n'est-ce pas, Hoppy? dit soudain Sorella.

– Oui, bien sûr, je l'aime beaucoup. C'est une très gentille personne.

– Mais vous n'aimez pas Lucille Lund.

Hoppy sursauta.

– Qu'est-ce qui vous fait dire cela?

– La façon dont votre voix s'altère lorsque vous parlez d'elle. Il y a également l'expression de colère de vos yeux.

– Je connais à peine Mlle Lund, dit Hoppy d'un ton réprobateur. Elle a une grande renommée et j'admire sa façon de jouer. La question de savoir si je l'aime ou ne l'aime pas ne se pose absolument pas.

Les lèvres de Sorella se tordirent en un petit sourire qui révéla à Hoppy, aussi clairement que si elle l'avait dit à haute voix, qu'elle ne croyait pas un mot de ses dénégations. Comme si la conversation ne l'intéressait plus, Sorella se tourna à nouveau vers la fenêtre et regarda au-dehors.

Hoppy sentit une violente irritation la gagner. Par moments, l'enfant était exaspérante.

La robe à la main, elle se dirigea vers la porte.

– Si vous avez envie de marcher, dit-elle, je dois aller à la bibliothèque dans une dizaine de minutes.

– Et après, allez-vous au théâtre? demanda Sorella avec empressement.

– Non, pas cet après-midi.

Hoppy sentit que l'empressement de Sorella s'était

évanoui. Elle quitta la pièce, la laissant accoudée à la fenêtre.

Le regard de Sorella s'était posé sur les arbres. Ils se paraient des somptueux coloris de l'automne, jaune, or et rouille; les feuilles commençaient à tomber, emportées par le vent froid qui soufflait du fleuve. Le soleil brillait par intermittence entre les nuages, une brume d'un bleu sombre fermait l'horizon et donnait à la ville un air de mystère et d'enchantement.

De l'avenue, juste en bas de l'immeuble, montait le bruit continu de la circulation, dominé de temps en temps par la sonorité stridente d'un avertisseur.

Sorella semblait ne rien entendre; ses yeux restaient fixés sur les arbres, entre lesquels, par instants, les eaux de la Serpentine scintillaient sous un rayon de soleil. Elle resta longtemps prostrée dans sa contemplation, jusqu'à ce qu'elle se sentît frissonner sous la morsure du vent âpre sur ses bras nus. Elle rentra dans la pièce.

Au-dessus de la cheminée était accroché un portrait de Randal, peint par un de ses amis. C'était une toile très habile : on y retrouvait le charme et la beauté du modèle, mais l'artiste avait néanmoins rendu l'expression légèrement ironique des yeux et la crispation cynique des lèvres. C'était Randal tel que le monde le voyait.

Sorella observait le portrait lorsqu'elle entendit la porte s'ouvrir derrière elle. Elle ne se retourna pas, pensant que c'était Hoppy qui revenait. Puis soudain, guidée par son instinct, elle fit volte-face et vit Randal devant elle.

Il avait l'air soucieux et fatigué, mais en voyant Sorella son visage s'éclaira.

– Etiez-vous en train de m'admirer, dit-il, ou vous apprêtiez-vous à lancer un projectile contre mon image?

– Pourquoi êtes-vous rentré? demanda Sorella, sans

répondre à sa question. Je croyais que vous étiez à la répétition.

– J'y étais, répliqua Randal.

Il se dirigea vers la table sur laquelle étaient disposées des boissons et se versa un whisky-soda.

– Lucille était d'une humeur impossible! Nous avons dû remettre la répétition à demain.

– Pourquoi était-elle fâchée?

– Dieu seul le sait! Quant à moi, je n'en ai aucune idée.

Il se laissa tomber dans un fauteuil, l'air las.

Sorella s'assit à ses pieds sur un petit tabouret recouvert de tapisserie.

– Vous le savez très bien, dit-elle d'un ton calme.

Randal la regarda dans les yeux.

– Qu'est-ce qui vous fait dire cela?

– C'est la vérité. Vous savez parfaitement ce qui contrarie Lucille Lund, mais vous ne voulez pas l'admettre, pas même dans votre for intérieur.

Une lueur d'irritation passa dans le regard de Randal puis, haussant les épaules, il dit :

– Entendu, je le sais; et comme vous semblez tout savoir si bien, peut-être pourriez-vous m'expliquer ce qu'il me reste à faire?

Sorella s'assit, les mains croisées sur les genoux, et resta silencieuse. Elle avait l'art de rester muette et sereine lorsque les circonstances l'imposaient, pensa Randal. Il n'aurait pas supporté qu'elle fît un mouvement. Il l'aurait détestée si elle avait eu l'air gênée ou inquiète après ce qu'elle avait dit.

Au contraire, elle était parfaitement immobile. Ses yeux verts à l'expression grave étaient fixés sur son visage.

– Eh bien, dit-il enfin, quel remède proposez-vous?

– Il n'y en a pas, répondit Sorella. Lucille est jalouse de Jane. Vous le savez. Elle était en colère aujourd'hui parce que vous avez invité Jane à dîner hier soir.

– C'est l'exacte vérité, s'exclama Randal. Mais comment savez-vous cela, étonnante jeune fille?

– J'ai passé tout l'après-midi au théâtre, hier, répondit Sorella. J'ai écouté les gens. Ils ne faisaient pas beaucoup attention à moi, je crois même qu'ils n'avaient pas remarqué ma présence. Il y avait un M. Jepson qui venait juste d'arriver des Etats-Unis. Il n'aimait pas la façon dont Lucille jouait la troisième scène. Il disait que ce n'était pas ce que vous aviez imaginé lorsque vous l'avez écrite. Lucille a répondu que dans ce cas vous n'aviez qu'à le lui dire vous-même et elle a ajouté que de toute façon ces jours-ci, vous sembliez plus intéressé par les cornflakes que par l'art dramatique.

– Et qu'a répondu Edward Jepson?

Sorella réfléchit un instant, comme si elle essayait de se rappeler exactement ses paroles.

– Il a dit : « Allons, allons, ma chérie », avec un très fort accent américain; je pense que vous savez comment il parle. Il a essayé de la calmer, mais cela a eu l'effet contraire. A la fin, elle a dit : « Tu sais que je ne serais jamais venue dans ce trou pouilleux si ce n'avait été pour Randal; alors, si tu crois qu'il va me faire faux bond pour une petite nana du grand monde, même si elle croule sous les lingots d'or, tu te trompes bien. » (Sorella eut un petit rire et ajouta :) Lorsque Lucille est en colère, elle parle exactement comme les personnages des bandes dessinées américaines.

Randal éclata de rire et finit son whisky-soda.

– Lucille a trouvé le compagnon qu'il lui fallait, dit-il. Edward Jepson a commencé sa vie comme cow-boy, mais personne ne le croirait maintenant! Bon, je pense que je ferais mieux de suivre vos conseils.

– Vous en ai-je donné?

– Oh oui, vous m'avez dit que si je voulais que la pièce soit un succès, il fallait m'arranger pour que Lucille soit de bonne humeur. Le problème est de savoir quelle humeur sera celle de Jane si je la laisse tomber pour Lucille!

Il sourit à Sorella, avec l'expression irresponsable et méchante d'un petit garçon qui est sur le point de commettre une mauvaise action, puis se leva et se dirigea vers le téléphone.

– Ma chère Sorella, les femmes sont diaboliques, dit-il d'une voix solennelle.

Sorella ne répondit pas, mais sur son visage passa une expression étrange qui intrigua Randal. Il lui aurait demandé ce qu'elle signifiait s'il n'avait été aussi impatient de composer le numéro de Jane.

En réalité, les paroles de Randal avaient rappelé à Sorella un souvenir plutôt désagréable. Elle avait entendu son père prononcer les mêmes mots, cinq années auparavant, alors qu'il marchait de long en large dans une chambre d'hôtel.

– Les femmes sont diaboliques, Sorella, avait-il dit. J'ai usé envers elles de toutes les ruses que je connaissais, maintenant c'est à ton tour.

– Mais que puis-je faire? lui avait-elle demandé.

– Il faut que tu agisses et vite, avait répondu D'Arcy Forest. Il me reste exactement cinquante francs pour payer une note de quinze jours. Le directeur m'en a réclamé le paiement hier. Je lui ai dit que j'attendais un chèque d'Angleterre; or, tu sais aussi bien que moi que ce chèque est dans ce même hôtel, qu'il couche dans la meilleure chambre et que sa voiture l'attend devant la porte d'entrée.

– Mais, papa, il est évident que Mme Lazard ne souhaite pas te connaître. Lorsque tu lui as parlé dans l'ascenseur, hier soir, elle t'a regardé avec la plus extrême froideur; et, ce matin, lorsqu'elle t'a vu entrer dans le hall, elle a délibérément pris la direction opposée.

– Cela ne veut pas dire qu'elle ne veuille pas me connaître, Sorella. Les femmes sont d'étranges créatures; si on les poursuit trop ouvertement, elles font semblant de ne pas vouloir de vous; il suffit alors de s'éloigner d'elles pour qu'elles vous courent après. Le problème est que nous n'avons pas de temps à perdre, on ne peut pas s'amuser à traquer l'animal, à l'épier, comme on le ferait en d'autres circonstances. Il faut agir rapidement, ma poupée, et c'est là que tu interviens.

– Comment?

D'Arcy Forest restait silencieux et pensif.

– Voyons...

Il se gratta le menton, puis soudain, en claquant des doigts, il poussa un cri.

– J'ai trouvé, dit-il. Nous allons utiliser le chien pour gagner l'affection de sa maîtresse!

– Je ne comprends pas, avait dit Sorella.

– Mais si, tu vas voir. Mme Lazard revient de sa promenade vers 4 heures un quart; tu attendras dans le hall, au moment où elle demande son courrier. Généralement, elle va le chercher à la réception; c'est alors que tu t'approcheras du chien. Caresse-le, gratte-lui le museau, parle-lui, dis n'importe quelle bêtise; c'est une sale petite bête et il te mordra certainement, mais on n'y peut rien. Tu diras dans des termes affectueux et enfantins combien tu le trouves mignon et à quel point tu aimerais en avoir un à toi. Manifeste une affection débordante pour le petit quadrupède et, lorsque Mme Lazard montera dans l'ascenseur, demande à monter en même temps qu'elle. Il faudra dire : « S'il vous plaît, madame, puis-je venir jouer quelques instants avec votre chien? Je serai très sage, je ne vous dérangerai pas. »

– Oh! papa, je ne peux pas agir ainsi! s'était exclamée Sorella.

– C'est une méthode infaillible, avait continué D'Arcy Forest, ignorant ses protestations. Tu l'accompagneras dans son salon. Si elle essaie de refuser, tu te mettras à pleurer, tu feras un tas d'histoires, tu te cramponneras au chien, tu l'embrasseras en le tenant serré dans tes bras, etc. Quelques minutes plus tard je viendrai te chercher et je me chargerai du reste.

Sorella était devenue très pâle.

– Je ne peux pas agir ainsi, papa, je ne peux pas, répétait-elle. Mme Lazard n'acceptera pas. Il est clair qu'elle ne nous aime pas. Comment pourrais-je insister pour aller jouer dans son salon?

– Tu le peux et tu le feras, avait ordonné D'Arcy. Mets ta plus jolie robe, celle que Florence Erskine t'a offerte à Paris. Et pour l'amour de Dieu, essaie d'être sympathique. Montre-toi à ton avantage, pour une fois. Tu ne fais jamais le moindre effort pour être agréable. Même Florence prétendait que tu la regardais de travers. Ah, si j'avais eu une enfant souriante et aimable! Tu ne peux pas savoir l'argent que m'a fait perdre ton air renfrogné.

– Tu m'avais dit de l'appeler « maman » et de l'embrasser, avait répondu Sorella. C'était une grosse femme antipathique et je ne voulais pas la toucher.

– Mon Dieu, crois-tu que cela me faisait plaisir? s'était écrié D'Arcy Forest. Mais elle était riche, ma petite, riche! Regarde ce que nous avons tiré d'elle : quinze jours de confort à Torquay, une semaine à Paris, et assez d'argent pour nous permettre de venir ici. On en aurait tiré davantage si tu avais joué ton rôle convenablement. Je te jure qu'elle a commencé à comprendre mon jeu du jour où tu es devenue odieuse.

– Je la haïssais, avait dit Sorella d'un air maussade.

– S'il faut tenir compte de ceux que tu aimes et de ceux que tu n'aimes pas, nous mourrons de faim, avait lancé D'Arcy d'une voix hargneuse; et c'est précisément ce qui va nous arriver maintenant si nous ne faisons pas attention. Il ne me reste que cinquante francs et la note doit bien s'élever à deux cents francs. Peux-tu te mettre cela dans ta petite tête d'imbécile?

Si oui, va te changer et fais de ton mieux pour nous sauver du naufrage.

– Non, je ne peux pas.

Son père l'avait regardée un instant, puis il l'avait giflée violemment.

– Tu feras ce que je te dis, ou alors je te frapperai jusqu'à ce que tu en perdes le souffle. J'en ai assez de tes minauderies, jeune demoiselle. Il faut que nous vivions. Si tu ne m'aides pas je trouverai quelqu'un d'autre pour le faire. C'était sacrément plus facile lorsque tu n'étais qu'une gosse et que tu pouvais te contenter d'avoir l'air stupide, je te l'affirme.

– Tu en as certainement tiré le meilleur parti possible.

Elle n'avait pas bronché lorsqu'il l'avait frappée de nouveau, bien que les traces de la première gifle fussent encore imprimées sur sa joue pâle.

– Dépêche-toi de te changer, s'était écrié D'Arcy brusquement, sinon, je te jure, je vais me débarrasser de toi dans le premier orphelinat que je trouve.

Sorella avait tenté de résister encore quelques instants. Il l'avait alors saisie par les épaules et l'avait secouée avec violence. Elle avait pris peur et s'était résignée à faire ce qu'il souhaitait.

Cela n'avait pas été aussi difficile qu'elle l'avait cru de s'introduire dans le salon de Mme Lazard; et ensuite, tout s'était déroulé comme prévu. Son père était venu la chercher et avait raconté l'histoire émouvante de sa pauvre petite orpheline de fille.

Sorella l'avait si souvent entendue qu'elle en connaissait les détails par cœur et cependant, elle ne pouvait s'empêcher chaque fois de l'admirer. C'était un véritable numéro d'artiste, et D'Arcy obtenait toujours le résultat recherché.

En moins d'une semaine, ils étaient installés dans un autre hôtel où D'Arcy Forest et Mme Lazard purent s'inscrire sur le registre en qualité de mari et femme.

Les riches veuves étaient la spécialité de D'Arcy. Sorella facilitait l'entrée en matière, mais elle devenait plutôt encombrante une fois qu'il avait atteint son objectif.

Aussi loin que remontaient ses souvenirs, elle se rappelait n'avoir jamais joué que dans des couloirs d'hôtel et avoir passé de longues heures, assise seule dans sa chambre. Elle mangeait à n'importe quelle heure lorsque quelqu'un se souvenait de son existence. Parfois, sa faim était si grande qu'elle devait demander au garçon d'étage des restes provenant du repas d'autres clients.

Sorella avait toujours eu l'impression que les hôtels étaient tous exactement les mêmes. Qu'ils fussent grands ou petits, minables ou luxueux, la même odeur imprégnait les mêmes couloirs interminables et mal éclairés qui, souvent, lui avaient fait penser à ceux d'une prison.

Que l'hôtel fût en Angleterre, en France, en Italie ou en Allemagne, la vie de Sorella demeurait rigoureusement inchangée. Ses seuls compagnons de jeux étaient les grooms qui l'acceptaient parfois pour partenaire aux dés ou aux cartes. Ses jouets lui étaient offerts à la suite d'une nuit de gala au casino par quelque femme entichée de D'Arcy.

Elle les conservait aussi longtemps que son père était l'objet des faveurs de la donatrice, mais elle devait s'en séparer, quand la dame en question retournait chez elle après qu'elle eut trouvé que D'Arcy constituait un luxe trop onéreux. Il s'arrangeait alors pour vendre les jouets, ne retirant parfois que quelques francs d'une poupée qui en avait coûté plusieurs dizaines, et Sorella pleurait de détresse de devoir s'en séparer.

– Maintenant, écoute, petite imbécile, avait l'habitude de dire D'Arcy, si on te voit avec un jouet aussi cher que celui-là, on va croire que quelqu'un nous donne de l'argent. Ne comprends-tu pas qu'il faut que tu aies l'air d'une pauvre petite orpheline mal aimée?

– C'est bien vrai, avait répondu une fois Sorella d'un ton de défi.

En réponse, D'Arcy l'avait prise dans ses bras et l'avait couverte de baisers.

– Je suis un sale type, avait-il dit d'un air tragique. Je suis un mauvais père pour toi, mon petit chou, mais je t'aime, sais-tu? Ce n'est peut-être pas une vie pour toi, mais c'est la meilleure que je puisse t'offrir. Reste à mes côtés et je serai toujours aux tiens. Je t'en donne ma parole.

Bien que Sorella ne fût pas dupe de l'éloquence de D'Arcy et qu'elle sût parfaitement qu'il mentait, elle se mit à sourire timidement, victime de cette faiblesse féminine dont il savait si habilement profiter.

Lorsqu'elle grandit, elle comprit que cette menace de l'orphelinat était le seul moyen dont il disposait pour lui faire accepter cette vie étrange et pleine d'aventures, vie hors du commun dans laquelle Sorella trouvait un certain bonheur.

Elle aimait, par exemple, leurs séjours parisiens. La ville la fascinait : elle allait se promener pendant des heures le long de la Seine ou restait assise dans les jardins des Tuileries, observant d'autres enfants plus fortunés qui jouaient avec leurs amis. A huit ans, elle était capable de trouver son chemin sans difficulté, à Londres comme à Paris. Lorsqu'elle fut plus âgée, elle prit l'habitude de disparaître toute la journée et de ne rentrer à l'hôtel qu'à la nuit tombante, pour constater que personne ne s'était aperçu de son absence.

Ce dont elle souffrait le plus était le manque d'argent. Son père ne lui en donnait jamais et les femmes qui entretenaient l'acteur reprochaient généralement, après le premier élan de générosité, jusqu'à la nourriture de Sorella. Elles trouvaient plus commode d'oublier les repas de l'enfant qui devait souvent se contenter pour son petit déjeuner des restes laissés sur le plateau par son père et sa maîtresse. Quant aux déjeuners, elle ne les devait qu'à la gentillesse d'un garçon ou d'un cuisinier.

D'hôtel en hôtel, de ville en ville, ils avaient voyagé, année après année, jusqu'au jour où Sorella avait commencé à trouver de plus en plus difficile de jouer le rôle que son père lui confiait.

Il n'était pas malaisé à une enfant de huit ou neuf ans d'avoir l'air naïf ou une expression ingénue mais, à quatorze ans, Sorella se sentait gauche et gênée dans ce rôle et elle ne croyait plus du tout être convaincante. Les amies de son père commençaient à la regarder d'un air soupçonneux et ne s'apitoyaient plus sur sa misérable condition d'orpheline.

En dépit de ses protestations, D'Arcy insistait pour qu'elle continuât à ressembler à une petite fille. Il aimait la voir dans ces robes à volants, serrées à la taille par une ceinture à nœud, qui avaient été à la mode au temps de sa jeunesse et qu'on faisait toujours porter aux enfants dans les mélodrames. Il refusait d'admettre que la mode avait changé et que les petites filles avaient abandonné les robes amidonnées pour des shorts et des pulls. Sorella avait essayé en vain de le convaincre.

Comme elle n'avait pas d'argent, elle était obligée de s'habiller comme il le voulait. Une fois, à son insu, elle avait pris de l'argent dans son portefeuille et elle était allée s'acheter une robe bon marché à la coupe sévère. Elle l'avait revêtue avant de se présenter à lui.

Il l'avait regardée bouche bée pendant quelques secondes, puis, pâle de colère, lui avait arraché la robe et l'avait jetée au feu. Ensuite, il l'avait battue. Plus tard, lorsqu'elle s'était étendue sur son lit en pleurant, elle avait pris la décision de ne plus jamais le braver. Ce n'était pas tant la souffrance occasionnée par les coups qui l'affectait, car elle y était habituée, mais bien plus l'humiliation qui en résultait. Après cet acte de bravoure désespéré, elle n'avait plus jamais défié son père ouvertement.

C'était une chance pour D'Arcy qu'elle fût si petite. Sa mère avait été une danseuse de ballet et elle avait hérité de sa stature et de sa grâce. La musique donnait à Sorella une envie irrésistible de danser; elle sentait tout son corps s'animer et son pied battait la cadence. Mais elle savait qu'elle n'était pas née pour être danseuse, aussi ne parla-t-elle jamais de suivre des cours.

Elle avait d'autres aspirations qu'elle avait du mal à définir. Elle avait vécu si seule qu'elle s'était fabriqué un monde imaginaire. C'était un secret qui lui permettait d'oublier sa solitude et jusqu'à la faim qui la harcelait.

Elle avait trouvé au hasard de ses lectures, de ses promenades ou des mélodies qu'elle aimait écouter de quoi peupler cet univers intime. C'étaient ses seuls trésors, ses seules possessions que personne, pas même son père, ne pouvait lui enlever.

Son instruction s'était faite d'une manière très peu conventionnelle. Elle avait appris à lire dans les journaux et les calendriers des courses que son père laissait traîner dans sa chambre. Elle avait appris à faire des additions en refaisant celles des notes d'hôtel pour savoir combien il leur manquait pour payer. Elle avait appris des langues étrangères parce qu'ils avaient séjourné dans différents pays et aussi parce que le petit monde des employés d'hôtel était très cosmopolite. Si elle n'avait pas su se faire comprendre d'eux, elle n'aurait pas souvent mangé.

Elle apprit ainsi ce qu'ignorent les enfants plus fortunés. Au début, elle avait lu les journaux de son père parce qu'elle n'avait rien d'autre à faire et qu'elle s'ennuyait; puis elle avait pris goût à la lecture et s'était mise à chercher sur les rayonnages des hôtels de vieux livres moisis et oubliés, et à emprunter les magazines laissés dans les chambres.

Elle était encore très jeune lorsqu'elle avait découvert les bibliothèques municipales et l'année suivante, à Paris, elle avait appris que l'on pouvait entrer sans payer dans les galeries d'art.

Un enfant du même âge, bien élevé et bien entouré, issu d'une famille bourgeoise, n'aurait pas su que les cierges disposés dans les églises autour des statues de saints ou des reliquaires, dégageaient une chaleur bienfaisante les jours de froid; ou qu'un morceau de savon, chapardé dans une salle de bains d'hôtel, pouvait être vendu quelques centimes dans les marchés aux puces ou les quartiers mal famés des capitales.

Mais Sorella ne volait pas souvent. Quelque chose au fond d'elle s'y opposait; cette résistance était si forte qu'elle l'empêchait même de prendre une nourriture qui lui aurait pourtant été si nécessaire.

Son mérite était d'autant plus grand qu'elle avait l'habitude de voir son père se livrer, en toute impudence, à ce genre de petits larcins. Il ne voyageait jamais par le train sans voler une serviette de toilette, s'il s'en présentait une; lorsqu'il attendait dans un salon, il se remplissait toujours les poches de cigares et cigarettes, s'il s'en trouvait; ou encore, si une amie lui donnait de l'argent pour régler une addition, il gardait toujours la monnaie.

Sorella ne se révoltait pas contre ce comportement, mais, pour sa part, elle préférait garder une attitude différente. Elle avait dès son plus jeune âge, fait preuve d'une grande dignité. Souvent les grooms étaient insolents avec elle et lui donnaient des sobriquets humiliants; mais ils ne la faisaient jamais pleurer et, d'une manière générale, elle les aimait bien parce qu'ils lui disaient qu'elle ne ressemblait pas aux autres filles. C'était un compliment dont elle ne pouvait apprécier toute la valeur parce qu'elle n'avait jamais eu l'occasion de se comparer à aucune autre fille de son âge!

En revanche, des femmes, elle en voyait beaucoup. Pour la plupart d'un certain âge, dont les yeux, à la vue de son père, s'allumaient d'une manière presque pitoyable. Toutes, après une journée passée en compagnie de D'Arcy, étaient gaies, mutines et paraissaient beaucoup plus jeunes.

Sorella avait adopté une échelle de valeurs qui lui était propre et à laquelle elle se conformait, de même qu'elle régnait sur un monde imaginaire qui lui semblait souvent plus vrai que la réalité. Cette enfance tumultueuse lui avait donné une certaine philosophie. Elle acceptait les événements tels qu'ils se présentaient, tirant le meilleur parti de chaque situation, sans tenir compte de son aspect déplaisant ou ennuyeux. Elle avait appris à ne pas se soucier de l'avenir, à ne jamais intriguer afin d'obtenir quoi que ce soit pour elle-même, mais à se montrer reconnaissante quand on lui faisait un présent, si minime fût-il.

Elle critiquait rarement les gens et s'interrogeait toujours sur les motifs secrets de leurs actes; elle avait même une sorte de don de voyance qui lui permettait de dire avec exactitude ce que les autres pensaient à un instant donné.

Randal était au téléphone. Sorella, qui l'écoutait, savait exactement ce que Jane ressentait à l'autre bout du fil.

– Je ne peux pas dîner avec toi ce soir, ma chérie. Lucille est insupportable. Si je ne lui fais pas entendre raison, elle va retourner aux Etats-Unis, et alors, qu'adviendra-t-il de ma pièce et de l'argent de ton père? Oui, oui, je sais, c'est extrêmement décevant; j'étais si impatient de te revoir et, comme tu le dis, nous n'avons eu l'occasion d'être réunis qu'une seule fois depuis mon retour de France...

De façon évidente, Jane lui demandait quelque chose; pendant quelques instants, comme s'il étudiait sa requête, son regard se promena sur les objets de la pièce, puis il répondit :

– Non, pas maintenant, chérie, j'aimerais bien, mais

il faut que je parte immédiatement... Oui, j'essaierai de te téléphoner dans la soirée, et sinon, demain matin... Tu es merveilleuse d'être aussi compréhensive... Au revoir, tu es un ange.

Il reposa le récepteur avec un soupir de soulagement puis, faisant une grimace à Sorella :

– N'ai-je pas comparé les femmes au diable? Je crois que le terme est encore trop faible. (Il composait un numéro tout en parlant.) Allô, pourriez-vous me donner l'appartement de Mlle Lund, s'il vous plaît?

Il y eut un silence, puis on entendit une voix irritée.

– ... Est-ce toi, Lucille?... Je suis désolé, mon chou, que tu sois contrariée. Je n'y pouvais rien, tout allait de mal en pis... Oui... Ecoute-moi... Oui, oui je sais. J'ai tout décommandé jusqu'à demain... Je t'emmène dîner en ville ce soir. Rien que toi et moi. Nous pourrons discuter tranquillement. Tu n'auras qu'à me dire ce que tu veux, et si c'est en mon pouvoir, je te le donnerai... Oui, c'est promis. N'as-tu pas confiance en moi? Si? Bon, à 8 heures donc... Je ne serai pas en retard, je suis bien trop impatient de te voir et nous parlerons de nous, pas de cette maudite pièce... Mais bien sûr, comment peux-tu imaginer le contraire? Tu veux que je te le dise? Eh bien! je t'adore. Ça va mieux maintenant? Je te le redirai ce soir. Au revoir.

Il reposa le récepteur et resta à le regarder pendant un moment. Sorella savait qu'il avait oublié jusqu'à son existence à elle; il était perdu dans ses pensées, en proie à un tourment intérieur.

Elle demeura assise, silencieuse. Et après un moment qui lui sembla très long, mais qui en réalité n'avait duré que quelques minutes, Randal revint à son fauteuil près du feu. Il s'assit, plaça ses jambes sur un petit tabouret et regarda Sorella.

– Je suis dans de beaux draps, Sorella, dit-il tranquillement.

– Je sais, fit-elle.

– C'est le genre d'histoires que l'on peut écrire facilement. Dans ma seconde pièce, *Duo pour trois cœurs*, la situation était aussi fâcheuse que celle dans laquelle je me débats en ce moment. Deux femmes... je les aime toutes les deux. Le comprenez-vous?

– Oui, bien sûr. On peut aimer beaucoup de gens en même temps.

– Bon, si vous le comprenez, vous vous rendez compte des difficultés auxquelles la plupart des hommes doivent faire face. Il n'y a que les femmes qui puissent s'attacher à un homme jusqu'à ce que la mort les sépare.

Sorella sourit.

– Pas toutes les femmes, dit-elle. Beaucoup d'entre elles aimeraient un homme différent chaque semaine, si elles pouvaient trouver suffisamment d'hommes pour les aimer en retour.

Randal éclata de rire.

– Est-ce là le jugement que vous portez sur votre propre sexe? (Puis soudain, avant même qu'elle puisse répondre, et d'un ton plus sérieux, il ajouta :) Vous ne devriez pas parler ainsi; vous êtes beaucoup trop jeune. J'oublie tout le temps que vous êtes une enfant et je vous parle comme je l'aurais fait avec votre père.

– Et pourquoi pas? demanda Sorella. J'ai vécu suffisamment de temps en sa compagnie pour savoir que, si je le désirais, je pourrais parler exactement comme lui. En réalité, je n'aime pas beaucoup parler, contrairement à mon père. Je préfère écouter. Parlez-moi de Lucille. L'aimez-vous vraiment?

– Non. Je pense que non, répondit Randal, trop absorbé de nouveau par ses propres problèmes pour se souvenir que Sorella était si jeune. Mais je l'ai aimée. Je suis tombé amoureux d'elle il y a trois ans, lorsque nous nous sommes rencontrés pour la première fois à Hollywood. C'est une femme charmante et j'étais flatté d'être l'objet de ses attentions. Nous n'avons vécu ensemble que pendant une période assez courte; j'ai dû revenir en Angleterre pour une année et ne suis retourné aux Etats-Unis que l'an passé pour y tourner un film.

» Lucille a une maison à Beverly Hills. J'aimerais que vous puissiez voir la piscine et le jardin. On a l'impression de vivre continuellement dans un rêve. J'étais très heureux l'été dernier avec Lucille. Mais l'hiver est venu, j'ai regagné l'Angleterre et j'ai rencontré Jane. Au diable tout cela! Je ne devrais pas vous parler ainsi.

– J'aimerais que vous cessiez de le dire. L'attitude la plus sensée que vous puissiez avoir est de vous entretenir avec moi de ces problèmes puisque je leur suis étrangère et que je peux vous donner mon avis en toute objectivité.

– Vous pensez à Hoppy et à Jane?

– Elle veut que vous épousiez Jane. Allez-vous le faire?

– Le devrais-je? demanda Randal en souriant.

Sorella fit non de la tête.

– Non? C'est un nouveau point de vue. Pourquoi non?

Sorella ne répondant pas, après un moment il continua :

– ... J'imagine que vous êtes la seule personne au monde qui me dise de ne pas épouser Jane. Elle est très séduisante, personne ne peut le nier. Elle a beaucoup d'argent, ce n'est pas d'une importance capitale, mais c'est toujours utile. Et elle a une position sociale très élevée qui lui permet de fréquenter un monde qui, je l'avoue, m'intrigue et m'amuse.

» J'aime ses amis, les gens ambitieux et brillants que je rencontre aux réceptions de son père; car bien sûr, il ne faut pas oublier lord Rockampstead. Son argent est un don de Dieu pour ma pièce de théâtre qui attendait cette intervention divine pour devenir réalité. N'ai-je rien d'autre à ajouter? Si, bien sûr, Jane elle-même, agréable, émouvante, inoubliable. Et maintenant, soutenez-vous toujours que je ne devrais pas l'épouser?

Les yeux verts de Sorella le fixèrent avec une expression impénétrable. Alors, comme il la regardait d'un air interrogateur, elle dit tranquillement :

– Si vous l'épousez, vous serez déçu.

5

Lucille reposa le récepteur avec un sourire sur les lèvres. Sa mauvaise humeur était passée puisqu'elle avait obtenu ce qu'elle voulait.

Elle ne savait que trop à quel point Randal détestait ses explosions de colère et l'effet déplorable qu'elles produisaient sur les autres acteurs. Elle avait une telle habitude de voir les gens se plier à ses volontés qu'elle était incapable de penser que cela pût prendre fin un jour.

Edward Jepson lui conseillait toujours de ne pas aller trop loin. Elle se moquait de ses sombres pressentiments et n'avait qu'à se contempler dans le miroir pour se croire invulnérable. Mais c'était tout de même ses mises en garde qui lui avaient fait prendre une incroyable résolution dans l'avion qui la transportait vers l'Angleterre.

C'était rare que Lucille ait le temps de réfléchir. Ses journées se succédaient dans un tourbillon de travail, de traitements de beauté, de dîners et de soirées, qui ne lui laissaient guère le temps d'imaginer son avenir à long terme.

Les longues heures passées dans l'avion lui avaient donné l'occasion d'examiner plus sérieusement les perspectives qui s'offraient à elle.

Les dernières paroles que lui avait dites Edward

Jepson lui avaient servi, en quelque sorte, d'avertissement.

– Je suis très nerveuse à l'idée de faire ma première apparition sur la scène, à Londres, avait dit Lucille à l'aéroport.

Elle n'était pas réellement inquiète. Elle avait fait cette réflexion dans l'espoir qu'il la rassurerait par quelques paroles flatteuses; mais, au contraire, il avait répondu en pesant ses mots :

– Il faut que la pièce soit un succès, Lucille. Il est toujours préférable d'avoir deux cordes à son arc, particulièrement lorsque l'une d'entre elles commence à se détendre.

Il aurait vraiment fallu qu'elle le fît exprès pour ne pas comprendre la menace contenue dans ces paroles et, lorsqu'elle avait été seule, elle s'était mise à réfléchir avec un sérieux dont elle n'avait pas fait preuve depuis longtemps.

C'est alors que ce qu'elle devait faire lui était apparu comme inscrit en lettres de feu sur la carlingue de l'avion. Un instant elle avait eu le souffle coupé par sa propre audace, puis elle s'y était faite et l'avait acceptée de tout son cœur, sachant que, dans son subconscient, elle avait toujours souhaité cette issue.

Maintenant qu'elle avait pris sa décision, tout semblait simple et évident à Lucille; elle n'avait plus aucun doute, plus aucune hésitation : elle allait épouser Randal, c'était une chose entendue.

Depuis des années elle pensait au mariage. Bien sûr, elle avait reçu d'innombrables offres, comme toutes les stars de cinéma; Lucille étant plus séduisante et plus raffinée que la plupart de ses contemporaines, l'attrait qu'elle exerçait sur le sexe opposé n'était, pour une fois, pas exagéré par la presse. Mais elle avait été trop satisfaite par sa propre réussite pour souhaiter la partager avec un homme. Elle ne songeait qu'à s'élever au firmament des étoiles du septième art.

Elle prenait des amants lorsqu'elle en avait le temps

et les rejetait avec la même facilité qu'elle se débarrassait des robes brodées de strass qu'elle portait dans certains films et dont l'existence ne devait pas dépasser la période du tournage.

Pendant ses premières années à Hollywood, elle n'avait songé qu'au succès; elle découvrait la sensation enivrante que procurent les éloges et les applaudissements. Tel Narcisse, elle n'aimait que sa beauté et avait peu de temps pour remarquer celle des autres.

Les hommes lui faisaient l'effet d'ombres dont l'amour n'avait pas plus de réalité que les sentiments exprimés devant les caméras. Cela faisait partie de sa réussite que d'être entourée d'hommes, comme de porter de la zibeline, d'être couverte de bijoux de chez Tiffany ou de se parfumer avec les meilleurs parfums français. Mais, en tant qu'individus, ils lui avaient toujours semblé parfaitement inconsistants; ils n'étaient que des compagnons de sorties, des cavaliers pour un bal ou des hôtes sympathiques.

Elle acceptait leurs présents et recevait leurs hommages, comme si elle avait eu des droits sur eux. Et comme elle exigeait beaucoup, elle recevait presque tout ce qu'elle souhaitait. Mais il y avait, évidemment, quelques hommes avec lesquels elle avait été charmante et séduisante autant par plaisir que par principe.

Pendant trois mois, Lucille avait été la maîtresse d'un richissime Mexicain. Avant de le rencontrer, elle croyait avoir une certaine expérience du luxe; mais elle avait ouvert des yeux immenses en découvrant la magnificence de ses domaines et de ses maisons et avait été stupéfaite en le voyant dépenser des sommes énormes pour une soirée qu'il avait oubliée dès le lendemain.

Mais même pour cette fortune qui aurait pu être sienne, elle n'avait pas voulu renoncer à sa carrière d'artiste.

Ce n'était pas l'argent qu'elle convoitait, mais la

célébrité. C'était un élixir plus délicieux que tout ce qu'elle avait imaginé auparavant. Elle ne se lassait jamais de voir son nom sur les affiches ou en lettres lumineuses à l'entrée des cinémas, de signer des autographes, de recevoir des fleurs, d'apparaître dans les manifestations publiques et de répondre aux questions des journalistes.

Lucille ne souhaitait pas être seule et ne désirait pas avoir de vie privée. Elle aimait tant les projecteurs qu'elle les recherchait. Et comme elle était extrêmement belle, elle pouvait défier leur éclairage cruel et sans merci beaucoup plus longtemps qu'aucune autre star.

Lucille n'avait pris conscience que très récemment qu'il lui devenait de plus en plus difficile de tenir son rôle. Elle était toujours l'un des noms les plus recherchés du cinéma, mais déjà ses jeunes rivales la rattrapaient et elle ressentait le léger déclin de sa popularité.

C'était imperceptible, les recettes n'avaient pas diminué et, cependant, Lucille en était consciente. Sa beauté n'était pas en cause, pas plus que la qualité des films dans lesquels elle acceptait de jouer. Les scénarios étaient toujours soumis à la plus sévère critique, parfois refusés pour la seule raison que le rôle qu'on lui proposait risquait de dérouter son public.

Non, il s'agissait d'un phénomène beaucoup plus subtil, aussi difficile à saisir que l'instant précis où l'été finit et l'automne commence. Au fond d'elle-même, Lucille savait que sa belle saison touchait à sa fin. Bientôt les feuilles jauniraient, le soleil perdrait de sa chaleur et les premières manifestations de la vieillesse altéreraient les traits de son visage, alourdiraient sa silhouette et, peut-être, déformeraient ses jambes si célèbres.

Edward, autant qu'elle-même, savait qu'ils disposaient de moins en moins de temps. Son jeu devait changer rapidement ou elle cesserait d'être le point de mire du monde artificiel du cinéma et devrait accepter des seconds rôles : précisément ce qu'elle s'était juré de ne jamais faire. Jamais! Jamais, aussi longtemps qu'elle aurait un souffle de vie, elle n'accepterait cette humiliation.

Elle voyait avec quelle subtilité et quelle intelligence les autres artistes étaient reléguées dans le rôle de « l'autre femme », la rivale qui doit se battre pour obtenir les faveurs du héros, le rôle dont chacun dit qu'il exige de réelles qualités de comédienne, mais dans lequel on disparaît de l'écran avant la fin bouleversante du film.

Comme elle les connaissait bien, ces rôles et ces flatteries!

« Tu vas faire un malheur avec ça, mon petit. Tu ne t'imagines pas en ingénue! Après tout, il faut avoir des tripes pour jouer ton rôle. Bien sûr, tu seras en tête d'affiche avec... »

En-dessous viendrait l'autre nom, le nom de la jeune fille dont vous auriez tenu le rôle dix ans auparavant.

Dans l'avion, les poings de Lucille s'étaient crispés. Tout son corps était tendu. C'était donc ce que Edward projetait pour elle! Elle ne pouvait pas le croire, c'était impossible. Elle pensait aux centaines de lettres d'admirateurs qu'elle recevait quotidiennement.

Non, le temps d'abdiquer n'était pas encore venu; mais cependant, pour la première fois, un nuage noir se dessinait à l'horizon.

C'est alors qu'elle avait pris la décision d'épouser Randal. Elle l'aimait depuis trois ans déjà : il était tellement différent de tous les hommes qu'elle avait rencontrés à Hollywood, des acteurs avec lesquels elle avait joué, d'Edward Jepson et de tous ses autres amis.

Randal était d'une élégance que, à première vue,

elle avait suspectée d'être féminine; puis elle avait découvert sa prestance et l'avait alors trouvé irrésistible.

Elle ne pouvait expliquer ce qui le rendait si différent des autres hommes. Parfois, elle pensait que c'était la beauté de son visage et l'expression légèrement cynique de sa bouche; mais elle avait connu bien d'autres hommes aussi beaux que lui et qui pourtant n'avaient pas son charme.

La puissance de son corps, ferme et athlétique, la ravissait; et pourtant, Hollywood était rempli d'athlètes, tous impatients de montrer leur force de jour comme de nuit.

Le fait qu'il soit anglais n'expliquait pas tout non plus, car Lucille avait connu assez de ses concitoyens pour savoir qu'il était unique parmi eux. Il s'était rapidement imposé à elle, enveloppé de mystère, et même après plusieurs mois de rencontres presque quotidiennes, elle ne parvenait toujours pas à le comprendre.

Lucille avait connu peu d'hommes intelligents, à l'exception d'Edward; aussi était-ce une expérience nouvelle pour elle que d'écouter Randal parler. Elle était si ignorante qu'il lui était facile de l'impressionner et, pour la première fois de sa vie, elle avait aimé être dominée.

C'était aussi la première fois qu'elle fréquentait un authentique écrivain et elle était fascinée par cette faculté qu'il avait de pouvoir se retrancher du monde extérieur lorsqu'il était pris par l'inspiration créatrice.

– Je t'aime, bien sûr que je t'aime, avait dit Randal une fois. Mais ne comprends-tu pas qu'il me faut écrire en ce moment? Ce que j'ai à mettre sur le papier a plus d'importance que n'importe quel dîner ou surprise-partie. Quand bien même je serais invité à la soirée la plus fastueuse de l'année je n'irais pas; mais je resterais pour coucher sur le papier tout ce qui jaillit du fond de moi.

Lucille avait eu peine à le croire, au début. Puis elle s'y était faite, car Randal, si accommodant dans la plupart des circonstances de la vie, était inflexible en ce qui concernait son travail.

Et c'était à cause de ces traits de caractère, plutôt que malgré eux, que Lucille tombait, de jour en jour, plus profondément amoureuse de lui.

Dans le passé, elle avait eu l'habitude de diriger la conduite de ses amants. Elle leur disait tout ce qu'ils devaient faire, où ils devaient aller, quand elle les voulait dans son lit. Or, maintenant, Randal donnait les ordres et voulait être obéi, ce que, à son grand étonnement, elle acceptait.

Un soir, après le dîner, dans sa maison de Beverly Hills, ils étaient sortis dans le jardin. Randal s'était penché pour l'embrasser et une passion réciproque les avait enflammés. Elle n'avait cessé de croître jusqu'à ce que Lucille, vaincue par sa violence, se fût retrouvée enlacée par Randal, les yeux mi-clos et les lèvres entrouvertes.

Elle était très belle dans la clarté lunaire. Frémissante entre ses bras, elle lui avait dit :

– Rentrons à la maison. Je te veux. Oh! Randal chéri, je te veux.

Il l'avait regardée avec une expression dominatrice dans les yeux puis, la soulevant brutalement dans ses bras, car son désir était le plus fort, il l'avait transportée à l'ombre des magnolias.

Elle avait poussé un cri de surprise devant tant d'impétuosité; et pourtant, cette nouvelle expérience lui avait fait connaître un plaisir qu'elle ignorait jusqu'alors. Elle était si habituée aux draps de soie, aux oreillers parfumés et aux couvre-lits de satin qu'elle n'avait jamais savouré le plaisir d'être prise comme une jeune paysanne, renversée dans un fossé sur le chemin de la maison après le bal.

C'était peut-être ces comportements inattendus de Randal qui plaisaient à Lucille plus que toute autre chose.

Un jour qu'ils étaient allés se promener à la campagne, le coucher de soleil était d'une beauté telle et il trouvait Lucille si séduisante, qu'il avait refusé de la reconduire à Hollywood pour assister à un important dîner.

En une autre occasion, il l'avait arrachée à une soirée, presque de force, parce que, en dansant ensemble, son désir était à ce point devenu violent qu'il avait voulu être seul avec elle.

Rien que cela aurait suffi à le faire aimer de Lucille. Il était si différent des autres hommes qui lui étaient reconnaissants de la moindre faveur qu'elle daignait leur accorder! Aussi avait-elle entièrement succombé à son charme et, plus tard, elle comprit que ce n'était pas ce que Randal disait ou faisait, mais quelque chose de plus en lui, qui la subjuguait.

Elle allait l'épouser. Elle s'étonnait maintenant de ne pas y avoir songé plus tôt. Après tout, quel meilleur choix pourrait-elle effectuer? Randal s'était déjà fait un nom dans le monde du théâtre et du cinéma. Il était jeune et au début de sa carrière. Elle l'aiderait à atteindre les sommets les plus élevés, tout ce dont il avait pu rêver.

Elle jouerait dans ses films jusqu'au jour où elle serait trop vieille. Alors, elle les produirait. Elle se représentait comme la Mary Pickford de l'avenir : une brillante administratrice, la présidente d'une grande société, qui assure par son génie le succès de sa firme. C'était ce qu'elle serait. Maintenant qu'elle avait décidé de son avenir, elle n'avait plus rien à craindre, pas même le premier cheveu gris.

Lucille était descendue de l'avion à Croydon, joyeuse et émue à cause de la décision qu'elle venait de prendre; mais au lieu d'y trouver Randal, elle avait été reçue par un vent froid qui avait balayé sa joie.

Les quelques jours qui avaient suivi à Londres avaient été très différents de ce qu'elle avait prévu. En premier lieu, elle n'avait jamais été seule avec Randal. Certes, ils se voyaient quotidiennement, mais toujours entourés d'autres gens, que ce fût pendant les répétitions, les repas, les dîners, ou lorsqu'ils choisissaient les décors, le mobilier, les costumes et réglaient les mille et un détails de la mise en scène. Tous ces gens parlaient abondamment, si bien qu'elle n'avait jamais pu s'entretenir seule à seul à Randal.

Elle s'était attendue à ce qu'il la raccompagnât le soir à l'hôtel, mais il n'avait rien dit à ce sujet et elle ne voulait pas s'abaisser à le lui demander. Elle se disait qu'il devait avoir des raisons précises pour ne pas agir comme elle l'avait espéré. Il avait été traumatisé par cet accident dans lequel il avait causé la mort d'un homme dont il avouait ouvertement qu'il était son ami. Il pensait aussi à elle, à sa santé, au fait qu'elle devait être fatiguée par le décalage horaire. Elle lui avait cherché toutes les excuses, mais sa jalousie pour Jane avait fait éclater sa colère.

Jane était venue avec son père assister à la première répétition. Elle avait très peu parlé et Lucille n'avait même pas remarqué si elle s'était entretenue avec Randal ou non; mais elle n'était pas assez idiote pour sous-estimer le pouvoir de séduction de Jane.

Elle n'était pas aussi belle qu'elle, mais Lucille savait que l'élégance de Jane, qui s'habillait chez les plus grands couturiers parisiens, dépassait de loin la sienne. Lucille avait été sensible au charme et à la grâce de Jane, ainsi qu'à ses manières, qui témoignaient d'une excellente éducation.

En un mot, au premier coup d'œil, Lucille avait détesté Jane. Lorsqu'elles avaient été présentées, l'actrice avait été d'une courtoisie et d'une gentillesse condescendantes qui masquaient une haine sournoise.

Jane s'était montrée suprêmement indifférente à

Lucille. Elle avait vu la star passer son bras sous celui de Randal et lever vers lui son joli visage avec une expression de possession très gênante. Elle l'avait entendue lui demander de lui apporter son manteau et, tandis qu'il l'en enveloppait, le remercier avec un très doux : « Merci, mon amour chéri. »

Le visage de Jane n'avait pas exprimé la moindre contrariété. Elle avait semblé ne pas remarquer que Randal était mal à l'aise; mais, à partir de ce moment, la haine de Lucille avait été payée de retour.

Jane avait alors commencé à jouer également le rôle de la femme « propriétaire ». Elle venait assister aux répétitions et insistait pour que Randal déjeunât avec elle et son père. S'il voulait amener Lucille avec lui, c'était son affaire, mais elle le mettait dans l'impossibilité de refuser l'invitation.

– Il faut bien que tu manges quelque part, disait-elle lorsqu'il essayait de décliner son invitation, et papa doit discuter avec toi.

« Questions à débattre » était l'excuse invoquée pour inviter Randal à déjeuner, à dîner et l'accaparer pendant les quelques instants de liberté dont il jouissait entre les répétitions.

Lucille savait exactement par Edward Jepson quel était le montant des sommes que lord Rockampstead avait investies dans *Aujourd'hui et demain*. « Qui paie les violons choisit la musique », avait-il dit à plusieurs reprises en riant.

C'est pourquoi, si lord Rockampstead voulait s'entretenir avec Randal ou n'importe quelle autre personne de la troupe, chacun était obligé d'écouter ce qu'il avait à dire, et Jane aurait été stupide de ne pas utiliser cette arme pour parvenir à ses fins.

C'était la guerre ouverte. Les deux femmes le savaient lorsqu'elles dînaient à la même table au restaurant ou à Belgrave Square. Lucille n'arrivait pas à savoir si Randal était conscient de ce qui se passait. Elle n'allait certainement pas le lui demander. C'était le genre de situation qui réveillerait son sens de l'humour. Il en rirait et elle se sentirait ridicule. De plus, si elle lui disait qu'elle était jalouse, elle savait que cet aveu ne ferait qu'augmenter sa confiance en lui-même. Or, elle jugeait préférable qu'il ne fût pas sûr d'elle, qu'il s'accrochât à elle de crainte de la perdre. Pendant les mois qu'ils avaient passés ensemble, il n'avait jamais prononcé le mot de « mariage ». C'était, sans aucun doute, sa faute à elle, pensait Lucille, car cette idée ne lui avait jamais traversé l'esprit.

Elle avait toujours été persuadée, au plus profond d'elle-même, qu'il souhaitait l'épouser, car elle avait gardé une morale assez conventionnelle pour croire que le désir de se marier précédait les relations sexuelles. Une fois, un Européen lui avait dit :

– Vous autres, Américaines, êtes terriblement bourgeoiscs : vous voulez toujours épouser vos amants.

Elle avait ri à l'époque, mais après elle avait admis qu'il y avait une part de vérité dans cette remarque. Elle éprouverait toujours un sentiment de culpabilité en couchant avec un homme qui ne serait pas son époux légitime. Et elle se demandait si c'était son éducation américaine ou ses ancêtres allemands qui étaient à l'origine de ses principes.

Son père était un luthérien, fils d'un boutiquier de Hambourg. Il avait émigré aux Etats-Unis à la suite d'une querelle avec sa famille au sujet de son mariage. Il s'appelait Hans Schmidt et son premier enfant, né un mois après qu'il eut posé le pied dans le pays de la liberté, avait été baptisé sous le nom de Maria.

Maria Schmidt était une belle enfant dont les cheveux blonds et les grands yeux bleus à l'expression pétillante n'étaient pas sans rappeler Hans.

C'était tout pour la ressemblance avec son père. Maria avait le caractère et la silhouette de sa mère. Elle l'avait malheureusement peu connue puisqu'elle n'avait que quinze ans lorsqu'elle l'avait perdue. Quand elle fut plus âgée, et rebaptisée du nom de

Lucille, elle avait souvent pensé à elle et l'avait beaucoup regrettée.

Drascha Schmidt était originaire de Pologne, mais du sang russe, serbe et lituanien coulait dans ses veines. Aussi son mari lui disait-il affectueusement qu'elle était une petite bâtarde. Elle était issue de la classe paysanne. Sans argent et d'une famille très modeste, elle ne pouvait être acceptée par les boutiquiers, mais on n'avait qu'à poser le regard sur elle pour savoir qu'elle avait plus d'esprit que tous les Schmidt réunis.

Drascha n'avait pas de dot, mais elle avait du caractère. Elle avait peu de talents domestiques, mais elle pouvait rendre un homme fou, simplement par sa façon de le regarder et de rouler des hanches comme si elle l'invitait à danser. Le souvenir que Lucille gardait de sa mère était celui d'une femme semi-bohémienne.

Sans aucun doute, c'était le sang de sa mère qui avait conduit Lucille à abandonner l'emploi sérieux que son père lui avait trouvé dans un magasin pour aller hanter les agences théâtrales jusqu'au jour où elle fut admise dans une troupe. Elle détestait évoquer ces années de luttes et de difficultés, années pendant lesquelles elle avait eu si souvent la tentation d'avouer son échec et de rentrer à la maison. Si elle ne l'avait pas fait, c'était par orgueil, par crainte de se retrouver dans une maison où elle se sentait mal acceptée, la seconde épouse de son père voyant d'un mauvais œil la présence d'une belle-fille trop séduisante.

Mais quelques-uns des enseignements de son père et son code moral très strict ne s'étaient pas effacés de sa mémoire. Elle éprouvait toujours des remords, le dimanche matin, lorsqu'en s'éveillant elle entendait le carillon de l'église et qu'elle savait qu'elle allait rester au lit au lieu de se rendre à l'office vêtue de ses plus beaux vêtements.

Hans Schmidt n'avait pas réussi brillamment, mais cela n'empêchait pas sa fille de lui rester attachée. Elle pensait maintenant que le mariage était une sainte institution et qu'en épousant Randal elle ferait ce qui était juste et bien.

Elle souriait avec une expression d'une simplicité presque enfantine lorsque, quelques heures plus tard, Randal était arrivé à son hôtel. Elle avait consacré tout le temps qui avait suivi son coup de téléphone à se faire belle. Elle avait été massée des pieds à la tête. Une jeune femme avait travaillé son corps mince et souple, le pétrissant jusqu'à ce qu'il ait l'élasticité d'une chair de jeune fille. Une esthéticienne lui avait passé de la crème sur le visage pour l'adoucir et une manucure lui avait fait les ongles des pieds et des mains.

Elle était très séduisante et semblait avoir vingt-cinq ans lorsque Randal pénétra dans son salon. Elle était vêtue d'une robe de dentelle constellée d'étoiles en strass et ornée d'une broche de diamants. Un collier de rubis et des boucles d'oreilles assorties entouraient son visage et en soulignaient la beauté. La parure était complétée d'un bracelet qui attirait l'attention sur la fragilité de son poignet.

En la voyant courir vers lui, les deux bras tendus, Randal pensa qu'elle était la plus jolie personne qu'il eût jamais connue. Elle avait un pouvoir d'envoûtement indicible qui vous coupait le souffle, qu'on la vît sur l'écran ou seule dans un salon d'hôtel à la décoration très conventionnelle.

– Randal, Randal, chéri, j'attendais tellement cette soirée!

Le visage de Lucille était levé vers le sien. Il se pencha pour l'embrasser sur la joue.

– Tu es resplendissante, dit-il. Où allons-nous? Buckingham Palace?

– Nous allons dans un endroit où nous serons seuls.

– C'est précisément ce que je souhaite, répondit Randal avec galanterie, tout en remarquant qu'à l'autre extrémité de la pièce la porte de la chambre était restée ouverte d'une manière suggestive.

Dans la lumière douce et tamisée, il apercevait le couvre-lit de satin, les taies d'oreiller bordées de dentelle, la couverture de fourrure qui la gardait bien au chaud en hiver. Et le parfum, enivrant et exotique, dont chaque objet, dans sa chambre, semblait imprégné, venait jusqu'à lui.

Il était terriblement excitant et troublant, Randal ne le savait que trop. Lucille s'éloigna dans un bruissement de soie délicieux.

– J'ai commandé un cocktail pour toi, dit-elle, ton préféré.

Il lui prit le verre des mains et, le soulevant presque machinalement :

– ... A la plus belle femme du monde! dit-il. (Des mots qu'il avait déjà prononcés, devant elle lors de leur première rencontre où ils avaient porté un toast ensemble.)

Combien de fois avaient-ils évoqué cet instant où tous les deux avaient compris que quelque chose de très important naîtrait de cette rencontre! L'importance leur en avait été révélée par l'accélération de leur pouls, la soudaine sécheresse de leurs lèvres et le feu ardent qui avait brûlé dans leurs yeux lorsqu'ils s'étaient regardés.

– A la plus belle femme du monde, avait-il dit d'une voix grave.

– Personne ne m'a jamais parlé ainsi, lui avait répondu Lucille peu après, pensant que sa voix était unique, sinon ses paroles.

– Je le pense très sincèrement. Je n'imaginais pas qu'une telle beauté pût exister.

– Mais vous avez vu mes films, avait répondu Lucille en souriant.

– Je les avais toujours soupçonnés d'être truqués,

mais maintenant, je sais qu'ils sont bien en-deçà de la réalité.

Ils avaient dîné ensemble ce soir-là et le petit matin avait trouvé Randal debout près de la fenêtre de la chambre de Lucille, en train d'observer les premiers rayons dorés du soleil qui dissipaient l'obscurité de la nuit.

– Randal! avait-elle appelé de son lit.

Il s'était retourné, tandis qu'elle s'arrachait au sommeil pour admirer son corps puissant.

– Je dois partir, avait-il dit.

– Pourquoi?

– Il est bientôt 6 heures. Il ne faut pas que l'on me voie ici. Vos domestiques vont se lever.

Elle avait ri de lui, du rire grave et amusé d'une femme qui a assez de maturité pour se moquer de l'opinion des autres.

– Mais, chéri, crois-tu réellement que ce que pensent les domestiques, ou n'importe qui d'autre, d'ailleurs, ait de l'importance?

Elle avait tendu les bras et, le prenant par le cou, l'avait attiré contre ses lèvres avides de ses baisers.

Non, ils ne s'étaient pas préoccupés de ce qu'on disait d'eux ou de ce qui pouvait arriver, pendant ces premiers jours de bonheur passés à Hollywood.

Mais comment, se demandait Randal, pouvait-il expliquer à Lucille que la situation n'était plus la même? Il reposa son verre.

– Un autre? demanda Lucille en prenant le shaker.

– Nous ne devons ni l'un ni l'autre boire trop, ce soir. La répétition est à 9 heures demain et nous ne pouvons pas être en retard.

– Ai-je déjà été en retard? Tu as dit toi-même souvent que j'étais la seule femme ponctuelle que tu aies connue.

C'était la vérité. Lorsque Lucille travaillait, elle était

d'une ponctualité qui faisait honte à beaucoup de ses partenaires.

– Quand même, nous devrons travailler dur demain, insista Randal. Nous avons perdu beaucoup de temps cet après-midi. La répétition du second acte devrait être achevée maintenant. Les choses étant ce qu'elles sont, il faut en finir avec les deux premières scènes pendant la matinée et commencer la troisième après le déjeuner. Nous n'avons pas trop de temps, sais-tu?

– Ne te fais pas de souci, je ne te laisserai pas tomber.

– Crois-tu que je le craigne? dit Randal, très vite. Tu es merveilleuse, Lucille. Tu le sais très bien, mais il ne faut pas oublier le reste de la troupe : il vaut mieux ne pas bâcler les répétitions. Au fait, j'ai entendu dire aujourd'hui que la première était définitivement fixée au 25 octobre.

– Voilà une bonne nouvelle! Il faut boire en son honneur, dit Lucille, en prenant son verre et en lui tendant le sien.

Ils trinquèrent.

– Au plus grand succès et... au plus grand bonheur que tu puisses souhaiter, mon chéri.

Il lui sembla déceler quelque sous-entendu dans le ton de la comédienne, mais il ne pouvait en deviner davantage. Il but en la regardant d'un air interrogateur, tandis qu'elle tendait le bras pour lui caresser la joue.

– Tu sembles avoir maigri depuis que je ne t'ai vu, dit-elle doucement. Ce bronzage te va particulièrement bien, mais tu es trop maigre. Il va falloir que je veille à te garder aussi jeune et fort que lorsque je t'ai connu.

– C'était il y a trois ans. Je ne travaillais pas aussi dur qu'aujourd'hui, à l'époque.

– Il me semble que nous disposions de beaucoup plus de temps pour être ensemble, non?

Randal reposa son verre, gêné.

– Allons dîner, dit-il. Je suppose que tu as faim. Quant à moi, je suis affamé.

– Tu as oublié quelque chose, dit Lucille doucement.

Il ne savait que trop bien ce dont il s'agissait. Autrefois, avant de sortir, il avait l'habitude de l'embrasser pour lui donner, comme il disait, une arme contre les regards envieux des autres hommes moins heureux que lui.

C'était un de ces petits rituels que les amoureux aiment tant à inventer. Il lui embrassait le front, puis les yeux, les joues, les oreilles, les lèvres et, enfin, le petit creux de la gorge où son pouls battait à toute vitesse parce qu'elle était émue.

Parfois, lorsqu'ils s'embrassaient, ils oubliaient la sortie pour laquelle ils s'étaient préparés et restaient enlacés toute la nuit, oubliant tout, excepté le désir que leurs corps éprouvaient l'un de l'autre.

Pendant un instant Randal hésita puis, s'armant de courage, il dit calmement :

– Il ne faut pas que tu me tentes ce soir, Lucille. J'ai à te parler et si nous commençons à nous embrasser, nous risquons bien d'oublier d'aller dîner.

Elle chercha son regard, comme si elle comprenait qu'il inventait une excuse; puis, feignant d'accepter cette situation inattendue avec grâce, elle rit doucement :

– As-tu réellement peur ou es-tu seulement prudent? demanda-t-elle. Eh bien! si tu ne m'embrasses pas, c'est moi qui vais t'embrasser.

Elle se dressa sur la pointe des pieds puis, attirant son visage vers elle, elle pressa ses lèvres contre son front. Un court instant il lui résista puis, comme sa bouche, tiède et gourmande, restait collée contre la sienne, il la prit dans ses bras et la tint serrée contre lui.

6

Randal s'assit au troisième rang d'orchestre et regarda la répétition. Une atmosphère lugubre régnait dans le théâtre; l'odeur du tabac froid se mélangeait à celle des désinfectants et l'inévitable courant d'air soufflait des coulisses, traversant le manteau de fourrure le plus chaud.

Il ne faisait pas froid dehors et c'était avec regret que Randal était entré dans le théâtre. Il aurait préféré rester dans la rue, au doux soleil d'automne.

Après cette sensation vivifiante, l'atmosphère froide et sinistre de la salle n'était pas réjouissante. Il sentait le courant d'air s'enrouler autour de ses chevilles et chaque parole, aussi passionnée fût-elle, semblait glacée avant même d'avoir été prononcée.

Seule Lucille semblait à l'aise, belle à ravir. Elle portait un manteau court, en zibeline, sur une robe en laine d'un bleu pervenche qui faisait ressortir sa blondeur délicate; elle resplendissait dans ce cadre lugubre et nu de scène privée de décor.

Les répétitions, pensait Randal, étaient inutilement déprimantes. L'absence de décor donnait à la scène l'apparence d'une noix vide. Elle n'était éclairée que par deux ou trois projecteurs vacillants. Quelques chaises en bois y étaient disposées en guise de mobilier et les acteurs y apparaissaient sous un jour sinistre.

Lucille avait raison, reconnaissait-il, de n'être jamais négligée et de s'interdire tout relâchement. Elle ne sortait jamais sans maquillage et sans être vêtue élégamment, à la différence de beaucoup de jeunes comédiennes.

Si les femmes étaient sujettes aux critiques, on se souciait peu que les hommes fussent élégants ou non. Le héros, qui pouvait être éblouissant en tenue de soirée, portait pour les répétitions un vieux pull à col roulé et un pantalon de velours, montrant de telles poches aux genoux qu'il aurait fait honte à un cantonnier. Deux jeunes gens, à l'apparence efféminée, avaient gardé leurs imperméables serrés à la taille par une ceinture. Un homme plus âgé était coiffé d'un chapeau mou informe, le cou enveloppé d'une écharpe de laine.

Des femmes en pantalon, le nez brillant et les cheveux mal peignés, étaient plongées dans leur texte, au fond de la scène; tandis que Lucille, qui connaissait déjà le sien sur le bout du doigt avait l'air d'une gravure de mode, se déplaçait avec grâce en faisant tout son possible pour exécuter très précisément les instructions du metteur en scène.

Sans aucun doute, elle méritait sa réussite. Elle ne serait jamais une grande artiste, car le feu du génie ne brûlait pas en elle; mais elle ne se contentait pas non plus d'être belle. Elle travaillait dur et les résultats qu'elle obtenait étaient tout à son honneur. Il n'était impossible de travailler avec elle que les jours où elle était de mauvaise humeur. Dans ce cas il n'y avait rien d'autre à faire que de lui donner suffisamment de temps pour se calmer.

Pour être juste envers Lucille, il faut dire que ses colères n'étaient pas fréquentes et Randal soupçonnait qu'elles étaient plus souvent un moyen calculé de parvenir à ses fins qu'une manifestation incontrôlable de ses nerfs.

En observant Lucille, en la voyant d'une docilité idéale pour le metteur en scène, Randal se demandait quelle serait la fin de sa brillante carrière. Il se posait souvent cette question dont la réponse lui avait peut-être été inconsciemment transmise par Lucille.

Certes, aucun défaut physique ne pouvait faire penser qu'elle vieillissait et il était impossible d'imaginer que son public pût jamais se lasser d'elle, mais... Randal s'interrogeait à son sujet.

Ils ne parlaient jamais de son âge, mais il se doutait qu'elle avait bien plus que les trente-deux ans qu'elle avouait lors de ses interviews.

– J'avais dix-huit ans lorsque Edward Jepson m'a donné mon premier grand rôle, avait-elle l'habitude de dire avec l'expression candide d'une enfant.

On était naturellement enclin à la croire, à l'exception de Randal qui relevait d'étranges contradictions lorsqu'elle évoquait les lieux qu'elle avait visités et la vie qu'elle avait menée avant de devenir une star.

Mais maintenant, en la voyant sur scène, capable à elle seule de réchauffer l'atmosphère de ce théâtre vide, Randal se disait qu'elle était magnifique et qu'elle méritait un avenir aussi brillant que le présent.

Mais au moment où il était rassuré au sujet de Lucille, il ressentait une vague appréhension. Il devinait confusément qu'elle attendait de lui autre chose que les conseils avisés d'un metteur en scène ou les attentions, si passionnées fussent-elles, d'un amant... Une chose qu'il ne pouvait pas lui donner...

Car, bien que Lucille l'ignorât, il n'avait pas oublié Jane. La nuit dernière, lorsque Lucille était dans ses bras et qu'il avait répondu presque automatiquement à ses gestes, il n'en était pas moins resté conscient que Jane faisait également partie de sa vie.

C'était une situation qui ne pouvait plus durer, s'était-il dit aux premières lueurs de l'aube; et cependant il n'avait pas eu le courage d'avouer la vérité à Lucille, car il savait que s'il rompait maintenant avec elle, c'en serait fait du succès de la pièce.

Randal avait conscience de ce danger. Si en tant qu'homme, il était las de Lucille, en tant qu'auteur et metteur en scène, il savait que ce serait suicidaire de lui chercher une remplaçante maintenant, au moment précis où les répétitions commençaient à porter leurs fruits.

En vérité, Lucille ne l'ennuyait pas. Seulement,

ayant pris la décision d'épouser Jane, il avait l'esprit entièrement occupé par cette pensée et il ne pouvait plus répondre avec le même empressement à l'amour et aux exigences de Lucille.

Pendant près de trois années, il avait été profondément amoureux d'elle. Son image s'imposait à lui dès le réveil et pendant la nuit elle apparaissait dans tous ses rêves. Mais maintenant il n'éprouvait plus pour elle qu'une vive admiration et une sincère affection.

C'étaient des sentiments plus forts qu'aucun de ceux que Randal avait ressentis après la plupart de ses aventures amoureuses. Les femmes étaient pour lui une source d'inspiration, un aiguillon et un ravissement jusqu'à ce qu'il les eût possédées; après quoi, leur attrait si indéfinissable disparaissait et il s'apercevait qu'elles étaient possessives jusqu'à en être insupportables et bien trop obstinées.

Cependant il se faisait une certaine idée de la femme idéale et il ne l'avait pas encore trouvée. Souvent, il avait cru la saisir, mais elle lui avait échappé comme un air de musique dont on ne peut se rappeler les notes.

Randal s'arracha à ses rêveries lorsqu'il se rendit compte que la scène qui se déroulait sous ses yeux n'allait pas du tout. L'auteur dramatique en lui s'alarmait en voyant les acteurs tendus et peu naturels et en entendant leurs répliques totalement dépourvues de vérité et de sincérité.

Il reconnaissait l'inquiétude de Bruce Bellingham, qui assurait la mise en scène avec lui, au ton désespéré de sa voix et à sa façon de se passer les mains dans les cheveux.

Bruce avait déjà exprimé ses craintes au sujet de cette scène, mais Randal ne lui avait pas prêté attention. Il avait cru que tout marcherait parfaitement une fois que les acteurs auraient pris le rythme, et maintenant il s'apercevait qu'il avait été trop optimiste. Il sentait monter en lui une violente exaspération, réaction qui se produisait invariablement lorsque son travail n'était pas satisfaisant et qu'il ne savait pas comment l'améliorer.

Randal observait avec attention son texte, posé sur ses genoux, interrogeant chaque phrase. Où avait-il commis une erreur? Assurément, Lucille pourrait donner plus de vie à ses paroles. Refusait-elle délibérément de contrôler son débit ou était-ce la faute de Bruce? Il n'était pas encore prêt à admettre ses propres erreurs. Soudain, il sentit que quelqu'un s'asseyait à côté de lui.

Pendant un moment son mécontentement fut accentué par cette présence inopportune, puis il reconnut Sorella. Elle ne le regardait pas. Elle ne cherchait pas à lui parler, elle fixait droit devant elle, observant les acteurs avec attention.

Il l'avait déjà aperçue aux répétitions précédentes, mais elle s'était toujours assise dans l'obscurité, au fond de l'orchestre, et n'avait jamais essayé d'entrer en contact avec lui avant qu'il fût sur le point de rentrer chez lui. Elle avait alors l'habitude de se glisser à ses côtés et ils quittaient le théâtre ensemble.

Il se demanda pendant un bref instant pourquoi elle s'était écartée de sa conduite habituelle. Alors, comme il continuait à examiner son texte en fronçant les sourcils, Sorella dit très doucement :

– Elle ne marcherait pas vers la fenêtre à ce moment. Elle continuerait à disposer les fleurs et, lorsqu'il lui parle, elle ne lui répondrait pas.

– Qu'entendez-vous par là? demanda Randal brusquement.

– Elle n'aurait pas envie de parler après ce qui s'est passé. Cela se produirait plus tard. A ce moment précis, elle garderait le silence. Lui, continuerait à parler rapidement, nerveusement parce qu'il serait gêné de ce qu'il a dit. Elle serait calme, si calme qu'il en serait effrayé.

– Je n'ai jamais rien entendu de..., commença Randal, puis s'interrompant : vous avez raison, bien sûr, vous avez raison ! C'est exactement ce qu'elle devrait faire. Sapristi ! Il va falloir que je change la fin de la scène.

Il se leva avec entrain et se dirigea vers la fosse d'orchestre. Il parla à Bruce. Leur conversation ne dura que quelques minutes, mais elle suffit pour que l'irritation de Bruce s'évanouît et il se mit à lisser ses cheveux au lieu de les ébouriffer.

– Tu as la solution, Randal ! s'exclama-t-il. Nous allons revenir à la scène II pendant que tu réécris celle-ci.

Randal ne revint à son appartement que plusieurs heures plus tard, fatigué mais triomphant. Il avait refait le plan de la scène et, bien qu'il lui restât encore beaucoup de travail pour la mettre définitivement au point, il savait qu'elle serait bonne.

En pénétrant dans l'ascenseur, il se rappela qu'il n'avait rien mangé depuis le petit déjeuner. Maintenant, il ressentait une faim de loup, tout en étant inhabituellement euphorique.

Tout allait bien. Cette pièce était incontestablement la plus ambitieuse et, de loin, la meilleure qu'il eût jamais écrite.

Il pénétra dans l'appartement avec ses clefs. Hoppy travaillait dans le bureau. Il entendait le bruit de la machine à écrire, mais ne souhaitait pas lui parler maintenant. Il ouvrit la porte du salon. Une étrangère lui tournait le dos. Il contempla sa nuque longue et blanche sous une chevelure noire et soyeuse. L'étrangère se retourna.

– Tiens ! dit-elle en souriant. Cela s'est-il bien passé ?

Il la fixa quelques instants avant de répondre :

– Oui, assez bien; mais qu'est-ce qui vous arrive ? Je ne vous reconnaissais pas, Sorella.

– Je me suis fait couper les cheveux et j'ai acheté

une nouvelle robe. Hoppy m'a dit que vous étiez d'accord pour que j'achète quelques vêtements.

– Oui, bien entendu, dit Randal d'un ton vague. Mais cela vous change beaucoup.

Il était difficile d'expliquer comment ce changement aussi peu important pouvait faire d'elle une personne, aussi différente. Ses cheveux fins et désordonnés qui tombaient sur ses épaules avaient disparu; ils étaient maintenant séparés par une raie au milieu et encadraient de vagues souples le gracieux ovale de son visage.

Elle n'était plus aussi maigre que lorsqu'elle était arrivée à la villa de Mme de Montier. Grâce à une alimentation saine son corps avait forci et son teint avait perdu cette pâleur maladive qui, au premier abord, avait choqué Randal.

Il la découvrait seulement maintenant. A sa manière elle était vraiment ravissante. Cela n'avait rien à voir avec la beauté provocante de Lucille ou la merveilleuse élégance de Jane. Son charme avait quelque chose de bien plus subtil. Il y avait la même différence entre elle et les deux jeunes femmes qu'entre deux peintures à l'huile aux couleurs chatoyantes et une exquise petite gravure.

Le noir de sa chevelure semblait retenir le reflet des flammes dansant dans l'âtre. Randal n'avait jamais remarqué auparavant la perfection des contours de son visage, la grâce de son long cou. En découvrant tant de majesté dans le maintien de Sorella, il se souvint que la mère de la jeune fille avait été danseuse.

Elle n'avait pas fait le moindre mouvement tandis qu'il l'observait et il se demandait combien de ses amies pourraient conserver un tel calme.

Ses yeux semblaient toujours anormalement grands comme ils l'étaient lorsqu'elle était sous-alimentée, mais ses lèvres étaient plus charnues. Son nez petit et droit semblait avoir été sculpté par un artiste.

Sorella avait acheté une robe en laine vert foncé. Sa

coupe était simple, avec pour seul ornement une étroite ceinture de cuir. Elle la faisait paraître beaucoup plus âgée. Randal remarqua également que, pour la première fois depuis qu'il la connaissait, elle portait des bas et des chaussures à talons.

– Je vous félicite!

Elle rougit.

– J'ai demandé à Hoppy quel était le meilleur coiffeur et elle m'a dit que beaucoup de vedettes se faisaient coiffer par Peter chez Elizabeth Arden. Il a été très gentil lorsque je lui ai dit que je venais de votre part. Il m'a répondu qu'il fallait que je fasse toujours ma raie au milieu et que je ressemblais à une peinture italienne qu'il avait vue une fois, mais il ne se rappelait plus comment elle s'appelait.

Randal sut alors exactement à quoi elle ressemblait : aux portraits de la Vierge peints par les primitifs italiens, la Madone au visage d'enfant qui semble bien trop jeune pour avoir un bébé et qui le regarde avec les yeux grand ouverts, pleins d'adoration mais aussi d'un tendre étonnement. Les visages de ces petites Madones aux cheveux noirs expriment la paix et la sérénité; le sentiment de joie céleste qui en émane, que les maîtres ont su saisir et rendre sur la toile, constitue un miracle permanent pour les générations successives.

La jeune Madone! Randal ne dit pas à haute voix ce qu'il pensait, se bornant à contempler Sorella assise tranquillement dans la lumière du feu, sa robe révélant la courbe douce de ses seins et la finesse de sa taille.

Dans un sursaut, il rassembla ses esprits... Sorella lui parlait.

– Où en est la pièce?

Il s'assit en face d'elle et lui raconta ce qu'il avait fait. Ce ne fut qu'après lui avoir indiqué en détail les transformations qu'il avait apportées à son texte qu'il pensa à lui demander :

– Mais comment saviez-vous? Comment pouviez-vous être sûre que ce serait mieux? J'ai lu la scène cent fois, ainsi que Bruce, Edward Jepson, Lucille et une douzaine d'autres personnes; pas un de nous n'a vu ce que vous avez remarqué. Quelle connaissance du théâtre avez-vous?

– Chaque fois que papa n'avait rien d'autre à faire, il allait voir une pièce ou assister à une répétition et généralement je l'accompagnais. Il y allait, bien sûr, toujours gratuitement; à l'entrée des artistes les gardiens finissaient par me connaître et, lorsque j'étais seule, ils me laissaient entrer.

Sorella se tut un instant puis, comme si elle voulait confier un secret à Randal, elle continua à voix basse :

– ... Lorsque je vois une pièce ou que je lis un livre, j'imagine toujours que j'en suis le personnage principal. Je me place dans toutes les situations, j'éprouve toutes les émotions du héros; je tremble devant les dangers et je frissonne de plaisir. Si le livre est bien écrit, il est facile de s'identifier à l'un des personnages; mais lorsqu'il est mal écrit, cela n'est pas possible. Je sais que je n'aurais pas fait ceci ou cela, que je n'aurais pas ressenti telle émotion.

– Oui, oui, c'est l'attitude qu'il faut avoir, acquiesça Randal. C'est ce que j'essaie de faire moi-même, mais très souvent j'échoue. Dans le cas de cette pièce, comment pouviez-vous savoir que Marlène n'aurait pas réagi de cette manière?

– Je l'ai seulement ressenti. Je ne puis donner de meilleure explication. J'ai eu l'impression qu'à sa place je n'aurais rien dit.

– Cela paraît incroyable que vous ayez découvert mon erreur. Je m'étonne que vous n'ayez pas craint de me le dire.

Sorella ouvrit de grands yeux.

– Pourquoi? Ce qui importe, c'est la pièce, non?

Il n'y avait rien à ajouter. L'enfant avait raison,

seule la pièce avait de l'importance et seule une personne bornée aurait pensé le contraire. Toutefois, il savait que la majorité de ses amis et de ses relations y réfléchirait à deux fois avant d'oser formuler une critique sur ce qu'il avait écrit. Il était tellement plus facile d'éviter les critiques qui risquaient d'être mal reçues.

Il regarda Sorella éclairée par la lueur du feu. L'enfant, mal nourrie, négligée et vêtue grotesquement, avec laquelle il avait passé dix jours dans le Midi de la France, avait cédé la place à une jeune femme tout à fait inattendue, dotée d'une beauté, d'une allure et d'une dignité qu'il n'avait pas soupçonnées sous l'organdi et les volants de dentelle.

Il se demandait ce que D'Arcy Forest aurait pensé d'elle, tout en sachant que cette nouvelle Sorella était justement celle qu'il redoutait de voir surgir dans la personne de sa fille. Ce n'était pas une enfant, une enfant que l'on pouvait câliner pendant un moment, puis envoyer au lit sans explications comme un être indésirable. Ce n'était pas une petite comédienne accommodante qui zézayait de gentilles paroles en remerciement de jolis cadeaux.

Cette nouvelle Sorella était une personne qui pouvait penser par elle-même, dont les opinions étaient bien arrêtées et l'intelligence très supérieure à la moyenne.

– Sorella, vous êtes un génie! s'exclama Randal. Maintenant donnez-moi ce manuscrit et pour l'amour de Dieu allez me chercher quelque chose à manger.

Il se dirigea vers son bureau tout en parlant. Il s'assit, le manuscrit à la main, et oublia tout le reste. Il prit conscience, un peu plus tard, qu'un plateau sur lequel étaient disposés des sandwiches et une cafetière avait été placé près de lui. Il mangea machinalement, distrayant à peine son regard de son texte et sans avoir la moindre idée de ce qu'il avalait.

Hoppy entra beaucoup plus tard et posa furtivement

une note devant lui : « Jane veut vous parler. Elle dit que c'est très important. »

Randal ne leva même pas les yeux.

– Dites-lui d'aller au diable et pour l'amour du ciel laissez-moi tranquille.

Hoppy quitta la pièce, pas vexée le moins du monde. Elle savait comment était Randal lorsqu'il travaillait; mais elle était quand même surprise qu'il ait accepté de modifier sa pièce sur les conseils de Sorella. Elle-même était persuadée que rien, pas même une virgule ou un point, ne devait être ajouté ou changé.

Elle parla à Jane, arrangeant le message de Randal en une excuse charmante et agréable, et lui décrivit à quel point il semblait absorbé dans son travail.

– Dites-lui de m'appeler, quelle que soit l'heure à laquelle il finira, répondit Jane. Il faudra bien qu'il aille se coucher à un moment ou un autre. Mon téléphone est près de mon lit. Je ne pense pas que je dormirai et, si je dors, peu importe s'il me réveille.

– Il se peut qu'il soit très tard.

– Cela m'est égal.

– Entendu. Je rentre à la maison mais laisserai un message à Randal.

– Assurez-vous qu'il le voie, ordonna Jane. Je veux lui parler cette nuit. Comme je vous l'ai déjà dit, c'est très important.

– Je ferai de mon mieux, je vous le promets.

Hoppy reposa le récepteur et, se retournant, trouva Sorella près d'elle.

– Combien de temps pensez-vous qu'il faudra encore à Randal pour achever sa scène? demanda-t-elle à l'enfant, non pour obtenir une réponse, mais parce qu'elle ressentait le besoin de dire quelque chose.

– Beaucoup de temps, répondit Sorella. Toute une scène à réécrire, c'est long.

– Bonté divine, vous l'a-t-il dit? s'exclama Hoppy. Je suppose que c'est pour plaire à cette assommante Lucille Lund. Il lui faut toujours remettre en cause ce qui a été prévu. Elle a ainsi l'impression d'être un personnage important.

– Cette fois, ce n'est pas sa faute.

– Je n'en suis pas aussi sûre, marmonna Hoppy d'un ton menaçant. Ce que je ne comprends pas, c'est la raison pour laquelle Randal se plie à des avis non autorisés. A mon avis, sa pièce ne peut pas être améliorée. C'est de loin la meilleure œuvre qu'il ait jamais écrite.

Sorella ne répondit rien. Elle souhaita bonne nuit à Hoppy et, choisissant une pile de livres, s'apprêta à les emmener dans sa chambre.

– Vous feriez mieux d'aller directement au lit, ma petite, dit Hoppy. (Puis, soudain :) A-t-il remarqué votre nouvelle robe et votre coupe de cheveux?

– Oui.

– Il les a aimées?

– Oui, il me semble.

– Alors, c'est très bien, dit Hoppy en poussant un soupir de soulagement. On ne sait jamais avec Randal.

Son visage, fatigué et marqué par l'âge, eut soudain une expression remplie d'inquiétude, comme si elle se rappelait les nombreuses colères de Randal et que ces souvenirs fussent particulièrement importuns.

Sorella, instinctivement, se dressa sur la pointe des pieds et l'embrassa.

– Vous êtes fatiguée, dit-elle. Rentrez chez vous et oubliez Randal. Il est parfaitement heureux. Il est en train d'améliorer la pièce d'une façon considérable et vous serez très satisfaite lorsque ce sera fait, j'en suis certaine.

Pendant un instant, Hoppy sembla surprise de son geste d'affection. Puis à son tour elle embrassa Sorella et son expression soucieuse s'évanouit.

Il était plus de 3 heures du matin quand Randal posa enfin son stylo et étendit ses doigts endoloris par des crampes. Il les frotta les uns contre les autres pour rétablir la circulation. Il regarda ce qu'il avait écrit et, comme les mots dansaient devant lui, il se leva et traversa la pièce pour se servir un verre d'eau.

C'était fait. Il savait que c'était bon, très bon. Il but quelques gorgées et se tourna vers l'âtre. Il découvrit alors pour la première fois qu'il n'était pas seul dans la pièce. L'unique lampe allumée se trouvait sur son bureau. Spécialement adaptée à la lecture, elle jetait un cercle lumineux juste sur le livre.

Une faible lueur, cependant, se dégageait encore du feu et, tapie devant la cheminée, il pouvait distinguer une fragile silhouette, le visage tourné vers lui.

– Sorella! s'exclama-t-il. Vous êtes encore ici? Pourquoi n'êtes vous pas au lit?

– J'attendais que vous eussiez fini. J'ai pensé que vous auriez faim. J'ai préparé du café dans la cuisine et je vais vous faire des œufs brouillés, si vous voulez.

– Oh, c'est formidable! Je vais vous aider à les préparer.

– Oui, venez. Il fait bien plus chaud dans la cuisine qu'ici.

C'était typique de Sorella, pensait Randal, de ne lui poser aucune question sur la pièce. Après avoir écrit, il se sentait épuisé et ne souhaitait pas parler de ce qu'il venait de faire. Demain, ou même dans une heure ou deux, ce serait différent mais, en ce moment précis, il était prêt à parler de n'importe quel sujet à l'exception de la scène qu'il avait transformée.

Combien de femmes auraient compris ce sentiment? pensait Randal en suivant Sorella dans le couloir qui conduisait à la petite cuisine moderne et bien aménagée. Il y régnait une douce chaleur. Randal s'assit devant la table recouverte d'une nappe rouge décorée de motifs gais tandis que Sorella versait le café.

Elle portait toujours sa robe verte, mais en avait relevé les manches au-dessus du coude. Randal remarqua la blancheur de ses bras et la délicatesse de ses poignets.

– Vous allez devenir une très jolie jeune femme, dit-il.

– Ce ne serait que justice, s'exclama Sorella en riant. J'étais une enfant si ingrate.

– Qui disait cela? Ou bien l'aviez-vous deviné par vous-même?

– Papa me rappelait combien j'étais laide au moins douze fois par jour. D'ailleurs, je n'étais pas aveugle, je pouvais me voir dans le miroir. Oh! Randal, vous ne pouvez savoir ce que c'est que d'être débarrassée de ces épouvantables robes à volants.

– Est-ce la seule robe que vous vous soyez achetée?

– Non, j'en attends deux autres demain. J'ai dépensé pas mal de votre argent. En êtes-vous fâché?

– Vous pouvez avoir cent robes, si vous le voulez, dit Randal avec une imprudente générosité. Je me sens un peu coupable de n'y avoir pas songé le premier. Ma seule excuse est d'avoir été très occupé depuis mon retour en Angleterre. Il faudra prendre une décision au sujet de votre avenir, me semble-t-il.

– Pourquoi?

– Eh bien, il faut bien que quelqu'un en décide.

– Vous pensez à un travail futur et à un logement?

– Oui, en effet. C'est le genre de problèmes qu'il faut étudier, non?

Les traits de Sorella se crispèrent. Puis elle prit la poêle et versa les œufs brouillés dans une assiette chaude.

– Je vous l'avoue, j'ai terriblement faim, remarqua Randal, oubliant ce dont il parlait un instant auparavant. Je ne sais pas qui a fait ce café, mais c'est le meilleur que l'on ait jamais bu dans cette maison.

– Je l'ai préparé, dit Sorella en souriant. Un jour, je vous cuisinerai un véritable dîner. J'avais l'habitude d'interroger les chefs dans les différents hôtels où nous descendions et je suis sûre que je peux cuisiner presque aussi bien que certains d'entre eux.

– Je n'ai pas l'intention de vous demander de devenir cuisinière, dit Randal en riant.

– Pourquoi ne le serais-je pas? Hoppy a tout le temps des problèmes avec les domestiques. Ils n'aiment pas vos horaires tardifs et vos brusques changements d'emploi du temps. Ce soir, ils pensaient que vous dîniez à l'extérieur et ont été terriblement ennuyés lorsque vous êtes rentré et avez réclamé quelque chose à manger. Si j'étais votre cuisinière, l'heure à laquelle vous rentreriez m'importerait peu.

– En ce qui me concerne, cela me semble une bonne idée, remarqua Randal, la bouche pleine; mais vous? Vous avez l'âge de vous amuser, de sortir, d'aller danser avec des jeunes gens élégants.

– Sans pouvoir me payer de tenue de soirée, j'imagine?

Sorella prononça ces paroles d'un ton sarcastique que Randal ne lui avait jamais entendu.

Il se mit à rire.

– Je n'avais pas pensé à cela. Quel genre de travail voudriez-vous faire? J'en avais parlé à votre père mais il n'en avait aucune idée. Il pensait que vous n'étiez pas bonne à grand-chose sauf tricher aux cartes! En vérité, il n'est pas nécessaire que vous preniez un travail dans l'immédiat. Il faut consacrer les deux ou trois prochaines années à compléter votre éducation.

– Je ne vois pas pourquoi. Si vous croyez que je vais aller dans un pensionnat, vous vous trompez.

– En fait, je n'avais pas pensé à un pensionnat. Mais maintenant que vous l'évoquez, il me semble que ce serait la meilleure solution.

– Je n'irai pas.

– Pourquoi?

– Parce que je n'y serais pas à ma place. Pensez-vous qu'après le genre de vie que j'ai mené je puisse m'entendre avec des filles qui ont toujours été protégées par des parents qui les aimaient? Non. Bien sûr que non!

– Alors que pouvons-nous faire de vous?

Sorella ne répondit pas. Elle prit un toast sur le grille-pain et le plaça devant Randal qui y étendit une épaisse couche de beurre.

– Eh bien? demanda-t-il après quelques instants comme elle ne disait rien.

– Ne puis-je pas rester ici avec vous, au moins jusqu'à votre mariage?

– En tout cas, c'est une idée. Il n'y a qu'une chose que je désire préciser. Je me sens une responsabilité envers vous. Je veux que vous me regardiez comme votre débiteur. Je ne me pardonnerai jamais ce qui est arrivé à votre père. Je sais que je n'en suis pas directement responsable mais cependant, si j'avais examiné l'avion plus attentivement avant de partir, il n'aurait peut-être pas été tué.

– Je ne pense pas que papa se serait plaint de mourir de la sorte. Il avait peur de vieillir, sans argent, et incapable de faire pression sur les gens, en particulier sur les femmes, pour obtenir ce dont il avait besoin. Plus d'une fois il m'avait dit : « Si je dois mourir, Sorella, j'aimerais que ce soit rapide : une bombe ou une balle... pourquoi pas? »

– Comme je voudrais qu'il ait été tué par une bombe ou une balle, plutôt que par mon avion! s'exclama Randal. (Puis, après avoir regardé Sorella un instant :) Dites-moi, êtes-vous triste d'avoir perdu votre père?

– Non, je ne l'ai jamais aimé et, lorsqu'il me battait, je crois que je le détestais. Ce n'était pas à cause de la vie que nous menions. Je n'en avais pas connu d'autre et j'y étais habituée. Mais je n'aimais pas devoir mendier ma nourriture à la cuisine ou supplier les employés de l'hôtel pour obtenir un morceau de savon. Cela m'aurait été égal s'il m'avait réellement aimée. Seulement ce n'était pas le cas. Il n'aimait personne d'autre que lui-même. J'étais un peu du genre de ces petits enfants que des femmes louent à la journée, dans les quartiers pauvres de Londres, pour les emmener mendier avec elles. Un enfant inspire la pitié; c'est un moyen comme un autre de trouver de l'argent.

Il y avait une telle amertume dans la voix de Sorella que Randal la regarda d'un air ébahi. Puis, soudain, il se mit à rire.

– ... Ai-je une expression tragique? demanda-t-elle. C'est ridicule car bien des aspects de notre vie me plaisaient. Si je n'avais pas accompagné mon père, je n'aurais jamais vu Paris, Venise et Rome. Il y avait tant de choses à apprendre et à aimer dans ces grandes villes et ces pays que nous visitions. Une fois, seulement une fois, nous allâmes à la campagne, dans un petit hôtel du Yorkshire. C'était un endroit merveilleux. Un vieux moulin se dressait près de l'hôtel et, derrière, la lande s'étendait au loin.

» Nous n'y restâmes qu'une semaine, mais pour moi ce fut le paradis. J'allais marcher sur la lande et m'étendais, cachée dans les bruyères, jusqu'à la tombée du jour. Je ne me sentais jamais seule car j'avais le sentiment d'être très près de Dieu lorsque j'entendais l'appel des vanneaux, dans le ciel, et observais le vol des coqs de bruyère.

» J'y ai été plus heureuse qu'à aucun autre moment de ma vie. Malheureusement, bien trop tôt, nous dûmes rentrer à Londres. Le mari était arrivé subitement. Il avait jeté mon père hors du lit et menacé de le dénoncer à la police. Papa s'en était tiré avec un œil au beurre noir et la lèvre fendue, ce qui signifiait que, jusqu'à ce qu'il fût guéri, il ne pouvait trouver personne pour nous entretenir.

– Pauvre enfant, comme vous avez souffert!

– Je ne vous raconte pas cela pour susciter votre compassion, dit Sorella avec calme. Je ne veux pas de votre pitié. Je veux seulement que vous compreniez pourquoi je ne peux pas aller dans un pensionnat respectable, au milieu de jeunes élèves bien élevées. D'autre part, je me sens trop vieille, bien trop vieille au fond de moi-même, pour me retrouver assise à un pupitre dans une salle de classe. J'ai beaucoup lu, mais je sais à quel point je suis encore ignorante et combien il me reste à apprendre, mais pas de cette manière. Je ne serais pas à ma place. Je serais terriblement malheureuse au milieu de jeunes filles élégantes qui seraient toutes appelées à devenir comme Jane.

– Alors que voulez-vous faire? C'est un problème, n'est-ce pas?

– Je vous ai dit que je voulais rester ici.

Randal finit son café et se cala sur sa chaise. Il se sentait en règle avec le monde entier. Il avait remanié sa pièce. Demain, il l'apporterait au théâtre et tout le monde serait ravi.

Un sentiment de bien-être l'envahissait. Rien n'avait d'importance et les difficultés du lendemain semblaient très éloignées.

Il ressentait le besoin de se montrer généreux. Aussi dit-il, en souriant, à Sorella :

– Vous resterez ici avec moi, si c'est ce que vous voulez.

– Vous le promettez? demanda Sorella avec un ton décidé qui le surprit.

– Je vous le promets.

Il vit la joie qui brillait dans ses yeux comme une lumière magique.

7

Sorella s'éveilla avec un sourire sur les lèvres. Puis ouvrant les yeux, poussa un cri de joie. Le soleil brillait. Elle avait eu la certitude que ce serait une merveilleuse journée lorsqu'elle était allée se coucher la veille au soir. Eût-il plu et le ciel eût-il été chargé de nuages que la journée aurait tout de même été merveilleuse, mais le fait qu'elle fût ensoleillée ne pouvait qu'ajouter à son bonheur.

Elle sauta hors du lit et courut à la fenêtre. Sa chambre donnait sur une rue et ne jouissait pas d'une somptueuse vue sur le parc comme les pièces situées de l'autre côté de l'appartement. Mais, comme elle se trouvait à un étage élevé, sa vue s'étendait au-dessus des toits gris jusqu'aux tours de Whitehall dressé dans l'océan de verdure du parc Saint-James, comme un château de légende jailli du creux des vagues de la mer.

Londres était grand, trop grand pensait souvent Sorella. Or, aujourd'hui, elle allait le quitter. Elle avait attendu cette matinée avec une telle impatience qu'il lui avait été difficile de s'endormir la nuit précédente.

Après une longue semaine de répétitions, le vendredi après-midi avait été troublé par une série d'erreurs et de malentendus. Randal, soudain, avait jeté son manuscrit sur la scène et s'était écrié :

– Nous sommes en train de tourner en rond ! Nous allons nous reposer pendant le week-end.

Tous se sentirent soulagés, du machiniste à Bruce Bellingham. Ils étaient très fatigués et avaient perdu leur enthousiasme. Ils avaient commencé les répétitions par les rôles principaux car Randal et Bruce pensaient qu'une fois qu'ils s'occuperaient des rôles secondaires et des scènes réunissant un grand nombre d'acteurs, l'ensemble serait plus difficile à contrôler si ceux qui portaient sur leurs épaules la plus grande responsabilité ne connaissaient pas leur texte sur le bout des doigts.

Lucille avait été excellente dès la première répétition. A tel point que Randal avait souvent écarquillé les yeux d'étonnement, pensant qu'il ne s'était jamais rendu compte auparavant de son acharnement au travail. Il commençait aussi à croire, presque malgré lui, que Lucille pourrait, si elle le voulait, devenir une grande comédienne.

Il ignorait, et seule Lucille aurait pu le lui dire, qu'elle avait une excellente raison de s'acharner ainsi, et que cette raison, c'était lui-même.

Lucille avait accueilli la décision de Randal avec autant de satisfaction que les autres. Ce ne fut qu'au moment où ils quittèrent le théâtre que Randal comprit qu'elle avait l'intention de passer le week-end avec lui.

– J'aimerais tant voir la nouvelle pièce d'Olivier, chéri ! dit-elle en glissant son bras autour du sien et en s'appuyant contre lui avec un mouvement caressant du corps qui lui rappelait toujours celui d'un chat.

– Ce serait impossible d'avoir des places. Nous nous y prenons trop tard, dit Randal, sachant que ce n'était qu'une excuse.

– Ne dis pas de sottises, dit en souriant Lucille. On trouvera deux places pour nous, si tu les demandes gentiment. Essayons d'avoir une loge, si possible. J'aime tant vos loges, en Angleterre, avec leur style 1900.

– Je ferai de mon mieux, dit Randal à contrecœur, comme si ses paroles lui étaient arrachées de force.

Ce ne fut qu'en arrivant chez lui qu'il se rendit compte à quel point il était fatigué. Hoppy l'attendait avec une pile de lettres à la main. Il la regarda d'un air consterné, presque comique, en se laissant tomber sur le divan où il s'installa confortablement, les pieds surélevés sur l'accoudoir.

– Allez-vous-en! dit-il. Si vous croyez que je vais travailler, vous vous trompez. Je ne signerai pas même une lettre ni un chèque. Je suis claqué, moulu, fini! Et ça ne servira à rien de discuter.

– Nous arrive-t-il de nous disputer? demanda Hoppy sur un ton amusé. Vous avez vraiment l'air fatigué. Je vais vous chercher un whisky-soda.

Elle lui en apporta un bien tassé et le regarda boire.

– Ça va mieux! dit-il en soupirant. La tête commençait à me tourner. Il me semblait que si j'avais dû dire encore une fois « Parle un peu plus fort, chérie », je serais devenu fou. J'ai donné quartier libre à tout le monde pour le week-end, à moi y compris.

– Parfait! s'exclama Hoppy. Et qu'allez-vous faire? Rester ici ou aller à la campagne?

– Lucille veut que nous allions voir la nouvelle pièce d'Olivier.

– Ça ne sera guère reposant, remarqua Hoppy.

– C'est bien ce que je pense, dit Randal d'un ton las. Mais soyez gentille, essayez de lui obtenir une loge.

Hoppy quitta la pièce en marmonnant. Randal s'installa plus confortablement et s'endormit. Il avait dormi près de vingt minutes lorsqu'il sentit une présence dans la pièce.

S'arrachant lentement au sommeil, il ouvrit les yeux pour voir qui était là.

Jane était assise sur une chaise en face de lui. Il lui sourit, tout somnolent.

– Bonjour, ma belle! Je ne m'attendais pas à te voir.

– C'est bien ce qui me semble, répondit Jane, un peu déçue. (Puis elle ajouta :) Randal, tu as l'air terriblement fatigué.

– Je le sais. N'as-tu rien d'autre à me dire?

Jane lui sourit avec une expression intime et secrète.

Randal pensa qu'il ne l'avait jamais vue aussi élégante que cet après-midi. Elle portait un manteau de velours couleur de mûre et était coiffée d'un chapeau assorti. Une cravate en zibeline était nouée autour de son cou, des diamants brillaient à ses oreilles et à ses doigts qui jouaient avec un sac en crocodile de la même teinte que ses chaussures.

– J'ai un projet, dit Jane doucement.

– Quel est-il?

En dépit de l'effort qu'il faisait pour paraître intéressé, elle perçut une note de lassitude et de prudence dans sa voix.

– Nous allons passer le week-end ensemble, répondit Jane. Nous irons aux courses demain à Hurst Park. En fin de journée, nous dînerons à la maison, puis nous assisterons à la soirée de Diana. Tu sais qu'elle la donne en l'honneur du prince héritier. Il arrive en Angleterre aujourd'hui. A propos, elle m'a dit n'avoir pas reçu ta réponse, alors qu'elle t'a envoyé une invitation il y a déjà une semaine.

– Je vais devoir renvoyer Hoppy, dit Randal.

– J'ai déjà demandé à Hoppy, répondit Jane avec une sévérité feinte. Elle m'a dit que comme Diana t'avait envoyé une lettre personnelle, tu lui avais dit que tu y répondrais toi-même. Mais c'est sans importance. Diana comprendra. Nous savons tous à quel point tu es occupé. Eh bien, que penses-tu de mes projets pour la journée de demain?

– C'est merveilleux, acquiesça Randal d'un ton particulièrement peu convaincu.

– Il faut que je parte, maintenant, dit Jane en soupirant. Ne bouge pas, chéri. Je sais qu'il est inutile de te demander de m'accompagner à un cocktail, aussi ne vais-je pas gaspiller ma salive. Pourtant j'aurais aimé aller avec toi à l'ambassade américaine, ce soir. Tu me manqueras, mais nous aurons la journée de demain. Tu passes me prendre vers midi? On peut utiliser ta voiture ou l'une des nôtres, si tu préfères.

– Midi? répondit Randal comme s'il essayait de se rappeler l'heure.

Jane le regarda pendant un instant puis elle se baissa et, appuyant sa joue contre la sienne :

– Je serai contente lorsque ces répétitions seront finies, murmura-t-elle très doucement. Nous aurons alors le temps de parler de nous.

Instinctivement, Randal l'entoura de ses bras. Le parfum de Jane avait une odeur suave et sa fourrure lui chatouillait le cou. Il eut soudain des remords et éprouva un sentiment de culpabilité.

– Une fois que les représentations auront commencé, tout sera différent, dit-il avec assurance.

Elle s'assit sur le bord du canapé. Elle posa ses mains sur les épaules de Randal et, cherchant des yeux son regard :

– Tu me le promets? demanda-t-elle avec un peu de mélancolie dans la voix.

Prenant une de ses mains, il la porta à ses lèvres et l'embrassant sur la paume :

– Je te le promets.

– Nous n'avons dit à personne que nous avions l'intention de nous marier, reprit Jane. Mais, Randal, garder le secret n'est pas aussi agréable que je l'avais imaginé. Je ne te vois jamais et lorsque nous nous rencontrons, c'est toujours en présence d'une tierce personne. Annonçons nos fiançailles. Je ne comprends absolument pas ce que nous attendons.

Randal embrassa à nouveau la paume de sa main, longuement, pour avoir le temps de réfléchir.

– Quel genre de fiançailles aurions-nous, chérie, puisqu'il faut que je sois constamment au théâtre? demanda-t-il enfin. D'autre part, je ne pourrais pas supporter les journalistes qui fondraient sur nous comme un essaim de frelons. N'oublie pas que tu es une jeune femme très en vue. Et si je dois faire les gros titres de la presse maintenant, j'assisterai à la première sur un brancard.

– Pauvre Randal, tu te fatigues trop, répondit Jane avec tendresse. Je comprends très bien que ce ne soit pas le moment. Je suis seulement lasse de faire semblant de n'être que ton amie. Et crois-moi, il y a beaucoup de gens curieux qui essaient de savoir exactement ce que nous sommes l'un pour l'autre.

– Eh bien, nous le leur écrirons en lettres lumineuses à Piccadilly Circus. Mais seulement après la première! S'il te plaît, chérie, souviens-t'en : après le début des représentations.

– Devrais-je être jalouse? demanda Jane, et Randal savait que cette question était importante.

– De quoi ou de qui? Si tu es jalouse de mon travail, j'en suis ravi. Après tout, tu ne m'épouses que parce que je suis un auteur célèbre.

Jane lui toucha la joue du doigt.

– Crois-tu réellement que ça soit l'unique raison?

– Je n'en vois aucune autre.

– Tu es en quête de compliments, dit-elle en souriant. Tu es assez prétentieux comme cela. Je n'ai pas l'intention de flatter bassement ta vanité.

Elle parlait avec légèreté, mais ses yeux étaient fixés sur les lèvres de Randal et sa respiration s'était accélérée.

La pendule sur la cheminée sonna la demie. Jane jeta un regard autour d'elle.

– Il faut que je parte, dit-elle. Gerald sera furieux contre moi. Je lui avais promis d'arriver de bonne heure pour l'aider à accueillir les invités.

– Embrasse-moi, dit Randal.

– Je vais te mettre du rouge à lèvres.

Randal sembla ne pas l'avoir entendue. Il la serra dans ses bras et posa ses lèvres sur les siennes. Ce fut un long baiser, de plus en plus ardent jusqu'à devenir presque désespéré, les lèvres affamées et insistantes de Randal demandant quelque chose que Jane ne pouvait donner.

Enfin elle s'arracha à son étreinte.

– Tu me fais mal, chéri, se plaignit-elle, mais sa voix était grave et profonde, ses joues empourprées et son regard sombre.

– Je suis désolé, marmonna Randal.

– Je ne t'avais jamais connu aussi brutal.

Elle n'était pas réellement affectée par sa brutalité et elle se pencha vers lui de nouveau.

Mais l'ardeur et la force de Randal semblaient l'avoir abandonné. Sa tête était retombée sur le coussin de velours; ses yeux étaient clos. Il avait soudain l'air abattu. Elle attendit un instant sans savoir que dire ou que faire. Puis, comme il ne disait rien, elle se leva et alla se regarder dans le miroir au-dessus de la cheminée.

Elle ajusta son petit chapeau de velours et, sortant de son sac un poudrier en or incrusté d'éclats de diamants, elle se poudra le nez. Puis elle se remit du rouge à lèvres, brossa les grains de poudre qui étaient tombés sur son manteau et rangea le poudrier et le tube de rouge à lèvres dans son sac.

Randal ne disait pas un mot et gardait les yeux fermés. Lorsque Jane fut enfin satisfaite d'elle-même, elle se tourna vers lui.

– Ce dont tu as besoin c'est d'une bonne nuit de repos, mon chéri, dit-elle. Je t'espère demain à midi.

Sans attendre sa réponse, elle se dirigea vers la porte.

– N'oublie pas que papa dîne avec toi à 8 heures, ce soir. Je vais lui recommander de ne pas te retenir trop tard, dit-elle avant de sortir.

La porte se referma derrière Jane et il se retrouva seul.

Il resta étendu longtemps, sans dormir, l'esprit plongé dans ses pensées. Personne ne vint le déranger. Le jour tombait, les rideaux n'avaient pas été tirés et le feu dans l'âtre se consumait lentement. Bientôt, dans l'obscurité, on ne vit plus que les cendres rougeoyantes.

La porte s'ouvrit alors doucement. Randal hésita un court instant avant de reconnaître sa jeune protégée.

– Est-ce vous, Sorella?

Il était sûr de la réponse avant même d'avoir entendu la voix.

– Oui. Dormiez-vous?

– Non, plus maintenant en tout cas. Que voulez-vous?

– Tout le monde est affolé parce qu'on pense que vous allez être en retard à votre dîner, mais on avait bien trop peur de venir voir si vous étiez encore vivant. Aussi suis-je venue braver le lion dans sa tanière.

Randal s'assit en riant.

– Quelle heure est-il?

– Bientôt 8 heures moins le quart.

– Mon Dieu! Rockampstead peut arriver à tout moment.

– C'est ce que Norton n'arrête pas de dire en se tordant les mains. Hoppy lui a donné l'ordre formel de ne pas vous laisser oublier M. le baron!

Le ton joyeux de sa voix semblait illuminer l'obscurité qui les enveloppait. Sans savoir pourquoi, Randal se mit à rire.

– Allumez, dit-il. Si quelqu'un vient, il croira à une conversation de fous dans les ténèbres.

Il entendit le déclic de l'interrupteur et une lumière rose envahit la pièce. Il cligna des yeux.

– Hoppy m'a laissé un message pour vous, dit Sorella en s'approchant de lui.

Il s'aperçut qu'elle portait une nouvelle robe, droite et stricte comme celle qu'elle avait achetée précédemment. Elle était en laine bleue, d'un bleu profond comme la Méditerranée, qui faisait ressortir la blancheur laiteuse de sa peau. Son cou gracile, émergeant de l'encolure sévère du corsage, semblait sculpté dans l'ivoire. Il était si merveilleux, que pendant un instant Randal resta absorbé dans sa contemplation.

Il se rendit compte que Sorella attendait qu'il lui prêtât attention et, avec un effort, rassembla ses esprits.

– Un message de Hoppy? demanda-t-il d'un air peu intéressé. Eh bien, quel est-il?

– Elle vous fait savoir qu'elle a obtenu une loge pour la pièce. Les billets se trouvent à l'agence au nom de Lucille.

– Bien.

Randal prit une cigarette et l'alluma.

– ... Il n'y avait pas une chance sur mille d'obtenir une loge en s'y prenant aussi tard, dit-il. Mais faisons face à la situation. Lucille obtient toujours ce qu'elle veut!

– Vraiment? Je doute que cela soit très agréable...

– De toujours obtenir ce qu'on veut? questionna Randal. Je trouve cela très réconfortant.

– Je n'en suis pas sûre. Il me semble que l'on ne doit plus rien désirer si l'on est certain de tout pouvoir obtenir.

– J'aimerais, rien qu'une fois, que cela m'arrive, dit Randal. Et savez-vous ce que je voudrais avoir? La paix! Mais puisque je ne peux pas l'avoir, il faut que j'aille me changer.

Il jeta sa cigarette dans la cheminée.

– Vous êtes très élégante, remarqua-t-il en s'étirant. Qu'allez-vous faire ce soir?

– Je vais dîner dans ma chambre. Hoppy m'a dit que vous alliez parler affaires avec lord Rockampstead. Laissez-moi un peu de soufflé au chocolat. Il semble très bon.

Randal rit.

– Espérons que mon hôte n'aura pas un trop gros appétit.

– Je vous permets d'en manger autant que vous voulez, dit généreusement Sorella, mais je ne donne qu'à contrecœur chaque bouchée que lord Rockampstead mangera. Hoppy dit qu'il a un cuisinier hors pair. Aussi je ne vois pas pourquoi il vient ici manger notre pain.

Randal rit de bon cœur. Il allait saisir la poignée de la porte lorsqu'elle s'ouvrit et Norton, le valet de chambre, apparut dans l'embrasure.

– Nous venons de recevoir un appel téléphonique de la chambre des Lords, monsieur, annonçant que lord Rockampstead regrettait vivement, mais qu'il ne pourrait venir dîner ce soir. M. le baron a été retenu à une réunion extraordinaire de la Commission des Finances. Il vous présente ses excuses mais il espère que vous comprendrez que c'est un cas de force majeure.

– Oui, bien entendu, dit Randal et, se tournant vers Sorella :

– En fin de compte, il y aura du soufflé au chocolat pour vous.

– Je peux dîner avec vous? demanda Sorella, surprise.

– J'en serais très honoré, répondit Randal. (Et, sortant dans le hall, il dit à Norton :) Prévenez le cuisinier que nous serons prêts lorsque j'aurai pris mon bain et que je me serai changé. Cela ne me prendra pas plus d'un quart d'heure.

– Très bien, monsieur.

Norton ouvrit la porte de la chambre de Randal avec le visage impassible du parfait domestique. Puis, après l'avoir refermée, il se tourna vers Sorella avec un sourire aux lèvres et lui fit un signe qui ressemblait fort à un clin d'œil.

– Plus sympathique que de manger dans votre chambre, pas vrai, mademoiselle?

– Bien plus agréable, répondit Sorella avec solennité. J'en suis très reconnaissante à la Commission des Finances.

Norton eut un petit rire discret :

– Je m'étais toujours interrogé sur l'utilité de ce genre de Commission. Maintenant, nous le savons.

Lorsque Sorella rapporta à Randal les paroles de Norton, il éclata de rire. Ses rides, si marquées quand il était fatigué ou énervé, disparaissaient lorsqu'il riait. Se souvenant des leçons de son père, Sorella se donna pour tâche de le distraire.

Ils bavardèrent longtemps dans la salle à manger, puis au salon. Elle racontait des anecdotes qui faisaient rire Randal.

Il s'installa confortablement dans un gros fauteuil, un verre de cognac à la main. Sorella s'assit à ses pieds, devant l'âtre; elle savait d'instinct adopter une position gracieuse. Elle tourna son petit visage vers Randal.

Il voyait qu'elle était heureuse : sa voix était gaie et un léger sourire se dessinait sur ses lèvres.

« Elle n'avait jamais su ce que c'était que de se sentir bien, auprès d'une personne en qui on a confiance », se disait Randal en l'observant.

Ils entendirent à peine Norton murmurer « Mlle Crake » avant que Jane n'entre dans la pièce, resplendissante dans une robe en lamé, un diadème de strass dans les cheveux et une cape d'hermine blanche autour des épaules.

– Je suis venue vous montrer ma nouvelle robe avant d'aller à l'ambassade, dit-elle. Mais où est mon père?

La question rompit le charme. Randal et Sorella se levèrent brusquement. Randal avait l'impression d'être un petit garçon pris en train de voler de la confiture dans le garde-manger.

– Ton père n'a pas pu venir dîner, Jane. Il a été retenu à la Chambre.

– Oh! Randal! Et tu ne m'as pas téléphoné. Tu aurais pu si facilement dîner avec nous.

– Je ne l'ai su qu'à la dernière minute, répondit Randal, un peu ennuyé d'avoir à s'expliquer.

– Eh bien, tu t'es changé et tu n'as rien à faire, s'exclama Jane. Qu'est-ce qui t'empêche de m'accompagner au cocktail?

– Je ne peux pas, Jane, réellement je ne peux pas, protesta Randal. Je me reposais quelques instants avant que Sorella n'aille au lit, puis j'avais l'intention de me mettre au travail. Ce n'est pas souvent que tu me surprends inoccupé.

– Mais tu n'avais pas prévu de travailler ce soir, remarqua Jane d'une voix dure.

– Cela m'avancera. Et, sincèrement, je n'ai aucune envie d'aller à une soirée.

Jane pivota sur ses talons avec un geste de mauvaise humeur.

– Il est plus de 10 heures, Sorella; il est temps que vous alliez au lit, dit-elle sèchement.

En entendant ces mots, Sorella se sentit indésirable.

– Je vais me coucher tout de suite, dit-elle tranquillement. Bonne nuit, Randal, bonne nuit, Jane.

Elle quitta la pièce avant qu'ils n'aient eu le loisir de lui répondre. La porte se referma derrière elle et Jane se retourna brusquement face à Randal avec dans le regard une expression qui ressemblait fort à de la colère.

– Tu te moques de cette enfant, dit-elle d'un ton accusateur. Il y a longtemps que je veux t'en parler. N'a-t-elle pas de famille?

– Aucune, autant que je sache.

– De toute manière, elle ne peut pas continuer à vivre ici.

– Pourquoi donc?

– Elle est beaucoup trop âgée. Lorsqu'elle est arrivée, je croyais qu'elle n'avait que neuf ou dix ans, mais en fait, c'est presque une adulte. Tu ne peux pas garder une jeune fille qui n'est pas dénuée de charme, seule avec toi dans ton appartement.

– Qui peut y trouver à redire?

– Personne pour l'instant. C'est simplement pour te mettre en garde avant qu'on ne se mette à jaser. Tu n'es pas idiot, Randal, et tu sais exactement ce que je veux dire.

– J'espère seulement, Jane, que tu ne penses pas ce que tu insinues par tes paroles, dit Randal lentement. Sorella est une enfant, la fille d'un homme que j'ai tué. Si les gens que tu connais ont l'esprit assez mal tourné pour penser qu'elle ne peut pas vivre sous mon toit, alors je te le dis bien sincèrement, je me moque éperdument de ce que ces mauvaises langues peuvent penser. Je ne ferai que ce que j'estime être juste.

– Mais est-ce juste? Il est ridicule d'adopter cette attitude. Il n'y a pas d'homme célèbre de trente-deux ans qui puisse vivre avec une jeune fille sans donner lieu à des suppositions déplaisantes.

– Très évidemment émises par des personnes déplaisantes, interrompit Randal.

– Quel que soit le fond de ta pensée, cette situation ne peut pas durer, rétorqua Jane. J'espère que tu n'envisages pas, lorsque nous serons mariés, que Sorella continue de vivre avec nous? Je n'ai pas l'intention de commencer ma vie conjugale en adoptant une enfant de quinze ans!

– Pour te dire la vérité, je n'y avais pas pensé, dit Randal d'un ton las. Je suis responsable de la mort de D'Arcy Forest et, bien entendu, je vais faire tout ce que je peux pour sa fille. Pour le moment, elle veut rester ici avec moi.

– Je m'attendais à ce que tu lui tournes la tête. J'imagine que la pauvre enfant croit t'aimer, lança Jane d'un ton sarcastique.

– Je ne crois pas qu'elle ait aucune pensée de ce genre. Sorella a eu une enfance très particulière et que beaucoup de gens considéreraient comme misérable. Pour la première fois, elle vit dans une maison où sa présence est désirée, où l'on est gentil avec elle et où elle mange tous les jours à des heures régulières. Je ne pense pas que Sorella ait regardé au delà de ces avantages matériels. Quant à moi, certainement pas.

– Alors il est temps que tu le fasses.

– Je pense être meilleur juge de la situation, répondit Randal, brutalement.

Il y eut un silence pesant, puis Jane avança d'un pas et posa ses mains sur les épaules de Randal.

– Chéri, nous nous disputons! C'est bien la dernière chose que je souhaitais. Je ne suis venue ici que parce que je t'aime et que je voulais me montrer à toi. En me regardant dans le miroir, ce soir, je me suis dit: « Voilà comme j'aimerais que Randal me voie. » Quand je suis descendue dîner, beaucoup d'invités m'ont fait des compliments et j'ai pensé de nouveau: « Le seul dont l'admiration m'importe n'est pas ici! » C'est la raison pour laquelle je suis venue, envoyant les autres au diable! Et maintenant nous nous disputons!

– Je suis désolé, mais je me sens responsable de Sorella.

– Bien entendu, chéri, dit Jane en soupirant, apaisante. Mais laisse-moi te dire ce que nous allons faire. Nous allons la mettre dans une excellente école où elle rencontrera de charmantes jeunes filles et se fera des amies.

– Elle ne veut pas aller dans une école, protesta Randal. Oh! cessons cette discussion, Jane. Je déciderai de son sort plus tard.

– Très bien. Nous n'en parlerons plus.

Randal fit tomber les cendres de sa cigarette dans le feu, le regard fixé sur les flammes.

– Ne viens-tu pas à l'ambassade avec moi? demanda Jane d'un ton suppliant.

– Je n'ai vraiment pas envie d'aller à une soirée aujourd'hui. Pardonne-moi, vas-y et amuse-toi bien.

Jane frotta sa joue contre la sienne.

– Je ne vais pas te harceler inutilement. Nous aurons toute la journée de demain à passer ensemble.

Ne froisse pas ma robe, dit-elle rapidement, en se pressant contre lui, lorsqu'il l'entoura de ses bras, et elle s'esquiva, laissant derrière elle des effluves de parfum et une chaude et douce senteur féminine.

Randal l'accompagna à la porte d'entrée et appela l'ascenseur.

– Tu n'es pas fâchée contre moi? demanda-t-il. Mais je ne pourrais pas affronter la foule dans mon état.

Tout en parlant, il pensait qu'il y a encore peu de temps il aurait été transporté de joie à l'idée d'assister à une aussi brillante réception, s'étonnant même d'être déjà las de ce genre de plaisirs.

– Bien sûr que je ne suis pas fâchée, répondit Jane avec douceur. Je te comprends. Tu viens de vivre des semaines épuisantes.

Elle leva son visage vers le sien, mais l'ascenseur arriva plus tôt qu'elle ne s'y était attendue. Elle lui jeta un baiser à travers les portes vitrées tandis qu'elle descendait.

Randal revint dans l'appartement et referma la porte. Il se sentait nerveux et agité. Une vague de colère le souleva, lui qui était si heureux et si détendu auparavant.

Il s'arrêta pour regarder les messages qui avaient été disposés par Hoppy sur la table du hall. En haut de la pile se trouvait la note suivante : « Faire savoir à Lucille Lund qu'une loge lui a été réservée à l'Empress Theatre pour la matinée de demain. »

La perspective de devoir téléphoner à Lucille lui était insupportable. Il comprit alors que deux personnes comptaient sur lui demain après-midi. Jane et Lucille. La situation était inextricable. Deux femmes réclamaient son attention, chacune estimant avoir droit à son amour!

Il froissa la feuille de papier et la jeta par terre. Puis il se dirigea vers la chambre de Sorella et frappa à sa porte.

– Entrez.

Il pénétra dans la pièce. La chambre était petite, mais décorée d'une manière exquise. Les murs étaient recouverts d'un papier rose et blanc comme les rideaux du lit et le couvre-lit en soie.

Sorella était assise sur son lit et lisait. Sa chemise de nuit en linon avait de petites manches bouffantes et une large ceinture bleue à la taille. Elle avait l'air très jeune et très douce et le sourire avec lequel elle accueillit Randal exprimait une joie sincère.

– Jane est-elle partie? J'étais certaine qu'elle voulait vous emmener à sa réception.

– Je déteste les soirées, répondit Randal en s'asseyant sur le lit.

– Je pense que les seules soirées agréables sont celles qu'on passe en tête à tête avec la personne aimée, dit Sorella.

– Comment le savez-vous? Lorsque vous serez un peu plus grande, vous voudrez aller danser, boire du champagne et écouter toutes sortes de niaiseries prononcées sur un ton snob. Les bavardages, la musique, les lumières vous monteront à la tête et vous vous fâcherez si on veut vous ramener à la maison avant l'aube.

– Je n'aime pas du tout ce genre de mondanités, protesta Sorella. J'ai été témoin de beaucoup de ces soirées. J'avais l'habitude d'observer ce qui s'y passait lorsque j'étais à l'hôtel. Une fois, je m'étais cachée sous une table et j'ai passé toute la nuit à écouter les conversations des gens et à les regarder danser. La plupart d'entre eux avaient l'air extrêmement stupides.

– J'imagine qu'ils n'en avaient pas seulement l'air, dit Randal, mais le drame est que dans les soirées les gens ne sont pas conscients d'être ridicules. Ils sont si contents d'avoir été invités qu'ils sont parfaitement satisfaits d'eux-mêmes et éprouvent une certaine pitié à l'égard de ceux qui n'ont pas été conviés.

– En tout cas, je suis contente que vous n'ayez pas

accompagné Jane, dit Sorella. Allez-vous vous coucher ou retournons-nous dans le salon pour continuer notre conversation?

– Je vais au lit et Jane avait raison, il est grand temps que vous dormiez.

Sorella sourit et ne répondit pas. Randal eut le sentiment qu'elle jugeait la remarque de Jane trop stupide pour mériter une réponse.

– Que lisez-vous? demanda-t-il pour changer de sujet.

Il se pencha pour regarder le titre du livre qu'elle tenait sur ses genoux. Il s'agissait des *Sagas anglaises* d'Arthur Bryant.

– Cela vous plaît-il?

Ce n'était pas le genre de livre qu'il s'attendait à trouver entre les mains de Sorella.

– Je veux en savoir davantage sur l'Angleterre, répondit Sorella. Or, cet ouvrage m'apprend énormément de choses que j'ignorais sur le peuple anglais.

– Pourquoi voulez-vous mieux connaître l'Angleterre?

– Parce que je vais y vivre. J'ai tellement vécu à l'étranger que je suis lasse des autres pays. Maintenant, je veux apprendre à aimer le mien.

Elle tourna les pages du livre.

– J'ai lu les chapitres relatifs aux grandes propriétés foncières... Arthur Bryant décrit la campagne telle qu'elle était il y a cent ans. J'ai l'impression qu'elle doit être la même aujourd'hui. Le paysage ne peut pas avoir beaucoup changé. C'est l'Angleterre que j'ai envie de connaître.

– C'est l'Angleterre que vous verrez, dit catégoriquement Randal. J'ai une maison à la campagne. Elle n'est pas très grande, mais elle est belle. Nous allons nous y rendre. A Queen's Hoo, vous verrez l'Angleterre sous son meilleur jour.

– Oh, Randal! Comme c'est merveilleux! Quand irons-nous?

Sorella manifestait un enthousiasme qu'elle n'avait jamais laissé paraître auparavant.

Le désir de lui faire plaisir lui fit oublier toute prudence.

– Nous irons demain. Nous nous lèverons de bonne heure. Queen's Hoo n'est qu'à une heure de route de Londres. Nous pourrions y rester jusqu'à dimanche soir. Cela vous plairait-il?

– Ce serait plus merveilleux que tous les rêves que j'ai pu faire!

Soudain l'expression de Sorella changea. Un voile passa sur son regard.

– Qu'y a-t-il? demanda Randal.

– Elles ne vont pas nous laisser y aller, dit Sorella avec tristesse. Hoppy, Lucille, Jane. Elles comptent sur vous demain. Vous ne pouvez pas vous sauver ainsi.

– Je le puis et je le ferai. Suis-je un lâche? Il est temps que je me ressaisisse. Hoppy téléphonera à tout le monde dans la matinée pour dire que je suis mourant, que le docteur m'a ordonné de prendre quarante-huit heures de repos. Nous serons levés et partis avant que personne d'autre ne soit éveillé. Pouvez-vous être prête à 9 heures?

– Bien entendu, dit Sorella en riant, et de nouveau une lueur de gaieté brilla dans ses yeux. Mais êtes-vous certain, absolument certain qu'il n'y aura pas une terrible bagarre?

– Je suis à peu près sûr que non et, s'il y en a une, je m'en moque! Bonne nuit, Sorella, dormez bien.

– Je suis si contente, répondit-elle. Oh, comme j'aimerais que nous soyons déjà à demain!

Il était à peine réveillé lorsque Hoppy entra dans sa chambre d'un air affairé.

– Je suis désolée de vous déranger si tôt, dit-elle d'un ton qui prouvait qu'elle n'était pas du tout désolée. Sorella m'a dit que vous partiez à 9 heures.

Elle a fait préparer la voiture et est dans un état d'excitation anormal. Qu'est-ce que cela veut dire?

– Je suis très malade, répondit Randal d'une voix endormie. Je dois me reposer aujourd'hui et demain. Il faut que vous téléphoniez à Lucille et Jane et leur disiez à quel point le docteur était inquiet à mon sujet.

– Et qu'arrivera-t-il si je refuse de faire des mensonges aussi aberrants?

– Alors, c'est Norton qui les appellera et il le fera dix fois moins bien que vous.

– Je crois que vous êtes fou, s'exclama Hoppy. Ce n'est rien d'autre qu'une farce d'écolier. Ce n'est pourtant pas le moment de faire l'école buissonnière et vous le savez très bien.

– C'est la chose la plus sensée que je puisse faire, dit Randal en bâillant. Vous savez très bien que si je vais au théâtre avec Lucille, je déplairai à Jane et que si je vais aux courses avec Jane, je déplairai à Lucille. Ma chère Hoppy, je suis vraiment un homme extrêmement raisonnable et même, si cela peut vous faire plaisir, calculateur.

Hoppy capitula.

– Entendu, dit-elle en rechignant. J'espère que je serai convaincante. Vous ne me semblez guère malade, pourtant!

– Pour l'amour de Dieu, ne leur dites pas où je suis parti, s'écria Randal lorsqu'elle eut atteint la porte.

– Je ne suis pas idiote, rétorqua Hoppy en s'éloignant.

– J'ai téléphoné à Queen's Hoo et j'ai annoncé votre arrivée, dit Hoppy lorsque, une demi-heure plus tard, Sorella et Randal lui diraient au revoir.

– J'espère que vous avez demandé de préparer un repas convenable, dit Randal. A quelle heure arriverez-vous?

– Après le dîner.

– Hoppy vous accompagne-t-elle toujours à la campagne? demanda Sorella tandis que la Bentley se faufilait à travers la circulation de Londres.

– Je ne peux rien faire sans Hoppy. J'ai essayé plusieurs fois d'aller à la campagne sans elle. Le résultat était que je passais tout mon temps à répondre au téléphone ou à dicter des télégrammes avec réponse payée à des petites filles assommantes qui couvraient à bicyclette les six kilomètres qui nous séparent du village pour m'apporter des messages qui auraient très bien pu attendre jusqu'au lundi.

– Hoppy est très gentille, dit Sorella. Mais ne vous serait-il pas agréable d'être parfois seul?

– Je ne crois pas que cela soit possible. Il y a toujours des gens qui viennent vous déranger. Même lorsqu'on se sauve dans le Midi, on ne peut pas trouver la solitude!

Sorella eut un petit rire nerveux.

– Vous étiez très fâché lorsque papa et moi avons descendu les marches conduisant à la piscine.

– J'étais furieux, reconnut Randal. Mais vous étiez assez obstinés, souvenez-vous. Si on découvre que nous sommes allés à Queen's Hoo, on verra dès demain des voitures bondir dans le jardin et envahir la maison. La radio résonnera, les bouchons de champagne sauteront et on dansera en buvant de savants cocktails!

– Oh! il ne faut pas qu'on nous trouve, il ne le faut pas! dit Sorella avec ferveur.

– Nous pouvons compter sur Hoppy pour tenir les indésirables à distance. Elle aime aussi venir à Queen's Hoo. Elle a un petit appartement privé en haut de la maison et je ne vais pas la déranger sans une raison importante.

– Alors nous serons vraiment seuls tout le temps..., murmura Sorella.

Randal accéléra, ils longeaient Regent's Park où la circulation était moins dense.

Bientôt, ils atteignirent la banlieue londonienne et s'engagèrent sur la route. Sorella, haletante, regardait défiler le paysage. Les maisons et les villas étaient de plus en plus éparses et faisaient place aux champs.

Randal se sentit soudain impatient d'atteindre Queen's Hoo. Il n'y avait pas longtemps qu'il possédait cette demeure mais, pendant des années, il avait rêvé d'avoir une maison de campagne. Comme la plupart des gens, il détestait passer le week-end à Londres. Aussitôt que son intention d'acheter une maison eut été connue des agents immobiliers, ils lui proposèrent d'innombrables propriétés susceptibles d'intéresser le jeune auteur dramatique qu'ils tenaient tant à satisfaire.

Mais le jour où Randal avait vu Queen's Hoo, il avait su que c'était la maison qu'il recherchait, la maison qui devait être la sienne. Chaque fois qu'il y retournait, il éprouvait en franchissant le portail une sensation semblable au frisson que l'on éprouve lorsqu'on va voir une femme que l'on aime ou à celui qui vous traverse lorsqu'on revient à son foyer après une longue absence. Il découvrit aussi qu'il était extrêmement impatient d'y emmener Sorella...

8

Queen's Hoo avait été construite sous le règne d'Elisabeth Ire et on n'y avait pour ainsi dire pas touché depuis cette époque. La maison avait des murs de brique rouge dans lesquels s'ouvraient des fenêtres à petits carreaux en forme de losanges. C'était une construction petite et ramassée qui donnait sur un jardin divisé par des murets et des haies plantées d'ifs en charmants petits carrés de verdure et de fleurs qui embaumaient.

La maison était bâtie sur une colline d'où la vue s'étendait sur les champs et les forêts du comté de Hertfordshire. Randal était immédiatement tombé amoureux de Queen's Hoo et il était habitué aux exclamations de ses invités lorsqu'ils la découvraient.

Sorella, au contraire, ne dit rien. Elle se contenta de regarder en silence, mais une lueur si expressive brillait dans son regard qu'elle n'avait pas besoin de parler ni de chercher des mots pour dire son émerveillement.

Randal l'observa pendant un moment puis, se penchant sur elle pour ouvrir la porte :

– Pourquoi ne sortez-vous pas? C'est encore plus beau de l'autre côté de la maison.

Elle se tourna vers lui.

– Comment faites-vous pour ne pas toujours vivre ici?

Il sourit.

– N'oubliez pas qu'il faut que je gagne de l'argent pour l'entretenir.

– Vous pourriez écrire ici.

– Je le fais. J'ai écrit la première ébauche de *Aujourd'hui et Demain* dans le jardin. Venez, je vais vous montrer l'endroit exact.

Il sortit de la voiture et, tendant les deux mains vers Sorella, l'invita à sortir.

– Venez inspecter Queen's Hoo, la maison du célèbre écrivain Randal Gray.

Elle sourit et l'expression d'effroi mêlé d'admiration qu'elle avait eue en découvrant la maison s'évanouit, mais elle revint lorsque, sur le seuil, elle se retourna pour regarder la cour avec son vieux puits, les grandes grilles en fer forgé et le porche au sommet duquel apparaissaient, sculptées dans la pierre, les armes du seigneur de jadis.

Randal passa son bras autour de celui de Sorella lorsqu'il ouvrit la lourde porte, hérissée de gros clous, qui conduisait à la maison. En entrant, ils furent accueillis par les salutations bruyantes et passionnées de deux cockers qui les attendaient dans le hall. Ils tournaient autour de Randal, bondissaient, essayaient de lui lécher le visage, gémissaient et aboyaient d'une manière qui traduisait très clairement la joie qu'ils éprouvaient à le revoir.

– Couchés! ordonna Randal et, dès qu'il put se faire entendre, il ajouta pour Sorella : Ils font partie de la maison et sont connus, sans raison apparente, sous les noms de Moss et Tweed.

– Quels jolis noms! s'exclama Sorella en caressant les chiens qui les suivirent au salon.

C'était une longue pièce basse donnant d'un côté sur un jardin à la française et de l'autre sur la pelouse. Une grosse bûche pétillait dans la cheminée mais, voyant les rayons du soleil qui entraient par la porte ouverte, Sorella, sans attendre Randal, se précipita dans le jardin.

Elle s'arrêta pour admirer la vue puis se retourna vers la maison. La couleur chaude des briques, effritées par le vent et la pluie, lui donnait une apparence de douceur qu'elle n'avait jamais vu dans aucun autre endroit.

Elle avait la beauté majestueuse des demeures de l'époque mais, comme elle était petite et compacte, une atmosphère confortable et familiale s'en dégageait. Elle réussissait à être belle sans être le moins du monde effrayante. Elle était ancienne sans avoir vieilli. Toutefois, il en émanait un mystère indéfinissable, une sorte d'enchantement qui faisait espérer que ces vieilles pierres allaient révéler un secret essentiel.

– Vous plaît-elle? demanda Randal doucement.

Sorella ne s'était pas rendu compte qu'elle était restée silencieuse pendant plusieurs minutes, toute à sa contemplation. Au lieu de répondre et au grand étonnement de Randal, elle s'éloigna en suivant un petit chemin dallé entre deux haies de buis très basses, qui conduisait au sommet d'un escalier menant à la roseraie.

Elle s'arrêta. Sa silhouette se découpait sur un petit mur de brique et elle avait la main posée sur une grille en fer forgé aux arabesques étranges. Elle portait la robe verte dont elle avait fait récemment l'acquisition et ses cheveux noirs, encadrant son mince visage, volaient librement au vent.

Soudain, tandis qu'il l'observait, Randal sentit quelque chose vibrer au fond de lui-même. Sorella venait de lui inspirer l'intrigue d'une nouvelle pièce.

L'inspiration lui venait toujours ainsi. Elle naissait d'un petit incident, une bribe de conversation, une scène de rue, un personnage rencontré par hasard. Il ne l'utilisait pas toujours immédiatement et attendait que mûrisse le germe qui avait été semé dans son esprit.

Il lui arrivait d'être en proie au désespoir lorsqu'il devait écrire une pièce et qu'aucune idée ne jaillissait de son esprit. Or, cette fois, bien plus tôt qu'il ne s'y était attendu, il tenait déjà l'embryon d'une nouvelle œuvre. Il avait conscience, en regardant Sorella, qu'elle avait éveillé cet élan créatif qui, si souvent, dormait au fond de lui au moment où il avait le plus besoin qu'il se manifestât.

En observant la jeune fille, naissaient dans son imagination des visions de vagues et une sensation de vent violent soufflant sur la mer. Peut-être était-ce le vert de sa robe qui éveillait en lui ces impressions. Il se représentait, assez clairement, une jeune femme, qui serait l'héroïne de sa pièce, et un homme auquel elle donnerait son amour : un homme qui viendrait à elle sur un bateau.

Chaque fois que Randal avait une nouvelle idée, il ressentait une étrange émotion. Lorsque l'inspiration survenait, il éprouvait toujours une vive excitation. Ce n'est qu'après qu'intervenait le travail difficile et ennuyeux qui exigeait des compétences et une technique précises. Il fallait écrire puis réécrire et écrire encore, jusqu'à ce que l'œuvre terminée apportât, non la joie à laquelle on avait pu s'attendre mais, plus souvent, le simple sentiment de satisfaction que l'on éprouve quand on a accompli sa tâche.

Sur le moment, il ne songeait à aucune de ces servitudes. Il ne ressentait que l'émotion et l'allégresse de la levée de rideau.

Sorella se tourna vers lui, les yeux brillants et les lèvres légèrement entrouvertes. Elle revint sur ses pas et, s'approchant de Randal, glissa sa petite main dans la sienne.

– Maintenant, montrez-moi la maison, dit-elle.

Il semblait à Randal parfaitement normal que l'idée de sa nouvelle pièce lui fût venue à Queen's Hoo, en compagnie de Sorella. Elle possédait une qualité exceptionnelle et tellement recherchée par les artistes : elle savait demeurer silencieuse.

Pendant une seconde, il se rappela les autres femmes qu'il avait amenées à Queen's Hoo. Elles avaient vanté les charmes de sa maison d'une voix si perçante et si stridente qu'il en avait les nerfs à vif. Il avait alors accueilli la musique de la radio comme une libération.

Sorella était très différente, pensait-il. Elle parla très peu lorsqu'il la mena de pièce en pièce mais il devinait qu'elle appréciait, peut-être plus que n'importe qui d'autre, le soin qu'il avait apporté à la décoration de sa maison.

Peut-être avait-il fait appel à des amis décorateurs pour meubler son appartement de Park Lane. Mais pour Queen's Hoo il avait décidé lui-même les moindres détails. Il avait choisi le chintz aux couleurs vives qui tapissait les chambres, les rideaux de velours rose pâle du salon et le brocart d'un rouge rubis qui décorait la cage d'escalier.

Il avait découvert le mobilier au fur et à mesure,

dans des magasins d'antiquités. Certaines pièces n'étaient pas encore complètement meublées, soit parce qu'il attendait de dénicher la table en chêne qui trouverait parfaitement sa place dans une alcôve, ou la chaise à haut dossier qu'il placerait devant le panneau de chêne foncé.

Si Randal avait aimé Queen's Hoo lorsqu'il l'avait achetée, il l'aimait infiniment plus maintenant qu'il l'avait presque entièrement aménagée. Il était attaché à chaque meuble.

Il s'y sentait chez lui et, plus d'une fois, il avait souhaité qu'une femme pût y vivre avec lui.

La demeure exigeait une maîtresse de maison; aussi y amenait-il ses amies, pensant qu'elles l'embelliraient, mais leurs visites n'étaient pas toujours un succès.

Jane, il est vrai, semblait s'y trouver mieux qu'aucune autre. Toutefois Queen's Hoo paraissait petite pour elle. En effet, elle était minuscule, reconnaissait Randal, en comparaison avec la résidence de Jane dans le Derbyshire. Lord Rockampstead avait acheté, après avoir hérité du titre de son père, un immense et magnifique château, très richement décoré.

Cependant, Jane aimait Queen's Hoo, elle l'avait dit et redit à Randal.

« C'est un vrai petit bijou dans son genre », disait-elle. Mais Randal n'appréciait pas pleinement ce compliment car il avait le sentiment que Jane comparait Queen's Hoo au château de Bletchingly et aux propriétés de ses amis qui possédaient tous de très belles résidences classées.

Queen's Hoo était unique pour Randal, dans la mesure où il la possédait. Lorsqu'il avait eu l'acte de vente entre les mains et qu'il y avait apposé une dernière signature, il avait ressenti une émotion plus forte que celle qu'il avait éprouvée le soir de la générale de sa première pièce.

Ce n'était pas seulement parce que Queen's Hoo avait été achetée avec l'argent gagné par son travail, ni parce qu'il l'avait meublée et décorée lui-même. Il s'agissait d'un lien plus fort, quelque chose lui disait que cette vieille demeure et lui-même s'appartenaient l'un l'autre.

Tout en faisant le tour de la maison avec Sorella, Randal avait l'impression qu'il ne se lasserait jamais d'aller d'une pièce à l'autre, de contempler le poli des vieux meubles, de dérouler les tapis, de changer la disposition des objets sur les cheminées, de porter une chaise à côté du feu ou d'écarter les rideaux d'une fenêtre. Il avait besoin de toucher les objets et de s'identifier à eux pour s'assurer qu'ils lui appartenaient et qu'il leur appartenait.

Une fois le tour de la maison terminé, ils descendirent lentement l'escalier et revinrent au salon. Randal s'était rendu compte que Sorella avait à peine dit un mot, mais il avait toutefois deviné ce qu'elle ressentait et avait la certitude que son émerveillement était comparable au sien.

Elle s'assit sur le petit banc face à l'âtre et tendit les mains vers les flammes. Encore une fois, il y eut quelque chose dans le mouvement de ses mains et dans la grâce avec laquelle elle penchait la tête qui rappela à Randal la mer et l'œuvre qui était en train de naître au fond de son esprit.

Les chiens s'allongèrent devant le foyer. Moss posa sa tête contre les genoux de Sorella. La jeune fille se pencha pour le caresser puis, comme elle l'entourait de ses bras, il frémit et se serra contre elle, les yeux mi-clos, comme en extase.

– Ne l'encouragez pas, lui dit Randal, il réclame toujours des caresses.

– Je n'ai jamais rien eu à caresser ni à aimer, dit Sorella doucement.

Elle ne se plaignait ni ne cherchait à éveiller la compassion, elle ne faisait que constater un fait.

– Mais il a bien dû y avoir une personne..., commença à protester Randal, puis, pensant à ce qu'avait été la vie de Sorella, il comprit combien il était vain de la contredire.

– Non, personne. Vous savez, nous ne sommes jamais restés longtemps nulle part. Une fois, à Venise, le chat du chef cuisinier a eu des petits et on m'en a donné un. Pendant trois semaines, il a dormi dans ma chambre et je me suis occupée de lui. Je n'oublierai jamais quel bonheur c'était pour moi d'avoir un animal avec lequel je pouvais jouer et que je pouvais aimer. Puis nous sommes partis. Le chef m'avait promis qu'il le garderait, mais il en avait déjà trop et je suis sûre qu'après mon départ, il l'a noyé.

Randal ne trouvait aucune parole réconfortante susceptible de faire oublier à la jeune fille cette enfance sans amour! Il se représentait la tristesse de cette vie, sans avoir besoin de détails supplémentaires. Les enfants ne demandent pas seulement à être aimés, ils ont aussi besoin d'aimer. L'amour qu'ils portent à leur mère, à leur nurse, à leurs compagnons de jeux, à leur maison et à leurs animaux, même à leurs jouets, fait partie de leur éducation.

Sorella n'avait eu personne à aimer.

– Et pourtant, j'aimais beaucoup votre père, dit Randal.

Il n'y pouvait rien. Il ressentait de manière confuse l'obligation de défendre D'Arcy.

– Je sais, presque tout le monde l'aimait; les femmes surtout, pendant un certain temps, en tout cas. Je crois que je l'ai aimé lorsque j'étais une toute petite fille et, plus tard, j'ai essayé de toutes mes forces de continuer; mais, voyez-vous, pour aimer quelqu'un vraiment, il faut l'admirer, il faut avoir foi en lui. Or, je ne pouvais pas admirer mon père.

» Il mentait tout le temps, non parce que c'était nécessaire, mais parce que ça lui plaisait. Il aimait même faire semblant de ne pas aimer la vie que nous menions. J'imagine qu'il vous a dit qu'il ne pouvait pas trouver de travail. C'était faux. C'était un bon acteur quand il voulait jouer, mais il trouvait trop fatigant d'en faire une profession.

Randal jeta dans le feu sa cigarette à demi consumée.

– C'était une vie odieuse pour un enfant, dit-il.

– Je ne m'en plains pas. Certains enfants doivent connaître des heures bien pires. Ce que je voulais dire, c'est que j'ai toujours désiré avoir quelque chose qui m'appartienne et que je puisse aimer; or, ça ne m'est jamais arrivé. Vous dirai-je ce dont je rêvais la nuit?

– Oui, bien sûr.

– Je rêvais que j'avais une maison où je vivais avec quelqu'un qui m'aimait et que j'aimais. J'avais aussi un chat, un chien et des chevaux. Bien que je n'aie jamais eu l'occasion de monter à cheval, cela a toujours été mon souhait le plus cher. Et j'imaginais que je passais tout mon temps dans cette maison, que je ne la quittais jamais, mon seul souci étant de la rendre belle pour les gens que j'aimais.

– Je crois que nous rêvons tous d'avoir une maison. J'en voulais une aussi, mais le désir ne prit réellement consistance que le jour où j'ai vu Queen's Hoo.

– Lorsque vous l'avez vue pour la première fois, vous avez compris que c'était ce que vous recherchiez?

– Oui, sans hésitation.

– J'ai eu le même sentiment lorsque nous sommes entrés dans la cour. Il se dégage de ces murs une impression de sécurité extraordinaire. On a le sentiment qu'il y a si longtemps qu'elle est ici qu'elle ne pourra vous faire défaut.

– C'est précisément ce que j'ai ressenti, dit Randal; et il resta silencieux pendant un moment, pensant à Queen's Hoo, à lui-même, à cette nouvelle intrigue qui naissait en lui et enfin, à Sorella.

– Le déjeuner est servi, monsieur, annonça le maître d'hôtel en ouvrant la porte.

Suivis des chiens, ils traversèrent le hall pour se rendre dans la salle à manger.

En évoquant l'après-midi qui avait suivi, Randal ne put jamais se rappeler exactement ce dont ils avaient parlé ou ce qu'ils avaient fait. Le ciel, bleu et dégagé dans la matinée, s'était couvert de nuages après le déjeuner et un crachin gris et dense tombait sur la campagne.

Mais qu'au-dehors il fît humide et que l'horizon fût bouché ne les avait pas dérangés. Les flammes qui dansaient sur les grosses bûches de la cheminée jetaient au plafond des lueurs dorées. Une atmosphère chaude et confortable régnait dans le salon. Sorella, assise devant l'âtre, jouait avec les chiens tout en écoutant Randal étendu sur le divan.

Une grande paix régnait dans la maison. Randal se sentait détendu et reposé comme il ne l'avait pas été depuis longtemps. Il évoqua ses souvenirs de jeunesse et décrivit à Sorella la maison qu'il habitait avec ses parents, à Worcester.

Il parla de sa mère et de la fierté que lui donnait son appartenance à une famille de hobereaux. Il évoqua le jour où elle l'avait emmené voir le vieux manoir dans lequel ses grands-parents avaient vécu. Il y avait longtemps qu'il avait été abandonné, aussi lui était-il apparu comme une demeure laide et sentant le moisi. Mais c'était la maison de sa mère et, maintenant qu'il possédait Queen's Hoo, Randal avait l'impression qu'il pouvait comprendre mieux, qu'il ne l'avait fait alors, ce que cet endroit délabré, au jardin envahi par les mauvaises herbes, avait signifié pour elle.

Sa mère n'avait pas vu les fenêtres aux vitres brisées et leurs volets qui battaient au vent, pas plus que la suie qui s'était entassée dans les cheminées ni les toiles d'araignées le long des rampes d'escalier.

Elle imaginait encore ces vieux murs remplis de vie, renvoyant l'écho des voix et des rires de ses frères et sœurs. C'était le lieu où elle avait été heureuse et insouciante.

Randal se rappela que Sorella n'avait jamais eu de maison à elle et qu'elle n'avait pour retenir ses souvenirs qu'une interminable liste d'hôtels, tous semblables à ses yeux par leur absence de signification affective.

– Un jour, vous aurez une maison à vous, dit-il impulsivement.

Sorella leva les yeux vers lui. Tweed frottait sa tête contre la poitrine de la jeune fille tandis que Moss, à moitié couché sur ses genoux, battait le sol de sa queue chaque fois qu'elle le caressait.

– J'aimerais bien une maison comme celle-ci, dit-elle.

– Oh! dans une année ou deux, vous en voudrez une plus grande et plus belle, la taquina Randal. Ce n'est qu'une petite demeure. Je l'aime parce qu'elle m'appartient. Mais celle de Jane est cinquante fois plus grande et celle de Diana, que vous n'avez pas encore rencontrée, est de la même époque que Queen's Hoo, mais il faut une armée de domestiques pour l'entretenir tant elle est vaste.

– Je ne veux pas d'une grande maison, protesta Sorella, et je ne veux pas être riche.

– Vous ne voulez pas être riche! s'écria Randal. Même après avoir été si pauvre! Et pourquoi donc?

– Il semble que les gens riches regardent la vie d'une manière tout à fait différente des gens simples, dit Sorella sérieusement. J'ai rencontré beaucoup de gens fortunés avec papa. Pour la plupart, c'étaient des femmes, mais parfois nous rencontrions certains de leurs amis qui étaient riches également. Ils avaient tous l'air très contents d'eux-mêmes parce qu'ils avaient de l'argent mais, en même temps, ils semblaient totalement ignorants des réalités de la vie. Ils parlaient des gens comme s'ils les voyaient à travers une vitrine, ils ne connaissaient pas la morsure du froid, ils ne comprenaient rien.

» Je n'arrive pas à exprimer correctement ma pensée. Ils étaient semblables aux spectateurs dans une salle de cinéma. Ce qui arrive aux personnages sur l'écran ne les touche pas vraiment. Ils sont désolés pour eux le temps d'un film, mais dès que le rideau est tombé, ils se souviennent que rien de cela n'est vrai et qu'il n'y a aucune raison d'en être affecté outre mesure.

– Je comprends parfaitement votre pensée, dit Randal d'un ton absent.

En parlant de cinéma, Sorella avait rappelé Lucille à son souvenir et il se demandait ce qu'elle était en train de faire. Elle avait dû aller au théâtre, elle avait sans doute trouvé quelqu'un pour l'y accompagner. Lucille était entourée d'une horde de parasites. Elle acceptait les hommages et les fleurs des hommes, les flatteries des femmes avec une désinvolture qui choquait parfois Randal.

De toute manière, qu'elle fût accompagnée ou non, Lucille devait être en colère. Il la connaissait suffisamment pour ne pas pouvoir en douter. Soudain, il se sentit coupable. En fuyant Lucille et Jane, il avait peut-être compromis bien des choses : la mise en scène de sa pièce, l'argent de lord Rockampstead, ses relations avec Lucille, devenues harmonieuses à la suite de cette soirée brillamment orchestrée où il l'avait emmenée dîner au Savoy.

Randal soupira. Pendant un instant, il avait oublié sa maîtresse. Mais de nouveau son souvenir le troublait et il regrettait presque de n'être pas resté à Londres. Et pourtant, cette escapade à la campagne lui paraissait merveilleuse. Jamais il n'avait autant apprécié une journée : d'être seul avec Sorella avait été un soulagement inexprimable. Elle n'était encore qu'une enfant mais, sous bien des rapports, elle avait plus de sagesse qu'une femme, et sa conversation était bien plus intéressante que celle de beaucoup d'adultes. Et en plus, elle n'exigeait rien de lui!

Si Jane ou Lucille avaient été là, il aurait fallu qu'il leur fasse la cour, qu'il leur répète un millier de fois, de douze manières différentes, combien il les aimait, combien elles comptaient dans sa vie.

Sorella s'était contentée d'écouter. Elle avait parlé lorsqu'il avait voulu bavarder et s'était tue lorsqu'il avait gardé le silence, comme maintenant.

Il la regarda. Il faisait presque nuit. Seule la lumière des flammes l'éclairait. Elle ressemblait à une elfe, dans sa robe verte, debout devant le mur de brique, la main posée sur la grille en fer forgé. Mais maintenant, à la lueur du feu, elle semblait moins insaisissable, plus humaine. Elle souriait doucement en regardant les chiens couchés à ses pieds. Ses paupières étaient baissées et ses longs cils noirs formaient une ombre sur ses joues. Un jour, elle serait très belle.

Seule la malnutrition l'avait fait paraître laide lorsque Randal l'avait vue pour la première fois. A présent, ses joues s'étaient arrondies, ses coudes n'étaient plus pointus et ses salières s'étaient remplies. Il sentit la colère monter en lui en pensant à tout ce qu'elle avait dû endurer.

Il était inacceptable qu'un enfant ait vécu une telle existence. Pourtant, d'une certaine manière, il comprenait l'égoïsme de D'Arcy. Il avait choisi une vie d'aventurier et n'était pas prêt à y renoncer pour un enfant ou une femme.

Peut-être cela n'avait-il pas d'importance. Sorella connaîtrait le bonheur et saurait l'apprécier parce que, pendant longtemps, elle avait su ce que c'était que d'être seule et abandonnée. Randal éprouvait le désir de la protéger. Il était bien décidé à ne plus jamais la laisser retomber dans la pauvreté. Au moins, il pouvait y veiller. Il se souvint alors que Sorella ne voulait pas d'argent. C'était une maison qu'elle désirait, une maison et quelqu'un à aimer; ou, tout au moins, quelque chose à aimer.

« J'essaierai aussi de lui donner ce qu'elle désire », se dit Randal, mais il savait que ça ne serait pas facile. Il pensa à Jane. Il se rappela le regard qu'elle avait jeté à Sorella lorsqu'elle les avait interrompus dans leur tête à tête. La cape d'hermine qui entourait ses épaules était peut-être douce, mais ses yeux avaient eu l'éclat froid des diamants qu'elle portait autour du cou. Non, Jane n'était pas le genre de personne qui aiderait Sorella, Randal en était certain.

– A quoi pensez-vous? lui demanda-t-il brusquement.

– Je pensais à vous, dit simplement Sorella.

Randal résista à sa première réaction qui était de dire que, de son côté, il pensait à elle. C'étaient des réponses pour Lucille et Jane.

– Et que pensiez-vous de moi? insista-t-il.

– J'imaginais que vous songiez à votre mère lorsque vous meubliez cette maison.

Randal la regarda d'un air étonné.

– Comment pouvez-vous le savoir? Je ne vous l'ai pas dit.

– Non, mais vous m'avez parlé d'elle et je pensais que vous aviez dû l'aimer plus qu'aucune autre femme.

Randal sourit.

– Il semble que cela soit normal, dit-il, et la note légèrement ironique qui altérait si souvent sa voix était revenue. Mais, en vérité, j'ai aimé beaucoup de femmes dans ma vie. Il est difficile de dire quand cesse une forme d'amour et quand une autre commence, mais peut-être ne connaissez-vous pas ce genre de sentiments?

– Je pensais à votre mère, insista Sorella. Je crois que tout ce qu'elle a souhaité pour vous n'est devenu réalité que parce qu'elle l'avait souhaité. Comprenez-vous ce que j'essaie de vous dire?

Randal eut honte de la façon désinvolte avec laquelle il s'était exprimé. Le cynisme qu'il affectait chaque fois qu'il évoquait un sujet émouvant ou considéré comme sacré était déplacé lorsqu'il parlait avec Sorella.

– Bien sûr que je comprends, dit-il humblement. C'est vrai, tout à fait vrai. Lorsque j'ai décoré cette maison, j'ai toujours eu l'impression que ma mère était près de moi, qu'elle choisissait à ma place ou qu'elle approuvait ce que je faisais.

– J'en étais sûre. J'avais senti sa présence.

Randal resta muet, interloqué. La porte s'ouvrit, la lumière jaillit :

– Mlle Lucille Lund, annonça le maître d'hôtel.

Clignant des yeux, Randal mit un certain temps avant d'accommoder sa vue à la lumière brutale. Il reconnut enfin Lucille dans l'embrasure de la porte, infiniment belle et tout à fait déplacée. Elle était couverte de bijoux. Des plumes décoraient son chapeau et de grosses orchidées rouges étaient épinglées au col de son manteau de vison.

– Voilà donc ta cachette, chéri, s'exclama-t-elle et, malgré son sourire, il y avait dans sa voix un accent dur et métallique que Randal redoutait.

Il se leva lentement. Sorella se leva également. Lucille l'observa avec une expression qui inquiéta Randal.

Puis soudain, il sentit la joue de Lucille contre ses lèvres. Son parfum chaud et odorant l'enveloppait.

– Je savais que je te ferais une surprise, chéri, dit-elle en roucoulant. Dis que tu es content de me voir!

9

Une vague haine envers Lucille submergea Randal. Comment avait-elle osé venir et s'imposer au mépris du désir d'être seul qu'il avait manifesté? Puis en songeant à la pièce et en se rappelant que tout dépendait de son humeur, il étouffa honteusement sa colère et se força à sourire.

Il détestait sa faiblesse, son sentiment d'impuissance face à la nécessité de ne pas déplaire à Lucille. Mais, par-dessus tout, il haïssait l'hypocrisie dont il devait faire preuve.

Il aurait voulu être fort, dire à Lucille de regagner Londres, de le laisser en paix. Il voulait lui dire également qu'il était fiancé avec Jane, qu'il n'avait nullement envie de vivre de nouveau avec elle comme il l'avait fait aux Etats-Unis. Et pourtant, il savait qu'il se contenterait de sourire et de prononcer de vagues paroles de bienvenue.

Il se rendait compte que la situation aurait été différente s'il avait été seul avec Lucille, mais la présence de Sorella le gênait. Il craignait de croiser son regard franc et honnête. Il se souvint de ce qu'elle avait dit au sujet des mensonges de son père. Cette pensée le rendit furieux contre lui-même et aussi contre elle.

« Comment agir? » se demanda-t-il. Tant de choses dépendaient de Lucille et la contrarier eût été un véritable suicide professionnel. Il n'aurait servi à rien de faire semblant de se désintéresser du sort de sa pièce et il n'était pas assez stupide pour espérer que si une star mondiale abandonnait le rôle principal à la dernière minute, son geste ne fût pas considéré comme un désaveu de l'auteur.

Il aurait déjà été difficile, avant le début des répétitions, de trouver une comédienne qui pût prendre la place de Lucille. Maintenant, c'était pratiquement impossible. Les artistes connues fuiraient devant un rôle rejeté par une telle rivale après le début des répétitions. Et bien que les critiques eussent été bienveillants à l'égard de Randal jusqu'à aujourd'hui, il était tout à fait conscient qu'un bon nombre d'entre eux se feraient un plaisir d'éreinter un jeune auteur parvenu à la célébrité si rapidement.

Randal avait une envie folle de se retourner et de faire face à Sorella.

Au diable! voulait-il dire. Que puis-je faire d'autre en de pareilles circonstances? Mais, au lieu de cela, il se contenta d'aider Lucille à retirer son magnifique vison et de lui dire :

– Quelle merveilleuse surprise! Viens t'asseoir près du feu. Tu dois avoir froid après ce voyage.

Il jeta le manteau sur une chaise, saisit un étui à cigarettes et le présenta à Lucille.

Elle en prit une et l'introduisit dans un long fume-cigarette en onyx incrusté de diamants. Comme Randal approchait une allumette, elle leva ses yeux vers les siens d'une manière suggestive.

– Es-tu content de me voir? demanda-t-elle doucement.

Randal ne connaissait que trop la réponse qu'on attendait à ce genre de question, seulement la présence de Sorella le gênait.

L'enfant ne s'était pas rassise après l'entrée de Lucille. Elle se tenait debout, un peu en retrait de la cheminée, la main posée sur la tête de Tweed dont elle caressait le poil soyeux. Randal eut la sensation que le regard de Sorella cherchait le sien, mais il résista au désir de la regarder.

Soudain Lucille, faisant preuve d'une sensibilité inhabituelle, prit conscience de la tension qui s'était créée entre eux. Sans attendre la réponse de Randal, elle reprit :

– Je ne vous ai pas encore dit bonjour, Sorella, n'est-ce pas? demanda-t-elle avec une intolérable condescendance. J'imagine que vous êtes contente d'être à la campagne. Voulez-vous être gentille et aller vérifier si mon chauffeur a bien déchargé mes valises? Il est vraiment stupide et si on ne lui dit rien, il est capable de rester indéfiniment assis dans la voiture.

– Tes valises? fit Randal en écho, presque machinalement.

– Oui, bien sûr, chéri, dit gaiement Lucille. Tu ne crois pas que je vais repartir ce soir? Lorsque j'ai appris que tu étais ici, j'ai pris la décision de laisser tomber tous mes engagements et de venir te rejoindre. Je ne pouvais supporter la pensée de te savoir malade et seul.

Elle parlait comme s'il était abandonné sur une île déserte. En toute autre circonstance, Randal aurait relevé l'ironie de ses propos; mais, dans la situation présente, ils ne l'amusaient guère. Il entendit la porte se refermer derrière Sorella. Elle était partie exécuter les ordres de Lucille sans un mot. Au moins maintenant, Randal se sentait libre de mentir.

– Par simple curiosité, comment as-tu découvert où j'étais? demanda Randal tout en se versant un whisky bien tassé.

Lucille se mit à rire.

– J'ai vraiment fait preuve d'intelligence. J'ai toujours pensé que j'étais astucieuse! C'est peut-être dû au fait que j'ai lu tant de romans policiers!

– Je n'en sais rien, répondit Randal d'un ton ennuyé. Veux-tu un verre?

– Je ne refuserais pas une crème de menthe.

C'était une réponse qui exaspérait Randal. Il ne savait pas très bien pourquoi. Peut-être cette expression était-elle usuelle, mais elle avait le don de l'agacer malgré les efforts qu'il faisait pour se persuader qu'elle n'était pas pédante.

Il remplit à demi un verre de liqueur et le lui tendit.

– Merci, chéri, dit-elle en souriant. Peux-tu le mettre sur le guéridon, s'il te plaît?

Il fit ce qu'elle lui demandait et, rapprochant le guéridon de son fauteuil, dit :

– Tu étais en train de me raconter comment tu m'avais trouvé.

– Ça n'a pas été très difficile. Lorsque Hoppy refusa de me dire où tu étais et commença à me parler de ta prétendue dépression nerveuse et des fameuses recommandations du médecin, j'ai réfléchi et me suis demandé où tu étais suceptible d'aller. Je me suis alors souvenue qu'aux Etats-Unis tu m'avais souvent parlé de ta maison de campagne. Tu m'avais même assez ennuyée avec elle! Aussi était-ce particulièrement irritant de m'apercevoir que j'avais oublié l'endroit où elle se trouvait. Ne sachant à qui m'adresser et me rappelant quelle importante personnalité tu es devenu, j'ai demandé à la standardiste de l'hôtel d'essayer de trouver le nom du château du célèbre Randal Gray.

– Elle ne pouvait pas le découvrir!

– Mais si, chéri! Tu sous-estimes ton importance. Elle m'a dit: « Attendez une minute, mademoiselle Lund. Je suis sûre qu'il y avait une photographie le représentant dans le *Tatler* il y a quelques semaines. Je vais téléphoner au salon de coiffure pour voir s'ils ont le magazine. » Et, bien entendu, ils l'avaient.

Randal se mit à rire, mais d'un rire ironique et désabusé.

– C'est la rançon de la célébrité. Mais ne prenais-tu pas un risque en venant sans t'assurer que j'y étais?

– Mais je m'en suis assurée, dit Lucille en riant, très contente d'elle-même. Ma femme de chambre a téléphoné à ton appartement en disant qu'un important message en provenance de New York arriverait pour toi dans la soirée et elle a demandé à quel numéro Mlle Hopkins souhaitait qu'on le lui communiquât. Cette pauvre Hoppy a été prise au piège et elle a donné le numéro. Il était facile, après, de vérifier dans l'annuaire s'il correspondait à ton adresse.

– Tu es trop intelligente!

– Je suis très fière d'avoir réussi, se vanta Lucille, parce que Edward me reproche tout le temps de n'avoir aucun esprit pratique.

– As-tu dit à Edward où tu allais?

– Bien sûr, il vient déjeuner demain.

– Ce sera merveilleux! dit Randal d'une voix sarcastique. (Après un instant de silence, il ajouta :) J'imagine qu'il ne t'est jamais venu à l'idée que je souhaitais réellement être seul?

– Nous serons seuls, répliqua Lucille d'un ton surpris. Personne, à ma connaissance ne doit venir, à l'exception de Hoppy, mais, de toute manière, tu l'attendais déjà. Quant à Edward, si tu ne veux pas qu'il vienne, nous pouvons toujours le décommander.

– Je ne pensais pas uniquement à Edward, tu le sais très bien. Je voulais être seul ce week-end. Je voulais réfléchir.

– Eh bien, tu pourras réfléchir autant qu'il te plaira, dit Lucille rapidement. Je ne te dérangerai pas, mais il se trouve que je voulais te parler.

– Ne pouvais-tu attendre lundi?

Lucille cessa soudain de se contrôler et éteignit sa cigarette d'un geste nerveux.

– Qu'est-ce qui ne va pas, Randal? Tu n'étais pas ainsi autrefois.

– Comment suis-je donc devenu?

– Ridicule et capricieux.

– Ce ne sont pas les symptômes typiques du désir d'être seul pour se consacrer à un travail créatif.

– Tu n'étais pas en train de créer grand-chose lorsque je suis arrivée, interrompit Lucille. Tu étais étendu sur le divan, en train de discuter. Or, si tu veux discuter, pourquoi ne pas essayer de le faire avec quelqu'un de ton âge?

Au prix d'un grand effort, Randal se maîtrisa.

– Ce sont des remarques plutôt stupides, Lucille, et elles ne nous mèneront nulle part. Tu es venue et, bien sûr, je suis ravi de te voir. La seule chose que je craigne est que tu te trouves cet endroit bien triste.

– Cela dépendra de toi! Et maintenant, si tu me faisais visiter ta maison? Elle me paraît si jolie!

– Il se trouve que c'est un exemple parfait de l'architecture du XVe siècle.

Randal ne pouvait empêcher que sa voix eût un accent amer et sarcastique, mais Lucille restait imperturbable.

– En qualité d'Américaine, on ne peut pas exiger de moi une grande compétence en matière de styles! Fais-moi visiter en me donnant les explications nécessaires. Tu sais que j'aime les vieilles pierres.

Randal ne répondit rien. Il se tenait debout devant la cheminée, le regard dirigé vers le feu.

Lucille le regarda un instant, puis tendit la main vers lui en faisant tinter les breloques fixées à son bracelet.

– Randal chéri!

Il se tourna vers elle lentement.

– Chéri, je t'aime, dit-elle d'un ton enjôleur. Ne sois plus fâché contre moi et dis-moi que tu n'as pas oublié tout ce que nous sommes l'un pour l'autre.

Randal lui prit la main et la porta machinalement à ses lèvres.

– C'est mieux, dit Lucille d'un ton approbateur. Maintenant, viens t'asseoir près de moi et raconte-moi ce qui te tourmente.

Randal aurait aimé pouvoir lui dire la vérité. Mais il n'osait pas en prendre le risque. Il connaissait trop bien le caractère de la comédienne. Elle adoptait toujours ce ton mielleux lorsqu'elle voulait faire tomber un homme entre ses griffes.

Une fois qu'elle était sûre de lui, qu'il était en son pouvoir, elle cessait de courber l'échine et donnait libre cours à sa colère, pour se venger d'avoir dû s'humilier afin d'obtenir une faveur plutôt que de l'accorder elle-même.

Depuis qu'ils se connaissaient, Lucille avait toujours été sujette à ces colères. Au début de leur rencontre, les humeurs de Lucille ne l'avaient pas préoccupé. La production du film, tiré d'une de ses pièces et dans lequel elle interprétait le rôle principal, était entièrement financée par d'autres personnes. On l'avait payé comptant et il n'avait rien à dire. Il avait séjourné quelque temps à Hollywood parce que l'endroit lui plaisait, mais il était toujours libre de partir.

Il n'avait alors jamais vu Lucille dans une de ses crises de rage. Ce ne fut que l'année suivante, lorsqu'il écrivait le scénario de son second film, qu'elle commença à se montrer difficile. A cette époque, Lucille était follement amoureuse de lui, et il n'était pas l'objet de ses colères. Mais il était témoin de la consternation et de l'inquiétude qu'elle faisait naître dans les studios. Edward Jepson faisait appel à lui pour l'adoucir et l'amadouer et il faisait de son mieux pour éviter ses fureurs.

Mais maintenant, pour la première fois, Lucille faisait planer une menace directe sur lui. Elle avait conscience de son pouvoir et Randal, après l'avoir vue s'abandonner à sa colère lors des répétitions, avait su ce que c'était que d'avoir peur d'une femme.

Il n'était pas seulement effrayé par les risques qu'elle pouvait faire courir à sa pièce, mais aussi par la volonté qu'elle avait de détruire ce lien, si merveilleux, qui une fois les avait unis.

Il avait fait dire à un de ses personnages qu'une femme devrait toujours amener dans la vie d'un homme « quelque chose de merveilleux » et « remplir un espace demeuré vide ». Lucille lui avait inspiré cette idée. Elle avait été absolument merveilleuse. Il avait admiré sa beauté et l'avait chérie avec passion car la beauté est un don précieux.

Elle avait joué dans sa vie un rôle prépondérant. Elle était si séduisante qu'il avait eu l'impression qu'elle représentait ce qu'il avait recherché toute son existence. Son charme et sa séduction avaient personnifié, à ses yeux, le mystère féminin.

Elle était toujours belle, pensait Randal, en n'importe quelles circonstances. La grâce de ses mouvements, les lignes harmonieuses de son corps l'émouvaient chaque fois qu'il la regardait. Même en ayant cessé de l'aimer, il continuait à la regarder avec plaisir comme on admire, sans jamais s'en lasser, un tableau de maître.

Mais Lucille brisait le charme qui émanait de sa beauté quand elle était en colère. Elle devenait même irritante. C'était une Lucille qu'il n'avait jamais soupçonnée; mais n'était-ce pas lui qui était devenu plus lucide? se demandait-il en toute sincérité.

En s'asseyant sur le divan, il essaya d'abord de se rappeler les heures merveilleuses qu'il avait passées auprès de cette femme qu'il avait tant aimée et de se dire qu'il était capital pour lui de garder en ce moment de bonnes relations avec elle.

Mais, malgré tous ses efforts, il avait du mal à se persuader qu'elle lui avait semblé autrefois si précieuse. Elle était toujours ravissante. Ses cheveux blonds, coiffés de son chapeau orné de plumes bleues, semblaient tissés d'or. Les traits de son visage étaient absolument charmants, son petit nez retroussé tout à fait délicieux, et ses lèvres ourlées à la perfection devaient faire rêver des millions de spectateurs.

Lucille lui tenait toujours la main. Elle avait les doigts fins et ses longs ongles étaient recouverts d'un vernis rouge vif. Cette main si belle et délicate ne trompait pas Randal. Il savait que ces petits doigts exquis avaient la force des serres d'un oiseau de proie.

Lorsqu'il la voyait, si fragile, si éthérée, et qu'il la sentait si douce et si chaude dans ses bras, il se souvenait difficilement que dans la colère elle devenait aussi redoutable qu'un fauve.

Il lui avait dit un jour qu'elle était tel un tigre et, comme la comparaison l'avait amusée, elle lui avait acheté une petite amulette en or qu'elle avait fixée à sa chaîne de montre. Il la portait encore. Elle représentait un petit tigre fabriqué avec des ors de teintes différentes pour représenter les rayures. Et maintenant que Lucille s'accrochait à lui, il se souvenait qu'il l'avait comparée à un tigre parce qu'il avait eu la sensation qu'elle serait capable de dévorer celui qu'elle aimait.

Randal avait la conviction qu'il ne pouvait pas lui parler de Jane, pas en ce moment en tout cas. Il n'aurait pas même osé y faire une allusion. Lucille le tenait en son pouvoir; il haïssait sa propre lâcheté, il ne pouvait pas tolérer de rester à ses côtés pour jouer le rôle qu'elle attendait de lui.

– Nous devrions déjà avoir pris le thé! dit-il avec brusquerie. Je ne comprends pas pourquoi il n'a pas encore été servi.

– Il était prêt lorsque je suis arrivée. Ton maître d'hôtel était si étonné de me voir entrer qu'il en a presque fait tomber son plateau.

– J'imagine que Lambert l'a mis dans la salle à manger. Il arrive que nous le prenions là. Nous y allons?

Lucille eut un rire léger.

– Tu ne veux donc pas parler avec moi maintenant?

– Je n'ai pas dit cela.

– C'est si évident, chéri! Tu es absolument transparent! Je suppose que tous les hommes le sont, mais je croyais que tu étais différent.

Il savait qu'elle se moquait délibérément de lui et il refusa la discussion.

– Viens prendre le thé, dit-il simplement.

– Il est près de 6 heures. Ne dis pas que tu veux du thé maintenant.

– Je suis anglais et j'ai envie de thé à n'importe quelle heure.

– Même après un whisky?

Randal y renonça. Il savait que Lucille avait décidé de lui parler et qu'il était inutile d'essayer de l'en dissuader. De très mauvaise grâce, il se rassit sur le divan.

– Très bien, capitula-t-il. Parlons, si c'est ce que tu veux.

A sa grande surprise, Lucille ne dit rien pendant un moment. Elle faisait tourner sa bague autour de son doigt, un énorme diamant y était serti et elle le contemplait comme s'il était une boule de cristal dans laquelle elle pouvait lire son avenir.

– Eh bien? la pressa enfin Randal.

– Non, chéri, dit-elle lentement. Tu as raison. Ce n'est ni l'heure ni le lieu pour l'entretien que je veux avoir avec toi. Va prendre ton thé, si tu en as tant envie.

– Dis-moi tout, même le plus désagréable, réclama Randal. Je préfère en finir.

Lucille rit.

– Non, tu es ridicule. Va prendre ton thé. Peut-être qu'après avoir mangé et bu, même quelque chose d'aussi fade que du thé, tu seras plus conciliant.

– Viens avec moi.

– Si je peux emmener ma crème de menthe.

Le verre à la main, elle traversa lentement le grand hall décoré d'une cheminée de pierre monumentale et pénétra dans ce que Randal appelait la salle du matin.

C'était une petite pièce lambrissée de boiseries de chêne où il aimait écrire. Une grande table se trouvait devant la fenêtre en saillie. On y avait disposé le service à thé et des assiettes où s'empilaient des sandwiches, des pains au lait et des petits fours.

Le thé était presque froid. Randal sonna avant de s'asseoir sur une des chaises à haut dossier recouvertes de tapisserie qui avaient été placées près de la table.

– Il faut avouer que tout semble délicieux, s'exclama Lucille. Je vais essayer un sandwich bien que, comme tu le sais, je ne mange jamais de pain.

– Je ne pense pas qu'un seul sandwich puisse te faire grossir.

Ils parlaient seulement pour se donner une contenance, pensait Randal et de nouveau la colère montait en lui à l'idée que la venue à Queen's Hoo de Lucille avait gâché la paix de son week-end.

– Vous avez sonné, monsieur? demanda Lambert, debout à ses côtés.

– Oui, Lambert. Voulez-vous m'apporter du thé, s'il vous plaît? Je ne savais pas que vous en aviez préparé. Autrement nous serions venus plus tôt.

– Il y a longtemps qu'il est prêt, monsieur, mais la jeune demoiselle m'a dit que vous ne vouliez pas être dérangé.

– Oh! je comprends.

Lucille se mit à rire.

– Quelle enfant pleine de tact!

– Je me demande pourquoi elle a dit cela. Ce n'est pas son genre.

– Parle-moi d'elle. Je l'ai vue au théâtre et Hoppy m'a dit qu'en ce moment tu t'occupais d'elle. Mais que vas-tu en faire?

– Je n'y ai pas vraiment pensé.

– Tu devrais la faire monter sur les planches. Tu pourrais écrire un bon petit rôle pour elle dans ta prochaine pièce.

– Je n'arrive pas à imaginer Sorella sur une scène.

C'était vrai. Il ne pouvait pas se représenter Sorella jouant un rôle. Elle avait une telle personnalité que l'on ne pouvait pas concevoir qu'elle fût un autre personnage qu'elle-même.

Il se demandait où elle était passée. Probablement dans sa chambre, pensa-t-il, et de nouveau, il se sentit irrité contre Lucille. Pourquoi Sorella devait-elle être chassée parce que Lucille était là?

Comme si elle avait deviné sa pensée, Lucille dit :

– J'ai plutôt de la sympathie pour cette enfant. La plupart des filles de son âge n'auraient pas eu assez de bon sens pour disparaître au moment opportun.

– Parce qu'elle est gênante? demanda Randal presque brutalement.

– Certainement pour moi, en tout cas. Je voulais

être seule avec toi. C'est la raison pour laquelle je suis venue ici.

Ce ne fut qu'une heure plus tard que Randal monta au dernier étage jusqu'au petit appartement de Hoppy. Il l'appela à tue-tête.

– Je suis ici, répondit Hoppy de son salon.

Randal ouvrit violemment la porte. Comme il s'y attendait, Hoppy était assise à son bureau. Il était rare qu'il la vît dans une autre attitude. Sorella était installée dans un gros fauteuil près de la cheminée, les cockers à ses pieds et un livre ouvert sur les genoux.

– Quand êtes-vous arrivée? demanda-t-il à Hoppy.

– Il y a environ vingt minutes. J'allais descendre vous voir, mais auparavant, je classais quelques messages qui sont arrivés à Londres juste avant mon départ.

– J'aime qu'on me prévienne au moment où l'on arrive, dit Randal, grognon. Et pourquoi avez-vous disparu, Sorella?

– J'ai pensé que Lucille voulait vous parler.

– Vous auriez pu vous demander si j'avais envie de lui parler. Vous êtes mon hôte et il n'y a aucune raison pour que vous alliez vous réfugier chez Hoppy, quels que soient les invités.

– Comment a-t-elle pu découvrir où vous étiez? demanda Hoppy. Je pouvais à peine en croire mes oreilles lorsque Sorella m'a dit qu'elle était là.

– C'est votre faute, répondit Randal, et il lui expliqua quel stratagème Lucille avait employé.

– Vraiment! dit Hoppy, en protestant. Je n'ai jamais rien vu d'aussi fourbe de toute ma vie. Il est préférable de ne pas m'appeler en bas, sinon je dirai ses quatre vérités à Mlle Lund, je vous le jure!

– Vous descendrez quand même, dit Randal avec autorité.

– Vous voulez dire pour dîner? demanda Hoppy avec un air consterné.

– Oui, vous et Sorella. Mettons tout de suite les

choses au point. Je ne veux pas que vous me laissiez seul avec Lucille. Je ne veux pas qu'on dise aux domestiques de ne pas me déranger. Je veux que tout le monde se comporte normalement comme dans une maison normale. Comprenez-vous?

– Je suis désolée, Randal, dit Sorella, mais j'ai croisé Lambert juste au moment où je sortais du salon et Lucille était si impatiente de se débarrasser de moi que j'ai pensé qu'elle se mettrait en colère s'il entrait pour servir le thé. C'est pourquoi je lui ai demandé de le déposer dans la salle du matin.

– Quelle importance cela a-t-il qu'elle soit en colère?

– Ça en a beaucoup, nous le savons tous, répondit Hoppy. J'ai parlé d'elle cet après-midi à Bruce Bellingham. Il me disait à quel point elle pouvait se montrer odieuse par moments, mais il reconnaissait aussi ses dons de comédienne. Nous ne pouvons pas la perdre. Si elle quittait la distribution maintenant, ce serait une catastrophe.

– Mais pourquoi le ferait-elle? demanda Randal. Qui en a jamais parlé?

– Apparemment Edward Jepson a prévenu Bruce que Lucille menaçait de rentrer aux Etats-Unis. Mais c'était simplement parce qu'il pensait qu'elle était fâchée contre vous. Le même jour, il a dit aussi à Bruce que personne, pas même lui, ne pouvait prévoir ses comportements, parfois inexplicables.

Randal surprit le regard de Sorella. Il s'assit et, plongeant son visage dans ses mains, il dit en maugréant :

– Mon Dieu! A-t-on jamais vu une telle panique!

Ni Hoppy ni Sorella ne trouvèrent de mots pour le consoler. Hoppy quitta sa machine à écrire et alla s'asseoir aussi près du feu.

– Je n'avais pas compris, dit-elle tranquillement, à quel point la situation était sérieuse avant de parler à

Bruce. Il m'a semblé qu'il avait peur de Lucille et même qu'il craignait que la pièce ne fût un échec.

– C'est la plus importante entreprise à laquelle Bruce ait jamais participé autant que je sache, répondit Randal, et il tient absolument à réussir.

– N'est-ce pas notre cas à tous? demanda Hoppy d'un ton sec. Mais le résultat dépend de vous, Randal.

– Croyez-vous que je n'en sois pas conscient? Le problème est que je ne sais pas exactement où Lucille veut en venir. Elle n'arrête pas de me dire qu'elle a à me parler et, lorsque l'occasion se présente, elle ne me dit rien.

– Qu'est-ce que cela signifie? s'exclama Hoppy. Vous ne pensez pas qu'elle veut vous dire qu'elle va rentrer aux Etats-Unis?

– Non, je ne pense pas que ce soit cela. Enfin, j'essaierai de savoir ce soir. Mais je ne supporterai pas un dîner en tête à tête. Je veux que vous descendiez et que vous parliez. Et, pour l'amour de Dieu, essayez d'être gaies!

– Je ne pense pas que Lucille veuille retourner aux Etats-Unis, dit soudain Sorella, ni qu'elle veuille abandonner son rôle dans *Aujourd'hui et Demain.* Elle ne fait qu'utiliser cette menace pour obtenir quelque chose de Randal.

– Peut-être avez-vous raison, s'écria Hoppy. Lucille ne serait jamais venue en Angleterre si elle n'avait pas cru qu'elle remporterait un triomphe dans cette pièce. Que peut-elle vouloir que vous ne lui ayez donné, Randal?

– Je n'en ai pas la moindre idée. Je croyais qu'elle était peut-être jalouse de Jane, mais elle n'a même pas mentionné son nom, ce soir.

– Jane! s'écria Hoppy.

– Qu'y a-t-il?

Hoppy sembla gênée.

– J'ai fait une gaffe horrible.

– Quoi donc?

– J'ai dit à Jane qu'elle pourrait venir déjeuner demain. Je ne pouvais pas faire autrement, vraiment, Randal. Elle a deviné où vous étiez allé et m'a dit qu'elle comprenait très bien que vous vouliez être seul mais que d'ici dimanche midi vous auriez assez profité de votre solitude et qu'elle viendrait vers 1 heure.

– Elle va croire à cette solitude lorsqu'elle trouvera Lucille ici, n'est-ce pas!

– Oh, Randal! Je suis désolée mais il était difficile de refuser. Elle avait souscrit avec tant de gentillesse que vous ne l'accompagniez pas aux courses cet après-midi et que vous ne sortiez pas avec elle ce soir qu'il ne m'a pas semblé dangereux d'accepter qu'elle vienne déjeuner demain. Il n'aurait servi à rien que je prétende que vous n'étiez pas ici.

– Et aussi, vous vouliez qu'elle vienne. Entendu, Hoppy. Je sais exactement comment vous raisonnez. Mais maintenant débrouillez-vous, car moi j'abandonne une partie aussi compliquée!

– Mais que pouvons-nous dire, que pouvons-nous faire? demanda Hoppy presque en pleurs.

– Je lui dirais la vérité, suggéra Sorella.

Randal et Hoppy la regardèrent.

– La vérité! demanda Hoppy, surprise.

– Oui. De toute manière elle le saura, quelqu'un la lui dira. Lucille, j'imagine. Mais si vous la lui dites, cela lui sera égal. Téléphonez-lui maintenant et dites-lui que Lucille est venue ici sans avoir été invitée et que vous n'y pouvez rien. Après tout, elle sait à quel point il est important que Lucille joue dans *Aujourd'hui et Demain.*

– Sorella a raison, s'exclama Hoppy.

– En tout cas, je ne vais pas parler à Jane, annonça Randal. J'en ai assez de cette histoire. Je trouve ridicule qu'un homme ne puisse se rendre dans sa maison de campagne sans que la moitié des Londoniennes lui tombe dessus.

– Vous ne devriez pas être aussi séduisant, lui répliqua Hoppy.

C'était la première fois depuis fort longtemps que Randal l'entendait lui parler sur un ton pareil. Elle avait l'air si drôle dans sa vivacité que sa mauvaise humeur se dissipa et il se mit à rire. Son hilarité se communiqua aux deux femmes qui rirent à leur tour.

– C'est tellement ridicule, dit Randal en s'étouffant, que, si je le mettais dans une pièce, personne ne voudrait le croire.

– Il ne manque plus qu'elles aient toutes deux un mari et vous faites une comédie de boulevard, dit Hoppy.

– En tout cas, une chose est certaine, dit Randal en s'arrêtant de rire. Je ne veux pas être le seul homme ici. Téléphonez à Edward Jepson et dites-lui de venir immédiatement. Vous le trouverez au Savoy.

– Il n'y a plus aucune place dans le garage.

– Sa voiture peut rester dehors. Ça n'a pas d'importance. Je veux qu'Edward vienne et il a intérêt à le faire. Après tout, il est responsable de Lucille, pas moi.

– Je serais étonnée que Lucille l'admette, remarqua Hoppy en allant vers le téléphone.

Tandis qu'elle composait le numéro, Randal regarda Sorella.

– Est-ce que je vous choque? demanda-t-il.

Elle répondit par un sourire.

– ... J'ai honte de moi. Je ne suis pas vraiment un menteur ni un don Juan.

Tout en parlant, il se demandait pourquoi il se donnait la peine de s'expliquer auprès d'une enfant de quinze ans, une enfant, qui plus est, avait été élevée d'une telle manière qu'elle était la dernière personne à pouvoir le critiquer. Et pourtant, devant le silence de Sorella, Randal éprouva le besoin de lui donner des explications supplémentaires.

– ... La situation a l'air d'empirer.

Hoppy était en communication avec Edward Jepson et Randal dut s'interrompre.

« Vous venez, alors?... C'est très gentil de votre part... Oui, soyez aussi rapide que vous le pouvez. Nous ne servirons le dîner qu'à 9 heures... Vous arriverez bien plus tôt? Merci... Au revoir. »

– Il arrive, dit Hoppy en reposant le récepteur.

– C'est au moins un point d'acquis, concéda Randal en se levant. Je vais prendre un bon bain. Si quelqu'un veut me voir, dites que je ne veux pas être dérangé.

– Et Jane? demanda Sorella.

– Oh! Hoppy peut lui parler.

– Laissez-moi l'appeler et lui expliquer la situation et puis dites-lui juste un mot, suggéra Hoppy. Ça ne sera pas long.

– Non, je refuse! dit Randal d'un ton ferme. Si quelqu'un me tyrannise ou me harcèle encore, je vais aller me coucher et ne réapparaîtrai pas avant demain soir. J'en ai assez et, demain, ça va être l'enfer. Vous le savez très bien. Nous rentrerons à Londres dans l'après-midi. Plus tôt nous reprendrons le travail mieux ça vaudra. En fait, j'aurais mieux fait de travailler aujourd'hui, pour le repos que j'ai eu en venant ici!

Randal parlait comme un enfant gâté. Soudain, la voix basse et douce de Sorella se fit entendre.

– Moi, je suis contente que nous soyons venus. Nous avons eu la matinée et l'après-midi rien qu'à nous.

Le sentiment de paix que Randal avait éprouvé avant l'arrivée de Lucille lui revint en mémoire. Il se souvint également que Sorella lui avait inspiré une nouvelle pièce.

– Oui, je suis content aussi que nous soyons venus. Nous avons eu quelques heures à nous, en tout cas.

Il la regarda se pelotonner dans le fauteuil. Elle était toute petite et cependant, il émanait d'elle une force qu'il n'avait pas soupçonnée auparavant. Elle avait un pouvoir étonnant pour faire oublier à Randal ses soucis et lui apporter la paix.

– Descendez pour le dîner, et si quelqu'un vous dit de partir, faites la sourde oreille. Je vous veux à ma table. Le comprenez-vous?

Hoppy regardait Randal, stupéfaite... Sa voix était si sérieuse.

– Sorella ne doit pas se coucher tard, dit-elle, perplexe.

Ni Randal ni Sorella ne semblèrent l'entendre. Ils se regardaient. Enfin, quelques instants après, Randal quitta la pièce, refermant brusquement la porte derrière lui.

Sorella ne fit pas un geste. Son regard était fixé sur la porte fermée et son visage n'exprimait rien qui pût renseigner Hoppy.

– Oh! ma chérie, vous n'avez rien à vous mettre, s'écria cette dernière. Nous aurions dû acheter cette robe de soie devant laquelle nous avons tant hésité. Telle que je la connais, Lucille portera une robe de tulle pailletée et vous n'avez qu'une autre robe de laine pour vous changer.

– Ça n'a pas d'importance, répondit Sorella d'une voix lointaine. Ça n'a aucune importance.

10

Randal emmena Edward Jepson visiter les vieilles écuries, laissant Jane et Lucille qui s'observaient avec méfiance. Sorella s'était esquivée après le déjeuner. Quand il remarqua sa disparition, Randal demanda à Lambert qui était en train de servir le café s'il l'avait vue. Celui-ci répondit qu'elle était descendue au jardin.

– Elle a une façon extraordinaire de disparaître, dit Randal à la cantonade.

Personne ne parut particulièrement intéressé par cette remarque car il n'y eut aucune réaction. Dès que les deux femmes furent seules, Lucille prit une boîte à cigarettes en onyx qu'elle tendit ouverte à Jane.

– Une cigarette? dit-elle.

Jane fut sensible à l'hostilité que contenait son geste. Depuis son arrivée, Lucille avait réussi à donner l'impression qu'elle remplissait le rôle de maîtresse de maison.

Elle était intelligente et une personne peu avisée aurait pu croire que Lucille agissait sans préméditation. Mais Jane n'était pas dupe. Elle refusa la cigarette et dit avec un air faussement amusé :

– Non, merci. Randal range toujours ma marque de cigarettes préférée dans le tiroir de son bureau, mais je n'ai pas envie de fumer maintenant.

– Vous venez donc souvent ici?

La question lui avait échappé presque malgré elle.

– Oui, j'y passe la plupart des week-ends, répondit Jane en mentant, à moins que Randal ne vienne au château de mon père, à Bletchingly. C'est une demeure historique. Vous devriez venir la voir.

Lucille savait que cette invitation, lancée en l'air, n'aurait pas de suite mais, acceptant le jeu de Jane, elle dit avec un empressement enfantin :

– Comme c'est gentil de votre part de me le proposer! J'aimerais beaucoup venir l'admirer. Il faut que je persuade Randal de fixer un jour pour que nous puissions y aller tous les deux.

Jane s'appuya contre le dossier de sa chaise et croisa les jambes. Elle avait une expression de suffisance qui donnait à Lucille une irrésistible envie de lui jeter au visage tout ce qu'elle avait à portée de main. Elle haïssait Jane d'une haine qui augmentait de minute en minute lorsqu'elles se trouvaient réunies. Jane portait des vêtements bien plus appropriés à Queen's Hoo que les siens et cette constatation ne diminuait pas son antipathie.

Jane était arrivée vêtue d'un manteau de tweed et d'une jupe du même tissu. La coupe élégante et stricte de ses vêtements contrastait violemment avec la robe d'une coupe recherchée et la cape ornée de fourrure de Lucille.

Lucille avait bien trop le sens de la mise en scène pour ne pas admettre qu'elle était surclassée. Son animosité à l'égard de sa rivale n'en était que plus grande.

Mais Jane n'était pas aussi sûre de sa supériorité que Lucille le croyait. En observant sa rivale assise sur le divan, baignée par la lumière du soleil qui illuminait sa chevelure d'un reflet doré, Jane éprouvait de sérieuses craintes : il était presque impossible d'imaginer qu'un homme, en voyant Lucille, ne tombât pas amoureux d'elle. Elle se doutait bien qu'avant de la rencontrer Randal avait dû être séduit par la beauté de la star américaine.

Et maintenant, elle se demandait si elle l'avait vraiment supplantée dans le cœur de Randal.

Etait-il possible qu'un homme pût se lasser d'une femme aussi charmante? La plupart des stars de cinéma étaient décevantes dans la réalité, mais ce n'était pas le cas de Lucille.

Jusqu'à son arrivée en Angleterre, Jane avait été très sûre d'elle. Elle était certaine, non seulement d'être un excellent parti pour Randal, mais aussi de posséder assez de charme pour n'avoir à redouter aucune autre femme.

Mais maintenant elle n'en était plus aussi sûre. La beauté presque parfaite de Lucille remettait en question toutes ses certitudes.

Jane pensait que son élégance était son meilleur atout; mais elle n'ignorait pas qu'elle ne serait jamais aussi belle que Lucille.

On disait qu'elle était très jolie et elle savait que ce

n'était pas immérité : elle était jolie à sa manière. Elle utilisait son art de se vêtir comme d'autres femmes se servent de leurs qualités physiques pour enchaîner un homme.

Elle tendit la main pour protéger son visage de la chaleur du feu. Elle fit ce geste avec grâce et s'aperçut, à sa plus grande joie, que Lucille en était irritée. La star, aussi bonne comédienne fût-elle, n'était pas assez astucieuse pour dissimuler ses sentiments à l'égard de Jane.

Elle n'avait jamais beaucoup aimé les autres femmes qui l'agaçaient souvent. Son attitude s'expliquait d'autant mieux qu'elle était en butte à leurs critiques depuis qu'elle était devenue une star.

Rapidement, elle s'interrogea pour savoir quel était le meilleur moyen de s'attaquer à Jane, de lui faire perdre sa suffisance et de lui faire comprendre, sans le lui signifier explicitement, que Randal ne lui appartiendrait jamais malgré tous ses efforts pour le capturer. Jane donna à Lucille l'occasion qu'elle attendait.

– Combien de temps pensez-vous rester en Angleterre? demanda-t-elle.

Lucille rit avec une expression énigmatique.

– Cela dépend évidemment de Randal.

Jane leva les sourcils.

– De Randal? Vous voulez dire que vous jouerez dans la pièce aussi longtemps qu'il le souhaitera?

– En fait, je ne pensais pas à la pièce.

Il y eut un moment de silence. Puis Jane, dont l'expression n'avait pas changé, demanda :

– Faites-vous allusion à d'autres projets que Randal aurait faits pour vous?

– Je ne comprends pas très bien ce que vous voulez dire par là. Comme je vous l'ai déjà dit, la durée de mon séjour en Angleterre dépend de Randal. Il se peut qu'il me demande de rester ici ou bien qu'il propose de m'accompagner aux Etats-Unis.

Elle avait prononcé ces paroles en regardant Jane droit dans les yeux. Le gant était irrémédiablement jeté.

– Comme c'est intéressant! dit Jane d'un ton inexpressif.

Puis elle se leva, traversa la pièce, et enfin s'arrêta près de Lucille. La regardant d'un air supérieur, elle lui dit :

– Je vais vous confier un secret. Je sais que je peux vous faire confiance et que vous ne le divulguerez pas. Randal et moi sommes fiancés.

Après quelques instants de silence, Lucille se mit à rire.

– Randal est-il au courant?

– Je pense que vous posez cette question pour être insolente. Je regrette que cela soit un choc pour vous, mais il se trouve que c'est la vérité.

– Je crois que vous commettez une très grosse erreur, dit lentement Lucille.

– Laquelle?

La voix de Jane était calme, mais son regard trahissait son émotion.

– En prétendant que Randal veut vous épouser.

– Il ne s'agit pas de prétention, répondit Jane calmement, sur un ton qui manifestait, pour la première fois, sa colère. Randal et moi-même sommes fiancés et nous l'annoncerons officiellement après le début des représentations d'*Aujourd'hui et Demain.*

– J'en doute.

Lucille se leva à son tour. Elle était plus petite que Jane et plus fragile en apparence mais en réalité, lorsqu'on voyait les deux femmes face à face, il était évident qu'elle était, incontestablement et de très loin, la plus forte. Sa colère jaillissait d'elle comme une gerbe d'étincelles.

– Croyez-vous réellement que je vous laisserai épouser Randal?

– Doit-il vous en demander la permission?

– Oui, il le doit, répliqua brutalement Lucille. (Puis, soudain elle perdit tout contrôle.) Vous croyez vous être très bien débrouillée? C'est ce que nous verrons. Etes-vous sûre de bien connaître Randal? Et d'ailleurs, que savez-vous des hommes? Vous n'êtes rien d'autre qu'une petite poupée bien habillée. Vous n'avez pas assez d'expérience ni d'intelligence pour retenir un homme comme Randal et, qui plus est, vous n'en n'aurez même pas l'occasion... Je vous le promets.

» Et maintenant, courez lui dire que je n'ai pas été gentille avec vous, et vous verrez comme il réagira, vous verrez qui, de vous ou de moi, il cherchera à réconforter. Je n'ai pas peur de vous et vous saurez bientôt pour quelle raison. Epouser Randal! Vraiment! Je n'ai jamais rien entendu de plus ridicule!

Crachant presque de colère, Lucille traversa la pièce comme une flèche et sortit en claquant la porte avec une telle force que toute la maison en résonna.

Jane resta seule, bouche bée. Elle était pâle et son cœur battait à toute vitesse. Elle mourait d'envie de poursuivre Lucille, de l'accabler d'injures, de lui dire ce qu'elle pensait d'elle; mais son éducation la préservait d'une telle explosion de fureur. Elle resta immobile, tremblante d'émotion, tandis que sa main fouillait dans sa poche à la recherche d'un mouchoir.

Elle entendit une autre porte claquer, au premier étage, et comprit que Lucille s'était enfermée dans sa chambre. Elle regarda en direction du jardin et vit, par la porte ouverte, Randal et Edward qui venaient vers la maison.

Ils fumaient tous deux un gros cigare. Leurs voix chaudes réconfortèrent Jane. Après les propos incontrôlés de Lucille, de les entendre discuter d'une manière sensée et naturelle lui apportait un immense soulagement.

Puis soudain, elle se rappela ce qu'elle avait fait. Elle avait trahi la confiance de Randal à qui elle avait promis de ne parler à personne de leurs fiançailles.

Elle avait compromis le succès de la pièce dans laquelle son père avait englouti des sommes considérables. Mais ce qu'elle regrettait le plus, c'était d'avoir cédé à un mouvement de colère et de jalousie. Elle n'était pas fière de s'être montrée, à sa manière, aussi impulsive que Lucille elle-même.

Pour la première fois depuis de nombreuses années, Jane éprouvait une réelle appréhension. Elle était généralement aussi sûre d'elle-même qu'elle le paraissait, mais soudain, elle avait peur, non seulement de Randal mais aussi d'Edward. La colère qu'elle avait ressentie au plus fort de son altercation avec Lucille commençait à s'apaiser. Mais la haine qu'elle avait éprouvée envers sa rivale était pour elle un sentiment nouveau qui l'avait ébranlée jusqu'au plus profond d'elle-même.

Elle avait pris conscience, longtemps auparavant, qu'elle était jalouse de Lucille, mais elle n'avait jamais pensé qu'elle pourrait un jour ressentir une telle fureur contre une femme.

Edward et Randal entrèrent dans le salon.

– Ne sors-tu pas? demanda Randal à Jane. Il fait très beau maintenant.

– Où est Lucille? demanda Edward.

C'était une question qu'il posait continuellement depuis qu'il avait fait de Lucille une star et qu'il s'était chargé d'organiser et de diriger sa vie.

Agé de cinquante-cinq ans, il en paraissait davantage, à cause sans doute de ses tempes blanches et de sa calvitie. D'autre part, toutes ces heures passées à travailler dans un bureau, sans faire aucun exercice, avaient contribué à lui donner un teint pâle et un ventre rond.

Si Edward avait été un cow-boy, il y a très, très longtemps, il ressemblait davantage maintenant à un aimable épicier de quartier. Mais c'était en fait un homme d'affaires extrêmement rusé. Toutefois, au cours de ces nombreuses années passées au contact de gens de théâtre, il avait acquis un charme qui trompait ceux qui ne le connaissaient pas beaucoup.

Randal l'aimait bien, même s'il reconnaissait devant Hoppy qu'après avoir eu des relations amicales avec Edward pendant plusieurs années, il en savait toujours aussi peu sur lui que le jour de leur première rencontre. Quant à Hoppy, elle avouait franchement qu'elle avait peur de lui.

– Il a le regard froid, disait-elle. Et Randal comprenait bien ce qu'elle ressentait.

Edward avait l'art de débiter des paroles agréables et de forcer ses lèvres à sourire pour dissimuler quatre-vingt-dix pour cent de ses sentiments, mais ses yeux révélaient son véritable caractère. Ils étaient malicieux et pénétrants et rien n'échappait à son sens de l'observation.

– Où est Lucille? répéta Edward.

Jane lui répondit, sans oser regarder Randal :

– Elle est montée dans sa chambre. (Puis elle se tut. Elle hésita et enfin ajouta :) Je suis désolée, mais je crains de l'avoir blessée.

Edward leva les sourcils.

– Blesser Lucille? répéta Randal. Et pourquoi donc? Que s'est-il passé?

Jane hésita de nouveau puis, avec un effort, avoua :

– Je lui ai révélé notre secret, Randal.

– Quel secret?

– Celui de nos fiançailles.

– Tu le lui as dit? Mais pourquoi as-tu fait cela?

Il entendit Edward soupirer et se tourna vers lui avec un air d'exaspération qui donna à Jane l'impression d'être une enfant que l'on aurait surprise en train de commettre un acte de vandalisme inqualifiable.

– Que diable allons-nous faire?

– Réfléchir, dit Edward, en plongeant ses mains dans ses poches de pantalon pour y faire sonner ses pièces de monnaie.

C'était son habitude lorsqu'il était inquiet et chacun, dans le monde du théâtre, connaissait la signification de ce tintement.

– Je suis désolée, dit presque timidement Jane, mais Lucille sous-entendait que toi et elle... eh bien, que vous aviez des projets communs. Je ne voulais pas la blesser et encore moins t'ennuyer, mais il est des propos qui sont intolérables.

– Vraiment, Jane, c'était la dernière chose à faire, alors que tu sais, comme tout le monde, quelles difficultés nous avons eues pendant les répétitions à cause d'elle.

– Je suis désolée, mais je suis pour ainsi dire ignorante de ces problèmes et si ce qu'elle a insinué est vrai, tu ferais mieux de te taire.

– Bon Dieu!

Randal jeta son cigare dans le feu et se dirigea vers la fenêtre.

– ... Pourquoi faut-il que les femmes se disputent? soupira-t-il, tournant le dos à son interlocutrice. C'est toujours la même chose. Ces affrontements et ces médisances ont pour conséquence que rien ne peut se faire sans querelles, sautes d'humeur et déchirements.

– Je te trouve injuste, s'écria Jane. Ce n'est pas dans mes habitudes de me disputer avec la terre entière et tu le sais bien; mais étant donné que nous sommes fiancés, tu ne peux quand même pas attendre de moi que j'écoute sans réagir une femme qui me dit que tu lui appartiens.

– Je ne vois vraiment pas quelle importance avait cette affirmation, dit Randal en se tournant vers elle. Tu sais très bien que ça n'est pas vrai.

– Est-ce bien sûr?

– Le problème est de savoir ce que nous allons faire maintenant, continua Randal, sans prêter attention à cette question. Penses-tu que Lucille va abandonner son rôle? demanda-t-il à Edward qui continuait à faire tinter ses pièces.

– Je ne sais que penser. La meilleure chose est que l'un de nous aille la voir. Vas-tu lui parler ou est-ce moi?

– Vas-y! Dis-lui que je veux la voir, qu'il n'y a aucune raison pour qu'elle se mette dans de tels états et que je peux tout lui expliquer.

– Entendu, je vais le lui dire. Tu ferais bien de trouver une explication géniale. Tu risques d'en avoir besoin.

Avec un grand soupir et sans cesser de faire tinter ses pièces, Edward quitta le salon. Randal le regarda sortir, les sourcils froncés. Comme il restait muet, Jane rompit la première le silence :

– Je suis désolée, Randal.

– Mais qu'est-ce qui t'a pris de dire une pareille stupidité? Tu avais promis de n'en parler à personne.

– Elle m'a tellement énervée! Et puis, de toute manière, ça n'a pas d'importance, il aurait bien fallu qu'elle l'apprenne tôt ou tard.

– Probablement, mais si elle abandonne son rôle, Dieu seul sait quelle comédienne nous trouverons pour la remplacer.

– Il semble que cette idée t'obsède, dit Jane d'un ton glacial.

– Tu ne peux quand même pas t'attendre à ce que je saute de joie en apprenant que tu as tout fichu par terre. J'ai passé presque tout le week-end à essayer de calmer Lucille et il a fallu que tu arrives pour réduire à néant tous mes efforts. Je ne sais pas ce que nous allons devenir si elle plie bagages et rentre chez elle.

– Il y a d'autres actrices.

– Trouves-en une qui ait autant de succès qu'elle et qui puisse interpréter le rôle aussi bien.

Jane sentit la colère monter en elle.

– Si Lucille est si importante pour toi, il y a une façon très facile de régler la situation.
– Comment cela?
– Ne devines-tu pas? Si nous ne sommes pas fiancés, elle n'a pas lieu de se rendre malade. En un mot, je peux te rendre ta liberté. Il semble, d'ailleurs, que ce soit ce que tu cherches.
– Allons! Jane, vraiment, commença Randal. (Puis il s'interrompit.) C'est une bonne idée. Pourquoi n'y avons-nous pas songé plus tôt? Nous pouvons dire à Lucille qu'il n'y a jamais eu de fiançailles. Elle sera parfaitement contente et tout sera comme auparavant.
Jane joignit les mains avec force.
– C'est donc ce que tu veux?
Son visage, plus que ses paroles, à peine audibles tant son émotion était forte, fit prendre conscience à Randal de ce qu'il avait dit.
– Jane, ne sois pas ridicule... Voyons, ma chérie. Tu sais très bien que ce n'est pas vrai. C'est toi qui nous as mis dans cette situation critique; maintenant, il faut nous en sortir. Tu connais aussi bien que moi la nature de Lucille. Mauvais caractère, émotive, instable et tu peux ajouter à la liste n'importe quel autre qualificatif qui te plaise. Mais c'est un grand nom du monde du spectacle; c'est une bonne comédienne et *Aujourd'hui et Demain* sera un four sans elle. L'argent de ton père et ma réputation sont en jeu. Attendons que la première soit passée, que la pièce ait été vue et appréciée et alors, enfin, nous pourrons annoncer officiellement nos fiançailles, avec des feux d'artifice, si cela te fait plaisir.
Jane se tourna vers le feu et resta immobile, le regard dirigé sur les flammes. Randal ne pouvait pas voir son visage, mais il devinait quel combat se livrait dans sa tête. Il essaya un instant d'oublier ses propres problèmes et d'imaginer les sentiments de la jeune femme. Elle était malheureuse et avait besoin de

réconfort. Jusqu'alors, elle lui était toujours apparue comme une femme qui réussissait tout ce qu'elle entreprenait et qui n'avait nul besoin de son aide. Mais elle paraissait maintenant si misérable qu'il éprouva presque de la pitié pour elle et, l'entourant de ses bras, il l'attira contre lui.

– Je suis désolé, Jane, dit-il doucement. C'est une situation horrible pour toi, mais essaie de comprendre que Lucille n'est pas comme tout le monde.

– Je ne vois pas pourquoi elle devrait être traitée d'une manière différente des autres.

– Je suis d'accord avec toi... et cependant, il le faut. Si elle nous laissait tomber maintenant, je n'oserais jamais regarder ton père en face. Mais en plus, les journalistes me harcèleraient comme une meute de chiens. Songe au scandale. Si nous devions remettre les représentations à une date ultérieure, pense à tous ces gens qui se retrouveraient sans travail. A cette époque de l'année, les répétitions ont déjà commencé dans la plupart des théâtres. Il leur serait impossible de trouver un nouvel emploi.

– Oui, oui, je suis consciente de tout cela. Mais supporterai-je d'être humiliée par cette femme? Elle va être si fière de t'avoir repris.

Randal libéra Jane de son étreinte.

– Très bien, dit-il. Nous allons faire face à la situation.

– Non, bien sûr que non, répondit Jane avec générosité. Tu peux aller la voir et lui dire que nos fiançailles sont rompues. Je vais rentrer à Londres et serai très discrète jusqu'à la générale.

– Vraiment? Jane, tu es merveilleuse!

Il lui prit les mains et les pressa contre ses lèvres. Soudain, Jane passa ses bras autour de son cou et, le regardant dans les yeux :

– Mais, chéri, m'aimes-tu vraiment? demanda-t-elle. Dis-moi que tu m'aimes, Randal... Je ne peux pas vivre sans toi, sais-tu? Je t'aime... Je t'aime tellement.

– Oh! Jane, ma pauvre Jane! Comme je suis cruel avec toi! murmura Randal en la serrant contre lui tandis qu'une vague de remords l'envahissait.

– Je t'aime, répéta Jane. (Et les lèvres toutes proches de celles de Randal, elle ajouta :) Quand te reverrai-je?

– Dès que je pourrai m'arranger.

– Tu me le promets?

Randal se sentit de nouveau contraint à agir contre son gré. Il avait eu pitié de Jane pendant un moment, mais, en la voyant s'accrocher à lui, il ressentait un désir instinctif de lui résister.

– ... Nous pouvons nous téléphoner tous les matins et tous les soirs, continua Jane, et il faut que tu viennes me voir chaque fois que tu peux échapper à Lucille, au théâtre et à ces infâmes répétitions. Tu peux lui dire que nos fiançailles sont rompues, mais elle ne peut pas t'interdire de me voir; d'ailleurs, tu dois rendre visite à mon père pour discuter affaires.

– Oui, oui, bien sûr, dit Randal d'un ton apaisant.

– Oh! Randal, si tu savais comme je la hais!

Comme elle approchait ses lèvres des siennes, il l'embrassa. Après leur étreinte, Jane dit en soupirant :

– Je ne sais pas si je me conduis comme une sainte ou une imbécile, mais une chose est certaine, c'est de la folie que d'accepter tous ces subterfuges.

– Peu importe; le tout est de savoir si on veut empêcher Lucille de retourner aux Etats-Unis.

– Si seulement on ne lui avait jamais offert ce rôle! s'écria Jane. (Puis, mettant ses mains sur les épaules de Randal, elle ajouta :) Je ne vais pas continuer à te harceler. Je sais que c'est difficile pour toi, mon chéri. Mais je ne le ferais pas si je ne t'aimais pas autant, tu le sais, n'est-ce pas?

– Je suis très reconnaissant envers toi, Jane, vraiment, mais n'oublie tout de même pas que c'est toi qui es à l'origine de cette situation.

– Oui, je sais. Mais elle était vraiment bien trop désagréable pour que je puisse la supporter en silence.

– En tout cas, par ta faute, il faudra que j'en endure encore bien davantage.

Jane le regarda d'un air craintif.

– Je vais te laisser maintenant, dit-elle. Je ne veux pas être mêlée à d'autres disputes. J'en ai eu assez pour aujourd'hui. Me téléphoneras-tu, ce soir, en arrivant à Londres? N'oublie pas, j'attendrai ton appel. Et, Randal chéri, je suis vraiment désolée.

– Moi aussi, dit Randal laconiquement.

Jane leva son visage vers le sien.

– Au revoir, mon chéri, dit-elle à voix basse. C'est une bonne chose que tu ne m'aies pas encore donné de bague car il aurait fallu que je te la rende.

– Tu en auras une lorsque la pièce aura été représentée, sans rencontrer de difficultés majeures, pendant un mois, dit-il en souriant.

– Faudra-t-il que j'attende aussi longtemps? Enfin, la bague m'importe peu dans la mesure où tu es certain de m'aimer.

– Ne te l'ai-je pas déjà dit?

– Pas assez souvent. Au revoir, mon chéri.

Randal la précéda pour ouvrir la porte.

– Je rentre à la maison sans plus tarder. Excuse-moi auprès de Hoppy. Et disons-lui la vérité, même si nous ne la révélons à personne d'autre.

– Entendu, mais qu'elle soit vraiment la seule à la connaître. Si Lucille devinait que nous lui avons menti, la situation serait encore plus grave qu'elle ne l'est aujourd'hui.

– Je te promets de n'en souffler mot à personne.

Avant de franchir le seuil, Jane se retourna pour lancer un dernier baiser à Randal, puis elle disparut.

Randal monta lentement l'escalier conduisant au premier étage.

11

Les clients du Savoy tournèrent la tête pour regarder Lucille. Elle faisait toujours une entrée très remarquée dans les restaurants ou autres lieux publics. Or, ce soir, vêtue d'une robe à crinoline en tulle rose et les épaules drapées dans une écharpe de velours bordée de vison, il lui était difficile de ne pas attirer l'attention.

Randal pensait que, dans n'importe quel autre pays, on l'aurait accueillie avec beaucoup plus de chaleur et même, peut-être, avec des applaudissements.

Il avait vu une jeune femme française, portant une magnifique création d'un couturier parisien connu, être reçue avec des acclamations en entrant chez Maxim's, un soir de gala. Et, à Hollywood, il était courant que les gens se mettent debout sur leur chaise pour mieux voir Lucille faire son entrée.

Mais en Angleterre, les gens se contentaient de regarder. Les hommes le faisaient d'une manière discrète et avec une nonchalance qui dissimulait leur intérêt tandis que les femmes étouffaient leurs exclamations et parlaient avec leurs voisines sur un ton animé.

Lucille, qui marchait avec sa grâce habituelle et l'air d'être seule sur une île déserte, était précédée du maître d'hôtel qui la conduisit à une table située dans une alcôve et que l'on réservait aux célébrités et aux personnages de haut rang. Une fois assise, elle laissa glisser son écharpe, découvrant de très jolies épaules et un collier de diamants dont le prix devait représenter deux fois ses revenus annuels.

– Compose le menu, chéri, dit Lucille gracieusement. Tu sais généralement beaucoup mieux que moi-même ce dont j'ai envie.

Randal prit la carte et fit la commande. Il se rendait compte que Lucille avait choisi, ce soir-là, d'être aussi charmante et séduisante que possible. Sa bienveillance à son égard lui avait été révélée par la tendresse qu'elle avait montrée en l'accueillant et la tolérance dont elle avait fait preuve au cours de la conversation.

Il aurait seulement souhaité pouvoir mieux répondre à cette attitude qu'il avait souvent décrite comme « les humeurs câlines de Lucille ».

Il était impossible de ne pas l'aimer lorsqu'elle avait choisi d'être charmeuse. L'homme sur lequel elle jetait son dévolu ne pouvait que succomber, complètement envoûté. Malheureusement, Randal ne savait que trop que ce genre d'humeur succédait toujours à une violente querelle.

Lorsqu'il était adolescent, il avait trouvé chez un vieux bouquiniste un recueil de maximes s'adressant à un jeune amant. Il l'avait acheté et avait beaucoup ri en le lisant avec ses amis. Par la suite il l'avait perdu, mais une des maximes était restée gravée dans sa mémoire.

Elle disait au jeune séducteur que s'il voulait que sa maîtresse éprouvât les joies de l'amour dans toute leur profondeur, il était recommandé de se disputer d'abord avec elle, et même de la faire pleurer. Grâce à ces émotions, tous ses sens seraient éveillés et elle répondrait avec plus d'ardeur à sa passion.

Randal devait en découvrir toute la vérité de nombreuses années plus tard, lorsqu'il tomba amoureux de Lucille. Les disputes qu'il déclenchait volontairement étaient le meilleur moyen de s'assurer l'amour de Lucille.

Malheureusement, ces scènes le laissaient toujours épuisé moralement et physiquement. Il avait horreur de faire du mal et il supportait très difficilement que sa partenaire passât, sans transition, des larmes les plus pathétiques au plaisir le plus brûlant.

Après la scène qui avait eu lieu dans l'après-midi à Queen's Hoo, Randal se sentait si fatigué et si las des femmes que c'était avec le sourire qu'il serait entré au monastère ou se serait retiré, en ermite, sur les hauteurs de l'Himalaya. Il n'avait offert à Lucille de l'emmener dîner en ville que pour la calmer. Il lui aurait promis n'importe quoi pour contenir sa fureur et arrêter le flot de reproches qui jaillissait de ses lèvres.

Quant à Jane, il était tout à fait conscient d'avoir mal agi envers elle et souffrait de son humiliation.

Tout en nouant sa cravate puis en brossant ses cheveux, Randal s'était observé dans le miroir de sa table de toilette. Il avait soudain éprouvé de l'aversion pour son charme et sa beauté, responsables de la situation dans laquelle il se trouvait. Il avait déjà rencontré des difficultés avec les femmes mais n'avait encore jamais été dans une position aussi inconfortable. Encore heureux, avait-il pensé, que Jane eût été assez bonne pour ne pas s'abandonner à une légitime fureur.

Son sentiment de culpabilité l'avait poussé à lui téléphoner avant de partir chercher Lucille. Elle lui avait parlé avec beaucoup de douceur et de gentillesse. Aussi était-ce avec un réel sentiment de gratitude qu'il lui avait souhaité, très affectueusement, une bonne nuit.

Il était sorti de sa chambre et, contrairement à ses espérances, n'avait trouvé personne dans le hall d'entrée. Il avait pensé que Sorella l'attendrait. Après un moment d'hésitation, il avait crié son nom et la réponse lui était parvenue du salon. La pièce qu'une seule lampe éclairait était à demi plongée dans l'obscurité. Aussi avait-il fallu quelques secondes à Randal avant qu'il pût distinguer Sorella. Elle était assise sur une banquette sous la fenêtre et regardait dehors la nuit qui tombait.

– Ah! vous voici! s'était-il écrié. Je dois partir. Avez-vous eu à dîner?

– J'ai dit à la cuisinière que je me préparerais quelque chose moi-même. Elle voulait partir de bonne heure. Son petit ami est de passage à Londres et, naturellement, elle souhaite passer le plus de temps possible avec lui.

– J'ignorais complètement qu'Ethel eût un ami.

– C'est un secret, avait ajouté Sorella, car la famille d'Ethel n'est pas d'accord. Son père voudrait qu'elle épouse un fermier mais Jim et Ethel ont déjà pris leur décision. Ils ont l'intention de se marier après Noël.

– Comment faites-vous pour savoir toutes ces choses? J'aurais juré qu'Ethel était une vieille fille confirmée. Je ne puis l'imaginer avec un prétendant. Cela prouve à quel point on est ignorant des sentiments des autres.

– Je pense que nous apprendrions des histoires fascinantes si nous pouvions seulement connaître la vérité sur chacun.

– Bien sûr. Mais c'est moi qui devrais la rechercher et non vous. Après tout, c'est mon métier.

Sorella avait souri d'un air malicieux.

– Vous êtes bien trop préoccupé par votre propre vie en ce moment pour avoir le temps de vous intéresser à celle des autres.

Randal apprécia la pointe d'ironie et en rit de bon cœur. Sorella, toujours assise, levant la tête vers lui, il se pencha et déposa un baiser sur sa joue.

– Bonne nuit, dit-il. J'aimerais pouvoir rester ici et dîner avec vous.

La peau de Sorella avait paru à ses lèvres fraîche et douce comme des pétales de rose. Lorsqu'il était descendu dans l'ascenseur, Randal avait seulement pris conscience qu'elle ne lui avait pas souhaité une bonne nuit. Elle était restée parfaitement immobile et silencieuse lorsqu'il l'avait embrassée.

Cette pensée obsédait encore Randal tandis qu'il roulait vers le Savoy. Il n'aurait jamais cru auparavant que la présence d'une enfant eût pu lui être aussi agréable. Il se rendait compte que s'il était séparé de Sorella, elle lui manquerait. Son rire, tel qu'il jaillissait de ses lèvres la veille lorsqu'ils étaient seuls à Queen's Hoo, résonnait encore à ses oreilles. Il lui semblait toutefois que c'était un événement très, très ancien. Et pourtant il lui était plus facile de se souvenir de la joie de Sorella que de tous les autres incidents du week-end.

Tout en conduisant, il n'avait pu retenir un soupir d'exaspération en pensant à ce qui l'attendait et, une demi-heure plus tard, il soupira de nouveau tandis qu'assis en face de Lucille, il la contemplait en souhaitant de tout son cœur pouvoir encore éprouver l'émotion qu'il avait ressentie la première fois qu'ils s'étaient rencontrés.

Il lui était difficile d'admettre qu'elle avait perdu tout pouvoir sur lui. Son cœur avait cessé de battre plus vite lorsqu'elle s'approchait de lui et il ne ressentait plus cette fièvre étrange qui était le début du désir.

Il pouvait l'admirer sans passion et observer froidement tous ces gestes qui autrefois l'impressionnaient tant : sa façon soudaine de lever les paupières pour laisser apparaître le bleu éclatant de ses yeux ou sa manière de poser la main sur le bras de son interlocuteur afin d'éveiller ses sens grâce à ce contact d'un instant.

Randal se rendait compte que cet amour qui avait brûlé en lui pendant si longtemps s'était éteint, ne laissant rien d'autre que des cendres. Et cette scène que Lucille avait faite dans l'après-midi avait même dissipé le peu d'attirance physique qu'il avait encore pour elle. Il l'aimerait toujours bien, mais il ne ressentait plus le désir de la prendre dans ses bras et de l'embrasser autrement qu'en ami.

Mais cependant, il était très conscient de ce qui était en jeu. Aussi essaya-t-il de répondre aux plaisanteries de Lucille et d'être agréable autant que possible. Heureusement, son interlocutrice était très bavarde et semblait prête à faire les frais de la conversation tandis que Randal buvait du champagne à petites gorgées, espérant que l'alcool dissiperait son ennui et peut-être même le mettrait de bonne humeur.

Son abattement l'irritait mais il ne pouvait oublier facilement la tempête qu'il avait essuyée quelques heures auparavant.

Lucille avait fait trop de remarques qu'il ne pouvait oublier. Elle s'était déchaînée contre lui et, dans la colère, avait formulé des critiques très déplaisantes sur son caractère. Enfin, lorsqu'elle s'était calmée et qu'en larmes elle s'était jetée dans ses bras, Randal avait eu l'impression d'être frappé à plusieurs reprises sur la tête avec un instrument qui avait fait disparaître toutes ses sensations à l'exception de celle d'une extrême fatigue.

– Nous avons beaucoup de choses à nous dire, murmura Lucille tandis que le maître d'hôtel faisait flamber les crêpes suzette que l'on avait apportées à leur table.

– Je crois que nous avons beaucoup parlé récemment, répondit Randal, et il ne semble pas que cela nous ait été utile.

– Je ne souhaite pas orienter la conversation sur n'importe quel sujet. Ce dont nous avons à parler est très particulier.

Randal posa son couvert. Il avait l'impression qu'une bouchée de plus l'aurait étouffé.

– Cela te dérange que je fume? demanda-t-il.

Il se demandait ce qu'elle s'apprêtait à lui dire. Depuis plusieurs jours, elle faisait allusion à une chose mystérieuse dont elle voulait lui parler, mais elle n'était jamais venue au fait. Aussi avait-il imaginé qu'il s'agissait d'un problème relatif à son rôle.

– Non, bien sûr que non, répondit Lucille tout en poussant son assiette sur le bord de la table d'où elle fut immédiatement enlevée par un serveur.

Reposant son menton sur ses mains jointes, elle regarda Randal avec une expression irrésistible qui, un an auparavant, aurait bouleversé le jeune auteur.

– Qu'est-ce qui te préoccupe? demanda-t-il, sans savoir si elle allait enfin lui répondre par la vérité ou user, une fois de plus, de faux-fuyants.

– Randal chéri, tu as un regard si féroce... Je n'arrive pas à te parler lorsque tu m'effraies.

Randal sourit.

– Je ne ferai même pas semblant de te croire. Je ne t'ai jamais fait peur et cela m'étonnerait que j'y arrive maintenant. Je crois plutôt que les rôles sont inversés.

– Sous-entends-tu que tu as peur de moi? Chéri, c'est ridicule. Tu le sais très bien. Je t'accorde que je suis plutôt méchante à certains moments et qu'en certaines circonstances je t'ai rendu malheureux, mais tu n'as pas peur de moi, certainement pas toi! D'ailleurs, aucune femme n'a jamais effrayé un Anglais.

– Si tu savais la vérité, tu serais surprise, dit-il mystérieusement.

Il attendit, se demandant quand Lucille en viendrait au fait.

Elle tendit le bras et posa sa main sur celle de Randal.

– Chéri, dit-elle à voix très basse, dis-moi que tu m'aimes?

C'était une question qu'elle lui avait posée très souvent lorsqu'ils avaient vécu ensemble. Il savait très bien quelle réponse donner, mais ce soir, il n'avait pas envie de jouer les amoureux. Aussi, serrant la main de sa compagne, il lui dit :

– Ne faisons pas de manières, Lucille. Nous nous

connaissons depuis assez longtemps pour être francs l'un envers l'autre. Il y a quelque chose que tu as voulu me dire cinquante fois depuis que tu es arrivée en Angleterre. Eh bien, maintenant, j'aimerais savoir ce que c'est.

– Mais comment sais-tu que j'ai quelque chose de particulier à te dire? Parfois, Randal, tu es très subtil; mais à d'autres moments tu es si aveugle que j'en pleurerais.

– Eh bien, ce soir, je suis subtil. Quelque chose te préoccupe et il ne servirait à rien de le nier. Alors, dis-moi ce dont il s'agit.

Lucille retira sa main.

– C'est difficile à exprimer, dit-elle de cette voix de petite fille qu'elle utilisait si souvent dans ses films.

– S'il t'est si difficile d'en parler, remettons cette conversation à une autre fois.

– Non, non! s'écria Lucille.

Ils furent interrompus par un serveur qui leur demanda s'ils désiraient autre chose. Randal commanda du café et des liqueurs et, lorsqu'ils furent seuls, attendit que Lucille continuât.

Elle sortit de son sac son poudrier en platine incrusté de diamants et, après avoir pressé le fermoir de saphir qui en commandait l'ouverture, s'observa dans le petit miroir placé à l'intérieur.

– Pourquoi t'étais-tu fiancé avec Jane Crake? demanda-t-elle.

Puis, comme Randal hésitait avant de répondre, elle continua :

– ...Non, cette question n'est pas bien posée et je n'en connais que trop la réponse : elle est la fille de lord Rockampstead; elle est séduisante et très amoureuse de toi. Tu es faible avec les femmes, Randal. Je l'ai toujours pensé. Mais pourquoi ne le serais-tu pas?

Randal se tut. Il devinait trop les dangers de cette

conversation et était décidé, si possible, à ne pas se jeter aveuglément dans le premier piège venu.

– Jane Crake a bien fait de te rendre ta liberté. Elle a compris ce que tu aurais dû toi-même comprendre depuis longtemps, Randal chéri : ce n'est pas quelqu'un pour toi.

– Je pense qu'il serait préférable que nous ne parlions pas de Jane, dit Randal mal à l'aise.

– Comme tu veux. Je n'ai certes pas envie de parler d'elle, dit Lucille d'une voix dure.

– Alors, parlons d'autre chose.

– Mais certainement. Parlons de nous-mêmes. C'est de loin le sujet le plus intéressant, non?

– Nous nous connaissons depuis assez longtemps, je pense, pour nous être à peu près tout dit. Ne crois-tu pas?

Lucille fit de la tête un signe de dénégation.

– Nous n'avons jamais parlé d'un sujet d'une extrême importance.

– Lequel?

– Ton mariage.

Il la regarda d'un air stupéfait.

– Je croyais que nous avions décidé, cet après-midi, que je n'épouserais personne.

– Nous avons décidé que tu n'épouserais pas Jane Crake mais elle n'est pas la seule femme au monde. Il y en a d'autres.

– Et pourquoi devrais-je me marier avec n'importe quelle fille?

– Pas n'importe laquelle, répliqua Lucille en levant les yeux... mais moi.

Il y eut un silence. Randal était pétrifié. Il avait toujours cru Lucille capable de comportements inattendus mais jamais il n'avait imaginé qu'elle pût souhaiter l'épouser. Elle ne lui était jamais apparue comme une personne désireuse de se marier et, même à l'époque où il avait été le plus amoureux d'elle, il n'avait jamais songé à en faire sa femme.

Il avait gardé de son enfance une image idéale de la femme qu'il épouserait peut-être. Sa mère avait évoqué cette personne mythique lorsqu'il n'était encore qu'un petit garçon.

« Un jour, lorsque tu seras grand et que tu te marieras... » avait-elle commencé et elle avait décrit à son fils un personnage de conte de fées.

Lorsqu'il fut adolescent, elle prit l'habitude de lui parler des femmes et, généralement, elle concluait la conversation en disant : « J'espère qu'un jour tu rencontreras une jeune fille vraiment gentille et qui saura te rendre heureux, mon chéri. Ne te précipite pas sur le premier joli visage que tu rencontreras ! »

Il se rappelait très bien l'expression inquiète du visage de sa mère lorsqu'elle lui faisait cette recommandation. Et il s'y était conformé. Il s'était certes enthousiasmé à plusieurs reprises pour de jolies filles, mais jamais au point de vouloir les épouser. En effet, Jane était la seule avec qui il eût jamais songé à se marier. Encore faudrait-il préciser que l'idée venait d'elle.

Sa mère aurait approuvé son union avec Jane. Il en était certain, autant que du refus qu'elle aurait exprimé à l'encontre de Lucille. Il se rendait compte maintenant, avec une terrible lucidité, dans quelle situation fâcheuse il s'était mis. Il ne voulait pas épouser Lucille. Elle ne ressemblait en rien à la femme dont il avait rêvé et, d'ailleurs, il ne l'aimait pas. Mais comment pouvait-il le lui dire? Comment, après lui avoir répété incessamment pendant trois ans qu'il lui était très attaché, pouvait-il soudain lui annoncer qu'il avait changé?

Dans l'après-midi, lorsqu'elle s'était emportée contre lui et qu'elle lui avait reproché, avec véhémence, de s'être fiancé à Jane, il lui avait laissé entendre qu'il s'agissait d'un mariage de raison. Il ne l'avait pas dit expressément mais ne l'avait pas contredite lorsqu'elle avait suggéré que c'était la fortune de lord Rockampstead qu'il épousait.

Son attitude n'avait pas été très courageuse mais, lorsque Lucille était en colère, il était difficile de penser d'une manière cohérente et de dire la vérité.

Randal se rendait compte de la situation très inconfortable dans laquelle il se trouvait et à quel point il lui serait difficile d'en sortir.

Lentement, pour gagner du temps, il écrasa sa cigarette. Puis, avec un léger sourire qui atténuait la dureté de ses paroles, il demanda :

– Mais de quoi parles-tu, Lucille? Cette idée est une pure folie.

– Folie, que toi et moi nous nous mariions? demanda Lucille en posant sa main sur le bras de Randal. Chéri, ce n'est pas un coup de tête. Il y a longtemps que j'y pense. Nous annoncerons nos fiançailles très bientôt, la semaine prochaine peut-être. Puis, quand la pièce marchera bien, nous nous marierons. Peut-être irons-nous passer une courte lune de miel à Paris avant de rentrer aux Etats-Unis. Edward disait aujourd'hui que les studios voudraient certainement tourner un film d'après *Aujourd'hui et Demain*. Nous repartirons tous les deux pour Hollywood pour le faire ensemble. En soi, ce serait un véritable roman. Les agents de publicité sauraient en tirer parti, non?

– Mais... mais Lucille..., bégaya Randal.

– Il n'y a pas de « mais », chéri. Tout est organisé dans ma tête. Nous nous aimons depuis longtemps. Nous nous connaissons bien. Par conséquent, il n'y a pas à craindre que nous commettions une erreur. Je pourrais interpréter encore un ou deux films puis nous nous lancerions dans la production. Nous produirions tes pièces, tes films et, cette fois, les bénéfices seraient pour nous au lieu de tomber dans d'autres poches. Edward a gagné une fortune avec ses deux dernières productions.

» Tu auras beaucoup de succès, Randal, et je ne

vois pas pourquoi tu serais éternellement la poule aux œufs d'or. N'es-tu pas d'accord?

» Je sais que c'est une surprise pour toi, chéri, et que tu vas énumérer toutes sortes d'objections. En premier lieu, tu vas dire que nous ne nous verrons pas assez mais c'est la raison pour laquelle je t'ai dit que je voulais passer du côté de la production. Je considère que j'ai suffisamment joué. Je l'ai fait avec beaucoup de joie et j'en ai tiré de grands profits financiers. Mais il n'y a pas de raison pour que nous ne puissions pas continuer à gagner beaucoup d'argent, surtout si nous travaillons pour nous-mêmes et non pour les autres.

» En deuxième lieu, il y a notre différence de nationalité. Tu es anglais et je suis américaine, chéri. Que peut-on imaginer de mieux? Nous aurons une maison de chaque côté de l'Atlantique. J'aime ta petite maison de campagne. Elle est tout à fait charmante et je sais ce que tu penses de ma propriété de Beverly Hills. Elle n'a plus jamais été la même après ton départ. Tu m'as manqué, Randal. Bien plus que je ne l'aurais cru. Je regardais souvent le jardin par la grande baie vitrée du salon et je t'imaginais étendu au bord de la piscine. La maison semblait terriblement vide sans toi. C'est à cette époque que j'ai compris que nous devions vivre ensemble pour toujours.

Lucille avait parlé d'une voix vibrante qui aurait touché Randal si les propos qu'elle avait tenus ne lui avaient pas été aussi familiers. Certaines de ses phrases semblaient tirées d'un film dans lequel elle avait joué l'hiver précédent. Et il se la représentait maintenant vêtue d'une robe de satin chatoyant, dans les bras d'un cow-boy botté et éperonné.

– Tu es une personne charmante, Lucille, dit Randal très vite, mais tu es en train de commettre une erreur de jugement. Nous ne sommes, ni l'un ni l'autre, faits pour le mariage. Nous avons été heureux ensemble, extrêmement heureux, et je te serai toujours reconnaissant du bonheur que tu m'as fait connaître. Mais si nous étions attachés l'un à l'autre par des liens juridiques, des alliances, une cérémonie officielle, nous ne le supporterions pas. Tu as mené trop longtemps une vie indépendante pour tolérer qu'une autre personne se mêle de tes affaires. Or, les maris fouinent partout. Tu peux me croire.

Lucille rit, d'un rire spontané de petite fille.

– Oh! Randal, tu es stupide! Crois-tu vraiment que ces propos me fassent peur? La vérité, chéri, c'est que je veux me marier et ne pas passer à côté du bonheur. Je veux t'épouser. Et ça ne servira à rien de me dire maintenant, à une heure aussi tardive, que nous ne sommes pas faits l'un pour l'autre car je ne te croirai pas.

Randal respira à fond. Il se rendait compte qu'il devait la vérité à Lucille. Il fallait qu'elle apprenne, une fois pour toutes, qu'il n'avait pas l'intention de l'épouser et qu'il n'y avait aucune chance pour qu'il changeât d'avis, aussi persévérante qu'elle pût être.

Cependant, avant même qu'il eût ouvert la bouche, Lucille tendit la main et mit son index sur les lèvres de Randal.

– Je ne sais pas ce que tu veux dire mais je ne veux plus entendre tes arguments contre notre mariage. Je sais que tu penses à moi et que tu imagines que je le regretterai. Mais tu te trompes. Il y a longtemps que je t'aime, Randal, et je sais que je serai heureuse d'être ta femme. Je crois que c'est la raison pour laquelle j'étais si inquiète et si nerveuse pendant les répétitions. J'attendais le jour où nous prendrions notre décision. Mais maintenant qu'elle est prise, je vais pouvoir me concentrer sur ce rôle merveilleux que tu as écrit pour moi.

» Tu sais mieux que quiconque, Randal, que si je n'ai pas l'esprit en paix, si je n'obtiens pas ce que je désire dans ma vie privée, je suis incapable de jouer correctement tant sur scène que devant les caméras.

C'est ridicule, je le sais, de laisser sa vie privée empiéter sur sa vie professionnelle mais je n'y puis rien. Je suis ainsi faite.

Lucille eut un petit geste éloquent pour illustrer sa faiblesse. Puis, prenant la main de Randal, elle continua :

– ...Oh, chéri, je suis si contente! Je suis prête à me surpasser et tu seras fier de moi.

Randal était absolument muet. Il ne pouvait rien dire, strictement rien. Il savait que la menace contenue dans les paroles de Lucille était voulue. La star n'était ni naïve ni ingénue. Mais Randal devait reconnaître qu'elle avait été franche. Il aurait fallu qu'il fût bien peu perspicace pour ne pas comprendre ce qu'elle lui signifiait si clairement.

On pouvait lire ses intentions aussi aisément que si elle les avait écrites noir sur blanc : s'il ne l'épousait pas, elle ne jouerait pas sa pièce.

Randal ne savait que répondre. Il se contentait de tenir la main de Lucille en se demandant combien de temps il pourrait continuer à garder le silence sans qu'elle se fâchât. Mais elle sembla ne pas prêter attention à son mutisme.

– ...C'est si merveilleux! continua-t-elle. Je veux me marier à l'église. Vos églises sont très belles. Quelques-uns de nos meilleurs amis pourraient prendre l'avion et venir nous rejoindre. Puis, de retour aux Etats-Unis, nous donnerions une grande réception pour les autres.

Elle replaça son poudrier dans son sac.

– ...Mais, avant de faire trop de projets, il faut penser à la pièce. Comme j'ai été plutôt méchante avec toi la semaine dernière, je serai particulièrement gentille à partir de maintenant. Cette scène que tu as remaniée est magnifique. Je vais l'étudier dans mon lit ce soir, et je la saurai par cœur demain.

Lucille jeta son écharpe sur ses épaules.

– ...Par amour pour toi, mon chéri, je vais me

coucher de bonne heure, ce soir. Je n'ai pas envie de partir. J'aimerais continuer à bavarder avec toi, nous pourrions même danser. Te souviens-tu comme nous dansions tous les deux en écoutant la radio, au début de notre liaison? Nous le referons, un jour. Mais ce soir, il faut que j'aille me coucher avec mon texte si je veux le savoir demain à 9 heures. Ne suis-je pas formidable? N'es-tu pas fier de moi?

Lucille sourit à Randal, d'un sourire éclatant, fascinant, puis se leva.

– ...Je dois m'arracher à ta présence, mon chéri. C'est un des nombreux sacrifices que je fais pour toi.

A la hâte, Randal dit au serveur de lui apporter l'addition puis il la suivit. De nouveau, pendant qu'elle traversait la salle, les visages se tournaient vers elle et l'on chuchotait sur son passage. Autant de manifestations auxquelles Lucille était sensible.

Ils atteignirent l'ascenseur et, à la grande surprise de Randal, Lucille lui tendit les deux mains.

– Il ne faut pas que tu montes, chéri. Tu as l'air fatigué et je veux être sérieuse. Je vais lire et relire ces merveilleuses répliques que tu as écrites jusqu'à ce que je m'endorme.

Randal pressa ses lèvres contre les mains de Lucille, puis elle monta dans l'ascenseur.

En sortant, il était si hébété qu'il oublia de donner un pourboire au chasseur. Il gagna sa voiture et rentra chez lui sans avoir conscience de la direction qu'il prenait. Il ne voyait que le visage de Lucille levé vers le sien, il n'entendait que sa voix qui répétait sans cesse qu'ils étaient faits l'un pour l'autre... l'un pour l'autre...

Lucille était satisfaite du résultat de sa démarche. Elle souriait en sortant de l'ascenseur et en se dirigeant vers ses appartements. Lorsqu'elle ouvrit la porte, un parfum de fleurs presque suffocant l'enveloppa.

Elle jeta son écharpe de vison sur son lit mais, au

lieu d'appeler sa femme de chambre, elle s'assit devant sa coiffeuse et s'observa dans le miroir. Ses yeux étincelaient, elle se trouvait encore très jeune et très belle.

Elle se mit à rire doucement. Elle s'était rendu compte de la surprise de Randal et pensait qu'elle avait eu tout à fait raison de l'empêcher de parler. D'ici demain, il aurait le temps de réfléchir à ce qu'elle avait dit et au choix qu'elle lui proposait.

Il devrait accepter de l'épouser ou elle ne jouerait pas *Aujourd'hui et Demain*. Pas un instant il ne lui vint à l'esprit que le consentement de Randal pût être important. Elle était si sûre de sa séduction qu'elle attribuait son manque d'enthousiasme à son désir de vivre seul et sans liens.

Qu'il eût envisagé d'épouser quelqu'un d'autre l'avait mise hors d'elle-même pendant un moment. Mais sa vanité lui avait très facilement fait croire que Randal n'avait voulu devenir le mari de Jane que pour mieux servir ses ambitions.

Lucille était jalouse de Jane. Elle ne l'avait jamais aimée, sans doute parce qu'elle avait reconnu chez la jeune Anglaise des qualités qu'elle ne possédait pas. Mais des années de succès ne pouvaient être effacées par un simple accès de jalousie.

Elle était Lucille Lund, la plus fabuleuse, la plus séduisante et de loin la plus extraordinaire des stars hollywoodiennes. Elle n'avait aucune raison de douter de l'amour que Randal avait eu pour elle et il ne lui venait pas à l'esprit que ses sentiments pussent avoir changé. Les siens pouvaient se modifier, elle pouvait se lasser des hommes, mais eux devaient l'adorer aussi longtemps qu'elle le souhaitait. Ils n'étaient libres d'aimer une autre femme que lorsqu'elle les avait rejetés et ils le faisaient plus par dépit que parce que les charmes de cette nouvelle maîtresse étaient plus grands que ceux de Lucille.

La morale de Lucille était en réalité très simple,

entièrement fondée sur le contentement de soi. Contrairement à la croyance générale, sa vie était extrêmement facile. Sa beauté lui avait permis d'obtenir un succès incomparable qu'elle refusait de remettre en question.

Les hommes qui l'avaient aimée dans le passé n'étaient ni très fins ni très compliqués, et il ne lui était jamais venu à l'esprit que Randal pût être différent. Puisque c'était un homme, il devait l'aimer. Elle voulait l'épouser et toute réticence de sa part ne pouvait être que superficielle et passagère.

Lucille avait néanmoins une certaine perspicacité qu'elle avait acquise à ses débuts quand elle avait dû lutter pour réussir. Elle avait senti que Randal allait dire des paroles que tous deux regretteraient. Grâce à son art consommé de la comédie, elle avait réussi à éviter toute phrase embarrassante et à rester entièrement maîtresse de la situation.

– Je suis très intelligente, dit-elle à voix haute en s'observant dans le miroir.

Sa beauté semblait l'émouvoir. Le scintillement des diamants autour de son cou attirait le regard sur la blancheur de sa peau que sa robe de tulle rose, très largement décolletée, permettait d'admirer. Elle étendit les bras avec volupté. Elle regrettait maintenant d'avoir renvoyé Randal : elle se sentait d'humeur amoureuse.

Elle était très détendue après sa colère de l'après-midi et elle aurait aimé sentir la chaleur des lèvres de Randal contre les siennes, la force de ses bras autour de sa taille et entendre sa voix murmurer des mots doux à son oreille. Elle aimait l'instant où tout son être semblait ne faire qu'un avec celui de Randal, la joie d'être conquise.

Oui, elle regrettait maintenant de l'avoir renvoyé. Pendant un instant elle regarda le téléphone placé à côté de son lit. Devrait-elle le rappeler? Dans quelques minutes, il serait à Park Lane et la pensée qu'il allait se retrouver seul dans son appartement la décida. Elle tendit la main vers le récepteur et, au même moment, la sonnerie du téléphone se mit à résonner.

Elle avait la certitude qu'il s'agissait de Randal qui appelait pour lui dire combien il l'aimait. D'un geste rapide, elle décrocha le récepteur.

– Allô!

– Il y a un monsieur, en bas, qui demande à vous voir, madame.

– Un monsieur?

Elle se demanda si c'était Randal ou Edward. Il était trop tard pour que ce soit quelqu'un d'autre, pensa-t-elle. Puis jetant un coup d'œil à la pendule, elle vit qu'il n'était que 11 heures moins le quart.

– Qui est-ce?

– Ce monsieur préférerait ne pas dire son nom, madame. Mais il dit qu'il doit vous voir pour une affaire très urgente.

– Je veux savoir son nom! dit Lucille avec impatience. Et, de toute manière, il est trop tard pour parler affaires.

– Voulez-vous rester en ligne un instant, madame?

L'opératrice parlait d'une voix calme et indifférente. Lucille voulait parler à Randal et elle n'avait de temps à accorder à personne d'autre. Enfin l'opératrice reprit la parole :

– Ce monsieur préfère ne pas donner son nom mais il dit que vous devriez vous souvenir de Jakestown et que c'est une introduction suffisante.

Il y eut un long silence.

– Etes-vous toujours en ligne, madame?

– Oui, oui. Dites à ce monsieur de monter.

– Très bien, madame.

Lucille reposa le récepteur. Son visage était très pâle. Elle restait immobile, le regard fixé sur le téléphone. Après un moment, elle quitta sa chambre et entra dans le salon où elle se laissa tomber sur le divan. Elle regardait fixement devant elle.

Jakestown! Elle ne s'en souvenait que trop bien, avec l'unique rue qui la traversait, interminable et laide; les maisons avec leurs volets de bois; la station d'essence où la radio braillait du matin au soir; le saloon qui semblait sortir d'un western avec ses portes à battants et son enseigne qui grinçait au vent. Tout était encore présent à son esprit; les boutiques où l'on ne trouvait jamais ce qu'on voulait; son appartement où régnait une odeur de nourriture avariée mêlée à celle de l'eau sale. Et le théâtre, pourrait-elle jamais oublier le théâtre? La scène aux planches mal ajustées et inégales; les vestiaires, traversés de courants d'air et mal éclairés; l'escalier de fer qui montait à l'entrée des artistes, mortel pour ceux qui entraient en scène trop rapidement; les spectateurs inintéressés ou saouls; le régisseur qui ne s'adressait jamais aux comédiennes sans jurer ou dire une obscénité.

Jakestown? Non! Non, ce n'était pas possible, pas après si longtemps!

On frappa à la porte.

Lucille voulut répondre mais aucun son ne sortit de sa bouche. On frappa de nouveau puis elle entendit tourner la clé qu'elle avait oubliée dans la serrure. Elle était pétrifiée, muette. Son regard était fixé sur la porte qui s'ouvrait lentement.

12

Il se tenait debout, sur le seuil, ressemblant, pensa Lucille, à une sinistre caricature de lui-même. Pendant un moment, elle le fixa d'un air hébété, incapable de prononcer une seule parole. Il ferma la porte et se dirigea à pas lents vers elle.

– Etonnée de me voir? dit-il.

Le ton désinvolte et assuré de sa voix était parfaitement odieux.

– Toi! dit-elle enfin d'une voix étranglée.

– Eh oui, c'est moi, répondit-il d'un ton moqueur. Une drôle de surprise, pas vrai? Eh bien, tu as l'air de t'être pas mal débrouillée.

Il jeta un coup d'œil autour de lui. Son regard se posa sur les magnifiques bouquets d'œillets et d'orchidées et sur les nombreux petits objets que Lucille emportait partout avec elle et qui, de façon très évidente, n'appartenaient pas à l'hôtel : une boîte à cigares en onyx et platine, des cendriers en quartz rose, des cadres pour photographies en cristal et argent, des coussins de satin et de brocart dont elle croyait naïvement qu'ils individualisaient n'importe quelle suite d'hôtel.

Il promenait son regard sur chaque objet et en évaluait la valeur. Un impressionnant étalage de bouteilles d'alcool retint son attention.

– Puisque tu me l'offres avec tant d'empressement, je vais me servir un scotch, dit-il la bouche tordue par un mauvais sourire, tandis qu'elle était incapable d'émettre une parole.

Il jeta son chapeau mou sur une chaise. Lucille fut saisie à la vue de ses cheveux gris. Au début, elle avait cru que ce n'était que la débauche qui avait altéré les traits de son visage mais maintenant elle constatait que c'était aussi l'âge. Elle fit un rapide calcul mental. Mon Dieu! Beau devait avoir près de soixante ans! Elle pouvait à peine le croire. Et pourtant, elle ne se souvenait que trop bien qu'il avait plus de quarante ans lorsqu'elle l'avait rencontré.

Elle se rappelait combien elle avait été flattée que cet homme, tellement plus âgé qu'elle, lui montrât de l'intérêt. Elle ne s'était pas rendu compte, à l'époque, de sa véritable nature. Elle apprit plus tard qu'il n'aimait que les femmes jeunes. Elle avait été flattée, pauvre petite imbécile, parce qu'il l'avait choisie parmi les autres filles de la troupe et l'avait invitée à dîner. Les autres l'avaient mise en garde.

– Beau n'est pas le genre d'hommes à fréquenter pour une jeune fille. Tiens-le à l'écart.

Mais Lucille ne les avait pas écoutés. Beau Brittain! Le nom, en soi, avait une résonance presque magique et, de plus, Lucille trouvait qu'il était, de loin, le plus bel homme qu'elle eût jamais vu. Elle devait comprendre, plus tard, la signification de ses poches sous les yeux et du léger tremblement de sa main lorsqu'il se versait un scotch.

Mais elle était bien trop entichée de lui pour prêter attention à autre chose qu'à la voix de Beau chuchotant des mots doux à son oreille, aux yeux de Beau dévorant sa jeune beauté. Elle pouvait encore se rappeler le frisson qu'elle avait ressenti lorsqu'il l'avait embrassée pour la première fois et la joie qui l'avait envahie parce qu'elle croyait avoir fait sa conquête. Capturer Beau Brittain, le plus grand acteur qu'elle eût jamais connu!

Encore maintenant, en évoquant cette expérience tragique, Lucille en aurait pleuré. Elle avait été si crédule, elle avait fait preuve d'une naïveté si ridicule! Elle avait même cru Beau lorsqu'il lui avait dit qu'il avait refusé un grand rôle à Broadway et avait accepté de jouer dans une troupe en tournée pour aider un ami. Oui, elle avait même cru ça, pauvre petite imbécile qu'elle était.

Elle l'avait trouvé merveilleux et n'avait pas dissimulé ses sentiments à son égard. Peut-être l'adoration très manifeste qu'elle lui avait témoignée l'avait-elle aidé, pendant une courte période, à tenir sa promesse de ne plus boire. Ce vice l'avait fait renvoyer de tous les théâtres convenables. Seules les troupes minables, comme celle qui avait engagé Lucille, acceptaient de prendre Beau Brittain à cette époque où il avait déjà eu une douzaine de condamnations pour ivresse sur la voie publique.

Le metteur en scène et le régisseur avaient fait tout leur possible pour prévenir Lucille mais elle ne voulait rien entendre. Au contraire, elle avait cru Beau lorsqu'il lui avait dit qu'ils étaient jaloux de lui. C'était d'un pas décidé et avec impatience qu'elle avait remonté la rue de Jakestown jusqu'à la maison du pasteur.

Ce ne fut qu'après leur mariage qu'elle commença à se rendre compte qu'elle n'avait pas été prise au piège par Beau mais par son sens de la respectabilité. La morale qu'elle avait héritée de son père l'avait condamnée à une vie de misère.

Beau n'avait pas souhaité l'épouser. Elle ne le comprit que plus tard. Il n'avait cherché qu'à la séduire et n'avait accepté le mariage que parce que c'était le prix à payer pour la posséder.

Si elle avait accepté de coucher avec Beau pendant une semaine ou deux, peut-être cette intimité lui aurait-elle suffi. Il se serait lassé d'elle et aurait chassé un autre gibier.

Les femmes ne jouaient dans sa vie qu'un rôle très secondaire. Mais lorsqu'il essayait de moins boire, il lui fallait une compensation et les femmes étaient le meilleur dérivatif qu'il puisse trouver à son obsession. Il ne s'intéressait sérieusement à elles que lorsqu'elles lui résistaient.

Son air de mauvais garçon faisait frémir les femmes de désir et elles lui couraient après, l'implorant presque de leur montrer sa méchanceté. En vérité, il n'était ni pire ni meilleur que la plupart des hommes de son espèce. Ce n'était qu'un ivrogne et s'il n'était pas saoul en permanence, c'était dû plus au manque d'argent qu'au désir de se réformer.

Lorsqu'il avait dépensé son dernier *cent*, Beau buvait de l'eau jusqu'à ce qu'il eût amassé une somme d'argent suffisante pour aller boire dans le premier saloon venu autant d'alcool qu'il pouvait en absorber. Il faisait des économies en vue de ses beuveries comme d'autres gens en font pour s'acheter une voiture ou une maison.

Il fallut trois ans à Lucille avant de découvrir toute l'horreur de la situation, trois années durant lesquelles elle le mit au lit, nettoya ses vomissures, mentit pour le protéger et versa des larmes amères sur son impuissance à aider un homme qui restait indifférent à tout ce qu'elle pouvait lui dire ou faire pour l'amender. Et cependant elle l'aimait.

Elle se demandait maintenant en le regardant se verser à boire, comment elle avait pu aimer si longtemps cette brute insensible qui lui avait toujours préféré une bouteille, même au début de leur mariage.

Elle remarqua, presque sans émotion, que ses chaussures étaient éculées, son costume élimé, et les plis de son pantalon luisants comme des lames de rasoir. Et pourtant, il avait un certain chic.

Sauf lorsqu'il était ivre, il conservait toujours une certaine allure. Son étonnante vitalité lui permettait, même lorsqu'il avait bu une dose d'alcool suffisante pour abattre un homme normal, de rester droit sur ses jambes et même de lancer des plaisanteries avec son air canaille, si charmeur lorsque Beau le voulait.

Beau remplit son verre de whisky et ajouta un soupçon d'eau. Puis, sarcastique, il porta un toast à Lucille.

– Dieu te garde! J'aimerais pouvoir en faire autant!

C'était son toast favori qui généralement déclenchait le fou rire des femmes auxquelles il l'adressait. Ces paroles firent un tel effet sur Lucille qu'elle se ressaisit. L'émotion, mêlée d'horreur, qui la paralysait, s'évanouit et elle fit face.

– Que fais-tu ici? demanda-t-elle. Et d'où viens-tu?

– Une seule question à la fois, ma chère, répliqua Beau et, s'asseyant dans un confortable fauteuil, il croisa les jambes. Tu es drôlement mieux, dis donc, continua-t-il. Tu es bien plus belle que lorsque je t'ai connue. Qui a fait sortir le papillon de sa chrysalide?

Lucille frappa du pied.

– Pourquoi es-tu là?

C'était inconcevable mais elle se sentait envahie par cette faiblesse qui la rendait incapable de réagir face à Beau. Il l'avait toujours dominée, toujours obligée à faire ce qu'il voulait! Toutefois, la peur rendit sa voix plus perçante.

– J'exige que tu répondes à mes questions.

– Pourquoi pas? Le récit de ma vie depuis que nous nous sommes vus ne sera pas long. J'ai été en prison.

Il sourit en prononçant ces mots. Elle comprit que non seulement c'était vrai, mais que c'était aussi la seule explication à son long silence.

– Je te croyais mort.

– C'est surprenant, mais je ne le suis pas. J'ai eu beaucoup d'aventures depuis que nos chemins se sont séparés. Voyons. Tu m'as quitté à Tankeville, n'est-ce pas? Je ne me souviens pas de ton départ. Lorsque je me suis enquis de toi, on m'a dit que tu étais déjà partie depuis un certain temps.

– Il est seulement surprenant que je sois restée si longtemps, dit Lucille d'une voix dure.

– Ne crois pas que je te critique, ma chère. J'en aurais fait autant à ta place. Tu m'as supporté avec beaucoup de patience. Je devrais vraiment t'être reconnaissant de m'avoir toléré si longtemps.

– Pourquoi es-tu revenu? lança Lucille.

Elle connaissait la réponse avant même qu'un sourire se fût dessiné sur les lèvres de Beau.

– Dois-je vraiment te le dire? Je suis dans mon état d'indigence habituel. Tu dois être très riche.

– Si tu crois que tu vas obtenir quelque chose de moi, tu te trompes.

– Vraiment? dit Beau en levant les sourcils. Je lisais hier soir une interview que tu as donnée à *l'Eclaireur du soir.* J'ai bien aimé le passage où Edward Jepson te découvre la première fois que tu montes sur des planches. Je crois que cet article avait comme titre : *De la salle de classe à la célébrité.* C'est amusant, mais je me rappelle très bien ton vingt-troisième anniversaire ou n'était-ce pas plutôt ton vingt-quatrième? Nous donnions une représentation à Mertown et tu m'avais persuadé de t'offrir une broche en strass qui te plaisait. Elle m'a coûté deux dollars cinquante, je m'en souviens parfaitement. Tu m'as même embrassé pour me remercier. C'était, m'as-tu dit, le bijou dont tu rêvais.

– Arrête! protesta Lucille d'une voix sourde.

– Je pense, en réalité, qu'il s'agissait de tes vingt-quatre ans. Je me demande si les journaux du dimanche seraient intéressés par mes mémoires? Je ne leur en demanderais pas un prix excessif.

Lucille respira à fond.

– Combien veux-tu?

– Pour mes mémoires?

– Pour sortir et ne jamais revenir. Dire que je te croyais mort! Quelle idiote a-t-il fallu que je sois pour ne pas croire que tu viendrais, tôt ou tard, me créer des ennuis!

– Est-ce créer des ennuis que de revenir à sa femme? Tu es toujours ma femme, que je sache?

– Je t'ai déjà dit que je te croyais mort. Si j'avais su que tu étais en vie, j'aurais divorcé, et rapidement.

– Ça aurait sûrement terni l'image de la petite écolière ingénue, de la petite fille innocente dont la première apparition sur la scène avait été remarquée par Edward Jepson. N'a-t-il aucune idée de ton âge véritable?

– Je te conseille de garder le silence sur mon âge, dit

Lucille, furieuse. Je t'ai demandé combien tu voulais. Tu ferais mieux de me dire ton prix avant que je n'appelle la police et te fasse jeter dehors.

– Pourquoi gaspiller ta salive en menaces dont tu sais très bien qu'elles auraient des conséquences bien plus fâcheuses pour toi que pour moi? Assieds-toi, détends-toi et parle-moi un peu de ma célèbre épouse.

– Comment as-tu découvert qui j'étais?

Beau gloussa.

– C'est en soi une bonne histoire. Si j'avais voulu te retrouver après ton départ de Tankeville, j'aurais, bien entendu, recherché Maria Schmidt. Mais je n'étais pas du genre à courir après une femme qui en avait assez de moi. J'étais complètement démuni en quittant l'hôpital et je n'aurais su que faire de moi-même si je ne m'étais lié d'amitié avec mon voisin de chambre qui était propriétaire d'un ranch. J'étais très faible et je ne me souvenais d'aucun des événements qui s'étaient déroulés après le mouvement de colère qui m'avait fait démolir un bar parce que cette sacrée musique, que le pianiste jouait, me tapait sur les nerfs.

» Ce fut Ted, mon ami propriétaire du ranch, qui me raconta comment m'étaient venues les entailles que j'avais sur le crâne et comment ma jambe avait été cassée. Il me ramena dans son ranch et, comme il était par conviction religieuse d'une extrême sobriété, il m'interdisait de boire. Dès que je fus guéri, je dérobai les économies de mon hôte, dissimulées sous le plancher, dans une cachette qu'il croyait secrète, et m'enfuis vers la côte.

» Malheureusement la police était à mes trousses. Aussi sur un coup de tête, je m'embarquai sur un pétrolier qui partait pour l'Afrique du Sud. Il y aurait beaucoup à raconter sur la traversée et les différentes péripéties de ce voyage inconfortable.

» Enfin, je finis par me retrouver en Irlande, à la recherche des membres de ma famille qui avaient continué d'écrire à mon père après qu'il eut émigré aux Etats-Unis. Je les retrouvai et ils me reçurent chaleureusement.

» J'imagine que tu savais que je ne m'appelais pas Beau Brittain. Mon véritable nom est Michael O'Grady. Les O'Grady furent heureux de m'accueillir parmi eux. Aussi m'installai-je chez eux et je découvris un peu cette Irlande sur laquelle j'avais interprété tant de chansons sentimentales.

Beau s'interrompit pour boire une gorgée de whisky.

– Intéressée? demanda-t-il.

Le visage de Lucille était figé comme la pierre.

– Continue. J'ai écouté le début, je peux aussi bien entendre la fin.

– Il ne me reste plus grand-chose à raconter. J'allai en Angleterre avec quelques-uns de mes cousins qui croyaient que les rues y étaient pavées d'or et qu'il y était aussi facile de trouver de l'argent que de ramasser des pommes de terre dans leur pays. Ils furent déçus et moi également. Nous décidâmes de nous séparer et, pour marquer l'événement, nous allâmes au pub le plus proche où nous nous jurâmes une amitié éternelle et levâmes plusieurs toasts à notre confrérie.

» Puis je les quittai. Mais comme je n'avais pas d'argent pour prendre un billet de chemin de fer, j'empruntai une voiture que son propriétaire avait garée en face du pub. Ce n'était ni sa faute ni la mienne si j'étais habitué à la conduite à droite avec un volant situé à gauche. Je roulais sur la route de Londres ou ce que je croyais être la route de Londres, lorsque pour éviter un camion, je fis une embardée et tuai un cycliste. Les juges qualifièrent l'accident d'homicide volontaire et me condamnèrent à quinze ans de prison. Grâce à ma bonne conduite, j'en suis sorti un an plus tôt et me suis retrouvé perdu dans un pays qui avait traversé l'enfer de la guerre sans que je m'en rendisse bien compte.

– Je ne t'ai demandé de raconter ta vie que pour savoir comment tu m'avais retrouvée, dit Lucille d'un ton froid.

– Oh! bien sûr. Pardonne-moi si je ne parle que de moi. J'ai un peu perdu l'habitude de penser aux autres. C'est en prison que j'ai appris pour la première fois ce qui était arrivé à Maria Schmidt. Nous avions des visiteurs parfois, des visiteurs de prison. Or, il n'y a rien au monde de plus ennuyeux que de passer une demi-heure en compagnie d'un visiteur de prison!

» Mais ils n'étaient pas tous aussi mauvais et je reçus la visite d'une vieille sorcière au visage en lame de couteau, mais qui parlait de sujets plus intéressants que les autres. Elle était très impressionnée par un film qu'elle avait vu la veille. Je ne me souviens plus de son titre. Elle m'avait vanté la beauté de l'héroïne devant laquelle elle était restée littéralement en extase. Et apprenant que j'étais moi-même monté sur les planches, elle me promit de m'apporter des revues de théâtre et de cinéma. Elle reconnut que les ouvrages mis à la disposition des prisonniers étaient horriblement ennuyeux.

» Une semaine après, je reçus une pile de magazines. Pour être sincère, ils ne m'intéressaient pas particulièrement. Contrairement à ce que la plupart des gens croient, on ne passe pas son temps, en prison, à penser à sa vie passée ou à faire des projets d'avenir. On se contente de vivre au jour le jour, de mener une existence rythmée par les heures des repas.

» Cependant, j'étais tout de même curieux de savoir ce qu'étaient devenues les stars qui étaient en vogue avant que je fusse mis en prison. Or, au beau milieu de la page de couverture, je vis ta photographie. C'était toi sans aucun doute! J'aurais pu me tromper sur ton visage mais pas sur tes jambes. Je pense être la première personne à avoir découvert combien elles étaient belles. Te rappelles-tu comme tu te fâchais contre moi parce que j'en faisais trop grand cas devant les directeurs de théâtre? Enfin, je n'étais pas près d'oublier ces jambes. Or, tu étais là, en couverture, Lucille Lund – Star de la Gaumont.

– C'est à ce moment que tu as pris la décision de me faire chanter dès que tu sortirais de prison.

– En fait, je n'ai pris aucune décision, répondit Beau. (Et Lucille le crut.) Si tu n'étais pas venue à Londres, je ne serais certainement pas en train de te parler maintenant. D'abord ça coûte horriblement cher de traverser l'Atlantique. Mais puisque tu es ici et que j'ai un faible pour le confort, j'ai trouvé très agréable de te rappeler que nous étions mariés légalement. J'ai passé la nuit dernière dans un foyer de l'Armée du Salut.

Il jeta un coup d'œil dans la chambre de Lucille par l'entrebâillement de la porte du salon. La lumière rose et tamisée que la lampe de chevet répandait sembla obscène plutôt qu'attrayante à Lucille.

– Je t'ai déjà demandé combien? dit-elle.

– Je n'ai pas encore fixé la somme, répondit Beau sans la moindre gêne. Puis-je me servir un autre verre?

– Non, tu ne peux pas. (Lucille lui arracha le verre des mains et le posa violemment sur la table.) Si tu crois que tu vas boire ici jusqu'à en être saoul, tu te trompes. Cela ferait un drôle de scandale. Je vais te donner de l'argent et tu vas partir tout de suite. Demain nous établirons une sorte de contrat. Je te verserai une certaine somme tous les mois ou toutes les semaines pour que tu te tiennes à distance.

Beau se mit à rire.

– Quelle brillante femme d'affaires tu es devenue! dit-il d'un ton railleur. Je me souviens du temps où je devais faire les comptes parce que tu trouvais cela trop compliqué!

– C'est faux! Tu en as toujours été incapable. Je me souviens qu'il fallait que je te force à me donner une partie de ton salaire, sinon tout serait parti en beuveries avant même que nous eussions payé le loyer.

– « Les hommes de mauvaise vie mènent une existence à leur image », dit Beau.

Lucille se souvint soudain de l'avoir entendu prononcer ces mêmes paroles, sur une scène branlante, au fin fond de l'ouest des Etats-Unis, devant un public de robustes cow-boys et de colons, accompagnés de leurs femmes qui l'écoutaient bouche bée. Ils avaient, pendant huit mois, fait une tournée avec une troupe dont le répertoire ne comprenait que des pièces de Shakespeare. On ne les aurait jamais gardés aussi longtemps si leurs salaires n'avaient été si bas qu'il était presque impossible à Beau de s'offrir à boire. Puis ils avaient atteint Gettesville et Beau s'y était livré à de tels excès que la troupe avait continué sans eux.

Le souvenir du désespoir que Lucille avait éprouvé ce jour-là était encore présent à son esprit. Beau avait terminé sa saoulerie en démolissant le saloon, ce qui arrivait d'ailleurs régulièrement, et lorsqu'il était sorti de l'hôpital, il avait dû faire face à une condamnation de police assortie d'une amende qui les contraignait à porter au mont-de-piété jusqu'à leurs vêtements.

Au moment même où elle avait demandé à Beau combien il voulait, elle s'était d'ailleurs souvenue qu'elle avait prononcé ces mêmes paroles dans des circonstances très différentes.

– Combien? avait-elle demandé, non pas à un, mais à une douzaine de propriétaires de saloon lorsqu'ils lui apportaient la note sur laquelle figurait le montant des dégâts que Beau avait causés.

– Combien?

Elle entendait résonner sa propre voix qu'elle rendait dure et métallique pour masquer son angoisse, car elle ne savait pas comment elle paierait.

Il y eut une autre occasion où elle dut demander « Combien? » Ce fut une expérience douloureuse dont le souvenir la blessait encore après de nombreuses années.

L'image d'une jeune fille s'imposa à son esprit. Elle pleurnichait tandis que son père hurlait de rage et que sa mère, assise, ne desserrait pas les dents. La colère paternelle se fondait sur des faits incontestables : la fille, qui était une petite sotte de dix-sept ans, brûlant d'envie de faire du théâtre, était restée plantée devant l'entrée des artistes pendant toute la semaine où la troupe avait séjourné dans sa ville. Elle envoyait des cadeaux à Beau : des fleurs qu'il avait mises directement à la poubelle, des cigarettes qu'il avait fumées et une cravate bon marché qu'il avait utilisée pour réparer un pied de chaise cassé.

Il s'était moqué d'elle comme il se moquait régulièrement de toutes ses admiratrices. Si la petite était rentrée chez elle après la représentation, ça ne serait pas arrivé. Mais elle avait attendu Beau à la sortie du théâtre et comme Lucille, qui avait quarante de fièvre, n'était pas là pour le surveiller, il avait emmené dîner la jeune idiote.

Elle avait peu d'argent sur elle, mais assez pour que Beau puisse boire. Puis, ivre mais pas suffisamment pour perdre toutes ses capacités, il l'avait séduite. Toutefois, comme Lucille l'avait fait remarquer un peu cruellement aux parents, elle avait très évidemment cherché à être séduite. Le lendemain soir, comme Lucille allait mieux, Beau n'avait plus besoin de sa jeune admiratrice.

Blessée par son indifférence, la jeune fille avait d'abord fait une scène puis était rentrée chez ses parents pour tout leur raconter. Comme d'habitude lorsque la situation se compliquait, Beau avait laissé Lucille seule face à la famille de sa victime.

Le père avait commencé par proférer des menaces. Puis, comprenant que ce genre d'attitude ne les mènerait à rien, il avait, petit à petit, maîtrisé sa colère. Lucille, en fin de compte, avait trouvé les parents raisonnables. Elle était désolée pour le père et même pour la mère qui était moins conciliante.

Ces parents avaient travaillé dur pour donner une éducation convenable à leur enfant. Les efforts qu'ils avaient fournis avaient laissé des rides profondes sur leurs visages et leurs mains rouges et calleuses. Ils parlaient pourtant avec fierté des progrès de leur fille à l'école et des relations qu'elle s'était faites dans la ville.

Parce qu'elle avait eu pitié des parents et aussi parce qu'elle voulait défendre Beau par tous les moyens qui étaient en son pouvoir contre les conséquences de ses actes insensés, Lucille avait posé la question dont elle savait qu'elle placerait la discussion dans son juste contexte.

– Combien?

Tout en prononçant ce mot, elle avait eu conscience que ces gens n'étaient pas de ceux qui demandaient de l'argent. Tout ce qu'ils voulaient, en compensation de l'offense faite à leur fille, était que son auteur fût jugé et puni.

– Je ne demande pas d'argent, avait dit le père d'un ton féroce. Tout l'argent du monde ne pourrait effacer le mal qui a été fait à notre Sarah. J'étais venu pour obliger ce maudit acteur à l'épouser; mais puisque vous êtes déjà sa femme, ça n'est pas possible. Que Dieu vous aide à le supporter!

– Je crois que je suis plus à même de m'occuper de lui que ne l'aurait été votre fille. Les mariages forcés ont peu de chances de réussir. Si vous voulez un conseil, donnez à votre fille un minimum d'éducation, ce qui évitera à l'avenir de pareils déboires.

Les paroles de Lucille avaient fait sortir la mère de son silence.

– Nous n'avons pas besoin de vos conseils, merci, avait-elle dit sèchement. Viens, Clem, nous n'obtiendrons rien ici, tu le sais bien. Je vais parler à Sarah lorsque nous serons rentrés. Ce genre d'aventure ne se reproduira pas, tu peux me croire.

– Ce n'était pas ma faute, disait Sarah en pleurnichant.

Son visage était bouffi et couvert de larmes.

– La prochaine fois que vous écrirez à un homme et lui enverrez des cadeaux, assurez-vous auparavant qu'il n'est pas marié, lui avait dit Lucille.

– Vous ne devez pas être bien vieille non plus, avait remarqué soudain le père. Je vous plains, madame, vous pouvez dire de ma part à cette fripouille que s'il sort indemne de l'aventure, c'est bien grâce à son épouse qui a su parler en sa faveur et le défendre. Dieu seul sait pourquoi vous le faites!

– C'est mon problème, avait répondu Lucille.

Elle les avait regardés tandis qu'ils quittaient la pièce. La fille s'était mise à pleurer de nouveau et le père avait esquissé un dernier mouvement, comme s'il eût voulu serrer la main de Lucille.

Lorsqu'elle s'était retrouvée seule, une sensation de faiblesse l'avait envahie et, à l'exemple de Sarah, elle avait eu envie de pleurer. Elle se représentait très bien les sentiments de la jeune fille. Elle n'avait pas seulement perdu sa virginité mais aussi tous ses rêves d'adolescente. Ses illusions s'étaient envolées en un instant, pour laisser place aux récriminations sordides, à une colère stérile et à un sentiment de faute irréparable.

Restée seule, Lucille avait caché son visage dans ses mains. Elle aimait Beau lorsqu'elle l'avait épousé et elle l'aimait encore. C'était bien cela le drame! Elle était furieuse contre lui, lorsqu'il était complètement ivre ou qu'il se comportait comme la nuit précédente, mais il suffisait qu'il la caressât, qu'il déposât un baiser sur ses lèvres pour qu'elle s'abandonnât à son étreinte aussi facilement que n'importe quelle petite innocente du genre de Sarah.

C'était une humiliation presque plus insupportable

que d'être mariée à un ivrogne. Lucille avait été convenablement élevée. Son père, Hans Schmidt, était un homme respectable et elle savait que, s'il avait rencontré Beau, il aurait eu le plus profond mépris pour lui. Et pourtant elle l'aimait.

Il ne s'agissait que d'un amour physique, du besoin que son corps avait de celui de Beau, du besoin naturel que la femme a pour l'homme. Non pas une mais cent fois, Lucille s'était dit qu'elle devait le quitter. Quand il était ramené par un compagnon de beuverie à leur domicile et qu'au prix d'un effort surhumain elle lui faisait monter l'escalier et le mettait au lit, elle restait debout, interdite, observant cette brute hébétée et puant l'alcool que l'on appelait son mari.

Il ronflait, l'odeur de l'alcool qu'il avait bu portait au cœur, ses vêtements avaient été souillés ou déchirés dans une rixe à laquelle il avait pris part. Lucille détournait alors son visage de lui avec une expression de dégoût.

« Demain, je partirai », se disait-elle tandis qu'elle passait la nuit assise sur une chaise ou recroquevillée par terre, enveloppée dans une couverture.

Lorsque le jour venait, Beau avait besoin d'elle. Mais parfois, il était trop malade et il restait étendu dans l'obscurité, avec de la glace sur le front et une soif que rien ne pouvait étancher. En d'autres occasions, il était d'humeur morose, parlait sur un ton désespéré de suicide et se plaignait de n'être utile à personne. D'une manière générale, il était sans force et entièrement dépendant de Lucille.

– Tiens-moi la main, la suppliait-il. Je me sens horriblement malade. Je ne pourrai pas jouer, ce soir. Tu sais, je ne pourrai pas.

– Il le faudra, Beau. Si je leur dis que tu es malade, ils sauront très bien pourquoi et, cette fois, ils nous mettront à la porte. Nous avons déjà été prévenus à deux reprises. Tu ne peux pas leur faire défaut ce soir. Ils ne te le pardonneraient jamais.

– J'ai un mal de tête atroce, se plaignait Beau. Ça m'est bien égal s'ils nous renvoient. Je n'irais pas au théâtre, même si le patron de la Goldwyn Mayer m'y attendait.

Mais d'habitude, il parvenait à y aller. Avec de la glace, du café noir et une douche toutes les heures, Lucille arrivait à effacer les effets de l'alcool. Puis, après une représentation pénible durant laquelle il se trompait dans son texte ou, carrément, avait des trous, il empruntait suffisamment d'argent à un ami et tout recommençait.

Et pourtant, Lucille ne se décidait pas à le quitter. Ils passèrent ensemble trois années infernales. Jusqu'au jour où, après une lente et insidieuse évolution, elle s'était sentie détachée de Beau : le charme était rompu. Elle se rendait compte qu'il avait perdu tout intérêt pour elle.

Mais même avec ce nouvel état d'esprit, il lui était difficile de le quitter. Ce ne fut qu'à l'occasion d'une bagarre à la suite de laquelle Beau avait été transporté à l'hôpital qu'elle trouva le courage de partir.

Elle l'avait quitté sans dire un mot, sans même laisser un message. Et lorsqu'elle fut partie, elle s'était demandé pourquoi elle avait tant tardé, pourquoi il lui avait toujours semblé si difficile de le faire. Un an plus tard, exactement, Edward Jepson la découvrait et un nouveau chapitre de sa vie commençait.

En observant Beau, avec son visage marqué par la débauche, ses vêtements misérables, son air pitoyable, Lucille se demandait ce qui se serait passé s'il avait toujours été avec elle lorsqu'elle avait rencontré Edward. Peut-être Beau ne l'aurait-il pas laissée partir ou, tout au moins, il aurait créé de telles difficultés qu'Edward se serait découragé.

Beau était très jaloux des autres membres de la troupe. Il n'était pas jaloux de Lucille en tant qu'actrice car il n'avait aucune raison de l'être. Elle était jeune et sans expérience et bien que Beau fût un acteur médiocre, il pouvait, s'il le voulait, interpréter ses rôles très convenablement.

Mais il était jaloux d'elle en tant que femme. C'était, certes, compréhensible. Seulement, sa jalousie n'était pas normale. Il ne craignait pas qu'elle lui fût infidèle mais qu'elle cessât de lui être dévouée. Il la désirait, avait souvent pensé Lucille, non pas parce qu'elle était séduisante mais parce qu'il aimait qu'on lui prodiguât des soins. Il dépendait d'elle comme un invalide dépend d'une infirmière ou un enfant de sa mère. Ce que Beau attendait d'elle, pensait Lucille, c'était qu'elle le protégeât comme une mère contre toutes les conséquences de ses actes.

Elle avait parfois éprouvé de la pitié pour lui et avait essayé de trouver des raisons psychologiques à cette dépendance. Mais, avant qu'elle eût pu dégager la vérité parmi toutes les histoires qu'il lui racontait, elle avait atteint un point où elle ne pouvait plus le plaindre et où il lui inspirait du dégoût, purement et simplement.

Et cependant, encore maintenant, après toutes ces années, alors qu'il n'était revenu que pour troubler son existence, Lucille éprouvait de la pitié pour Beau : ses cheveux, autrefois noirs et abondants, étaient gris et clairsemés, ses yeux dont l'éclat jadis était plein de fougue avaient une expression fatiguée, et l'on sentait le poids des ans peser sur ses épaules voûtées.

En tressaillant, Lucille rassembla ses esprits. Ce n'était pas le moment de s'émouvoir. Soudain, elle pensa à Randal. C'était Randal qu'elle allait épouser, Randal qui serait son mari et plus tôt Beau serait écarté, mieux ce serait. Elle ne pouvait pas divorcer, rien faire qui pût être rendu public et, pourtant, il fallait bien qu'elle se débarrassât de Beau.

– Je ne le ferais pas si j'étais à ta place, dit soudain Beau d'un ton moqueur.

– Que ne devrais-je pas faire? demanda Lucille étonnée.

– M'assassiner! Tu aurais beaucoup de difficultés à te débarrasser du corps. Je m'y connais. Mes camarades de prison parlaient souvent des différents procédés qu'ils avaient utilisés pour faire disparaître leurs victimes et je suis désolé de te dire que pas un n'y était parvenu.

– Je ne songeais pas à te tuer, dit Lucille, mais sa voix n'était pas convaincante.

Beau se mit à rire. Il avait toujours eu le don déconcertant de lire dans les pensées de Lucille et elle avait toujours attribué cette aptitude à leur grande différence d'âge. Mais maintenant elle en doutait. Il avait l'habitude, pour les approcher, de dire la bonne aventure aux femmes qui lui plaisaient. Cela impliquait de leur tenir la main pendant un bon moment et Lucille, qui avait été prise à ce piège, était plutôt sceptique lorsqu'elle voyait Beau agir de cette façon avec une autre femme. Cependant, elle se demandait maintenant s'il n'était pas réellement doué d'une seconde vue.

Elle se rappelait encore exactement, bien que cette scène se fût passée près de vingt ans auparavant, ce qu'il lui avait dit lorsqu'il avait regardé pour la première fois les lignes de sa main. Ils venaient de faire connaissance. Il ne savait donc rien sur le passé de Lucille. Or, il avait fait une description de sa famille qui était presque conforme à la réalité. Il lui avait dit que sa mère était morte et qu'elle n'avait pas été heureuse chez elle à cause de la présence d'une autre femme, une belle-mère probablement. Puis il lui avait prédit son avenir.

Il lui avait dit qu'elle connaîtrait beaucoup d'hommes mais que deux d'entre eux seulement joueraient un rôle important dans sa vie. Il avait ajouté qu'elle en épouserait un et qu'elle ferait une brillante carrière. Lucille avait beaucoup ri en entendant ces propos. Lorsqu'on gagne seize dollars par semaine, le plus grand succès auquel on puisse prétendre, c'est de s'en voir offrir dix-huit ou vingt.

Une ou deux fois, alors qu'elle était déjà une actrice hollywoodienne, elle s'était rappelé les paroles de Beau. Comme si elle craignait qu'il pût deviner sa pensée, elle se leva.

– Il faut réfléchir avec beaucoup d'attention à notre arrangement, dit-elle. Tu ferais mieux de revenir me voir demain. En attendant, tu ne dois parler de moi à personne. Personne ne doit savoir que nous nous connaissons.

– Il faudra payer mon silence, dit Beau, souriant.

– Je suis prête à le faire, répondit Lucille sèchement. Je t'ai déjà demandé plusieurs fois combien tu voulais.

– Il me semble que cent mille dollars feraient mon affaire, répondit Beau avec désinvolture.

Lucille, le souffle coupé, regarda Beau quelques instants. Il en profita pour aller se servir un autre verre de whisky.

– Tu es fou ! dit-elle enfin.

– Au contraire, je suis parfaitement sain d'esprit et, si l'on songe à mes habitudes, j'ai très peu bu, dit Beau avec une dangereuse douceur. Je viens de calculer la somme que tu avais dû économiser depuis douze ans. Même en tenant compte du fait que les journaux aient pu donner une estimation de tes revenus supérieure à la réalité, tu dois avoir amassé, d'une manière ou d'une autre, une jolie fortune.

– Quand bien même ce serait le cas, il n'y a aucune raison pour que je te la donne.

– Je n'en suis pas certain. Il me semble au contraire que bien des raisons te poussent à le faire. J'imagine que l'un des journaux du dimanche que l'on trouve ici me donnerait quelques milliers de livres, et non de dollars, contre le récit de ma vie conjugale avec l'une des stars du cinéma les plus connues du monde. Je vois d'ici les gros titres des journaux : *Mariage secret de*

Lucille Lund; Les années de tournées; Nuits de lutte près d'un mari ivrogne...

– Tu n'as aucune pudeur? lui lança Lucille.

– Pas beaucoup lorsque l'argent est en jeu. Tu devrais le savoir. J'avais toujours eu du respect pour l'argent et en prison j'ai découvert toute l'étendue de son pouvoir. Crois-moi, les hommes feraient n'importe quoi pour en obtenir. Ils ne se contentent pas de violer les dix commandements une douzaine de fois dans leur vie pour mettre la main sur quelques billets de banque, mais ils vont jusqu'à se livrer à des pratiques sexuelles répugnantes...

Beau avait terminé sa phrase sur un ton grave. Un frisson nerveux le parcourut comme s'il chassait de sa mémoire certains souvenirs trop horribles pour être rappelés. Puis il but d'un seul trait son whisky.

– ... Cent mille dollars, dit-il, et ensuite, si ça te fait plaisir, je m'embarquerai sur un bateau à destination de la Chine.

– Tu ne parles pas sérieusement, s'exclama Lucille. Nous en rediscuterons. Je te donnerai de l'argent. Une somme assez considérable, mais pas toute ma fortune.

– Tu sais très bien que tu disposes encore de beaucoup plus d'argent. Mais nous en reparlerons, soit. Si tu m'invites à dîner demain, je ne refuserai pas. Mais sache que ma décision est prise et je doute que tu puisses m'en faire changer.

– Je te tuerai plutôt que de te donner ce que j'ai gagné durant toutes ces années de travail.

Beau se mit à rire.

– Je savais bien que tu projetais un assassinat! Mais ça n'est pas si facile. La pendaison ou la chaise électrique sont des morts particulièrement désagréables!

Lucille prit son sac à main.

– Il est temps que tu partes. Combien veux-tu ce soir?

– Suffisamment pour descendre dans un hôtel convenable, commença Beau, puis, tandis que Lucille fouillait dans son sac, il s'approcha d'elle d'un mouvement rapide et lui arracha son porte-monnaie des mains.

Désarmée, Lucille le regarda compter les billets.

– Dix livres, dit-il. Enfin, ça pourrait être pis! Je te vois demain soir, ma jolie, et je te conseille d'avoir les cent mille dollars. Tu ferais mieux aussi de te munir de cinquante ou cent livres sterling qui me feront vivre jusqu'à la fin de la semaine.

– Sors d'ici avant que je ne te tue! hurla Lucille.

Elle pouvait à peine contrôler sa colère mais Beau continua de se moquer d'elle. Il prit son chapeau et le posa de biais sur sa tête puis, les mains dans les poches, il la regarda s'emporter pendant un moment. Il observait l'éclat des diamants autour de son cou et les mouvements frénétiques de ses jolis doigts couverts de bijoux.

– Tu es encore une sacrée jolie femme, dit-il enfin. Je me demande comment tu fais pour paraître si jeune. C'est malheureux que je devienne un vieillard. Il y a quinze ans, je ne serais pas allé ailleurs pour passer la nuit. Je serais resté ici et tu ne m'aurais pas résisté. Mais la prison rend impuissant. Il ne me reste plus qu'un amour – celui de l'argent. Dors bien, ma belle.

Il se pencha sur elle et pressa ses lèvres contre sa joue. Lucille sentit son haleine qui empestait l'alcool mais, avant qu'elle pût rassembler ses esprits et lui lancer toutes les insultes qui se pressaient à ses lèvres, Beau avait quitté la pièce. La porte claqua derrière lui et Lucille se retrouva seule.

Elle était tremblante de fureur, haletante; puis, lentement, sa colère s'apaisa et fit place aux larmes. Il y avait des années qu'elle n'avait pleuré, elle ne savait pas si elle pleurait parce qu'elle était effrayée ou qu'elle avait pitié d'elle-même, mais sans doute pleurait-elle simplement en pensant à sa jeunesse disparue pour toujours et à ces trois précieuses années gâchées à aimer un propre-à-rien.

13

Randal était habitué à ce que rien ne tournât rond juste avant la première, mais il lui semblait cette fois que les répétitions étaient les plus difficiles qu'il eût jamais connues.

La situation était encore aggravée par l'impossibilité dans laquelle il était de déterminer ce qui n'allait pas. On avait seulement une impression générale de désordre et de mauvaise synchronisation.

Il regrettait vivement de s'être laissé persuader par lord Rockampstead de présenter la pièce à Londres plutôt qu'à Manchester ou Glasgow comme c'était la tradition. Il n'était d'ailleurs pas le seul à être en désaccord avec le père de Jane sur ce point.

Mais lord Rockampstead était resté inflexible, en dépit de toutes les protestations qui s'étaient élevées contre sa décision. Il avait foi en cette pièce qu'il finançait et voulait que ses proches amis pussent assister à la générale. Il n'avait pas la patience d'attendre que la pièce fût représentée pendant six semaines en province afin que le jour où elle viendrait à Londres, le jeu des acteurs fût parfaitement rodé.

Il croyait en *Aujourd'hui et Demain*. Il était certain qu'elle serait la pièce la plus remarquée de l'année. Aussi voulait-il jouir de son succès, entouré des personnes qu'il aimait et dont il voulait connaître le jugement. Il n'avait aucune patience et Randal pensait maintenant que l'impatience dans le monde du spectable était souvent une cause d'échec.

Mais le sort en était jeté : la première d'*Aujourd'hui*

et Demain devait avoir lieu le 25 octobre. Toutes les dispositions avaient été prises pour que ce soit une soirée exceptionnelle. On avait fait une énorme publicité et il y avait déjà une liste d'attente pour les réservations. Il semblait donc que les auspices fussent favorables. Or, Randal était au désespoir.

Si seulement il avait su ce qui n'allait pas, peut-être eût-il été plus serein. Mais il n'en avait aucune idée, pas plus que Bruce Bellingham. Ils avaient tous travaillé si dur la semaine précédente que tout leur temps et toute leur énergie avaient été consacrés aux répétitions. Lorsqu'ils rentraient chez eux, le soir, ils s'écroulaient de sommeil et n'avaient plus la force de réfléchir.

Il y avait un malaise, Randal en était conscient, mais il était incapable d'en définir la cause. Certes, il avait la certitude que Lucille n'y était pas étrangère; mais il ne pouvait accuser la comédienne d'une faute précise.

Elle connaissait son texte sur le bout des doigts; elle faisait exactement ce qu'on lui demandait; elle était toujours très séduisante et s'était si bien prêtée à la publicité de la pièce que personne ne pouvait lui reprocher de ne pas mettre tout son poids dans la balance.

Cependant Randal avait l'impression qu'elle n'était pas elle-même. Depuis la soirée où elle lui avait dit qu'elle voulait l'épouser, ils avaient été seuls à peine plus de quelques secondes. Et même alors, elle ne lui avait dit que des banalités.

Elle lui semblait parfois tendue. Mais c'était bien naturel puisqu'elle travaillait près de douze heures par jour. Or, chacun, en fin de journée, était complètement épuisé.

Personne ne se serait plaint de la fatigue si les répétitions avaient été satisfaisantes; mais elles étaient tout à fait décevantes, Randal devait se rendre à l'évidence.

En observant Lucille qui répétait la dernière scène, il essayait de déceler ce qui n'allait pas.

La comédienne semblait sûre d'elle. On ne pouvait lui reprocher aucune défaillance et pourtant il manquait quelque chose à son jeu. Qu'était-ce exactement? se demandait Randal. Il savait que Bruce était aussi perplexe que lui. Mais, comme Randal, il était incapable de préciser son inquiétude.

Aucun reproche ne pouvait être adressé à la pièce. Après les modifications apportées au deuxième acte, conformément aux conseils de Sorella, son œuvre était presque parfaite. Il était impossible d'envisager une quelconque amélioration.

Lucille en portait seule la responsabilité, pensa Randal en la regardant dire au revoir à son amant et rester seule sur une scène vide. Le rideau se baissait alors et les spectateurs, devant cette scène tragique, devaient verser des larmes. Or, Randal n'éprouva aucune émotion.

Bruce était en train de parler avec l'acteur qui jouait le principal rôle masculin. Randal remarqua qu'au même moment Lucille se tenait un peu à l'écart, les bras pendants, le regard fixe, dirigé droit devant elle. Son visage semblait exprimer un profond désespoir. Mais pourquoi Lucille serait-elle désespérée?

Il jeta un coup d'œil à sa montre; 10 heures et demie. Il songea soudain qu'il en avait assez vu. Il ne salua personne avant de sortir par l'entrée des artistes et demanda au gardien de prévenir M. Bellingham qu'il était rentré chez lui.

– En avez-vous fini pour la journée, monsieur? demanda le vieil homme.

– J'espère qu'eux aussi ont fini, répondit Randal. S'ils sont aussi las de cette pièce que je le suis, ils vont bien vite rentrer se coucher et tout oublier.

Le gardien se mit à rire.

– N'ayez pas mauvais moral, monsieur, dit-il. Tout ira bien le jour de la première.

Randal ne prit pas la peine de répondre. Il marcha à pas rapides vers sa voiture. Combien de fois avait-il entendu ces paroles : « Tout ira bien le jour de la première ! »

– Qu'est-ce qui ne va pas ? Bon sang ! Qu'est-ce qui ne va pas ? marmonnait Randal en montant dans sa Bentley.

En roulant vers son domicile, il sentit un désir impérieux de parler à quelqu'un.

Pas à Lucille, ni à Bruce, et pas davantage à Edward ni à aucun de ceux que la pièce obsédait trop pour qu'ils puissent encore avoir une pensée originale, mais à une personne étrangère à la production, quelqu'un qu'il aimât et en qui il eût confiance.

Jane, bien sûr, était la personne indiquée. Elle avait tenu parole. Elle n'était jamais revenue au théâtre depuis le jour où ils avaient rompu leurs fiançailles et pratiquement, elle était sortie de la vie de Randal.

Il eut une envie soudaine de la voir. Elle était si jolie, si élégante ! Elle redonnerait de justes proportions à la situation. Les répétitions de la semaine précédente l'avaient accablé, ainsi que tous ses collaborateurs. Ils n'avaient tous vécu que pour la pièce. Ils s'étaient trop consacrés à elle pour garder leur lucidité.

Randal appuya sur l'accélérateur et battit tous les records de vitesse jamais atteints sur le Mail. Par chance, il y avait peu de circulation, car il pleuvait à verse. Il longea Hyde Park et atteignit bientôt Belgrave Square. Jane ne s'attendait pas à le voir, mais il espérait qu'elle serait seule. Même si elle avait de la compagnie, il la persuaderait d'aller avec lui dans un endroit tranquille où ils pourraient discuter, où il lui ferait part de ses soucis, où il goûterait au bonheur d'être compris et aimé d'elle.

Il sortit de la voiture et courut vers le portail d'entrée de l'hôtel de lord Rockampstead. Il sonna et la porte s'ouvrit.

– Mlle Crake est-elle chez elle ?

– Bonsoir, monsieur, dit le maître d'hôtel en souriant. Nous sommes contents de vous voir, monsieur. Vous ne nous avez guère honoré de votre présence ces derniers temps.

– Oui, en effet, répondit Randal en donnant son manteau à un domestique.

– Les répétitions se déroulent-elles bien, monsieur? demanda le maître d'hôtel. Nous sommes tous très impatients de voir la première. M. le baron a réservé des places au deuxième balcon pour tout le personnel.

– J'espère que vous ne serez pas déçus, répondit Randal.

– Je suis bien certain que nous ne le serons pas, monsieur, répondit le maître d'hôtel.

Tout en le suivant vers l'ascenseur, Randal se disait qu'il aimerait bien avoir une pareille confiance.

– Mlle Jane est dans son salon privé, M. le baron est absent. Il sera désolé de vous avoir manqué.

Randal ne pouvait répondre qu'il était content que M. le baron fût absent, même si c'était la vérité. Il voulait voir Jane et personne d'autre.

Le salon de Jane était une symphonie bleue et argent. Il était éclairé par des bougies qui créaient une ambiance calme et voluptueuse que Randal, dont les nerfs étaient à vif, trouva apaisante. Cette lumière était très flatteuse et lorsque Jane, qui était assise à son secrétaire, se tourna vers Randal, il la trouva plus belle que jamais.

Elle portait une robe de soirée en mousseline de soie jaune pâle, serrée à la taille par une ceinture incrustée de pierres de toutes les couleurs. De jolies boucles d'oreilles serties de saphirs encadraient son visage.

– Randal! s'écria-t-elle avec une expression de ravissement. (Elle courut vers lui les deux bras tendus.) Je pensais justement à toi, chéri. Pourquoi es-tu venu?

– La raison n'est-elle pas évidente? Pour te voir, répondit Randal.

Il entendit la porte que le maître d'hôtel refermait derrière lui. Alors, prenant Jane dans ses bras, il la serra contre lui.

– Je suis fatigué et soucieux, lui avoua-t-il, sa joue appuyée contre la sienne.

– Pauvre Randal! dit Jane d'un ton caressant. Viens t'asseoir et raconte-moi tout. Je vais te faire apporter à boire.

Il se laissa conduire jusqu'au divan, près du feu, et la regarda traverser la pièce pour aller sonner.

– Nous allons boire du champagne, dit-elle. Ça te fera du bien et puis ta venue à l'improviste me donne envie de m'amuser.

Elle décidait pour Randal qui était content de se laisser faire. Il but le champagne et, après le deuxième verre, sentit ses soucis s'estomper. Dans l'atmosphère lugubre et glaciale d'un théâtre où se déroulait, dans les pires conditions, la répétition d'une pièce qu'il avait écrite il ne se sentait pas le même homme que dans ce salon, assis devant une cheminée où brûlait un feu de bois, buvant du champagne avec une très jolie jeune femme qui faisait tout son possible pour le rendre heureux. Il ne parvenait même plus à s'expliquer le sentiment de découragement et de désespoir qu'il avait éprouvé l'après-midi.

– Parle-moi de toi, chéri, dit Jane. Que devient cette horrible femme? Oh, comme je la déteste!

– Tu parles de Lucille? demanda Randal d'une voix faible, sachant très bien à qui Jane faisait allusion.

Et, soudain, sans comprendre pourquoi, son désir de se confier le quitta.

Après tout, ce n'était pas si facile de faire part à Jane de ses soucis. Elle penserait qu'il exagérait les difficultés qui s'amoncelaient toujours avant une première.

– Je suis las du théâtre et de moi-même, s'entendit-il dire. Qu'as-tu fait ces derniers temps?

– J'ai pensé à toi. Tu ne peux savoir à quel point tu m'as manqué. Je hais Lucille Lund un peu plus chaque jour. Si sa participation à ta pièce n'était pas aussi essentielle, je crois que je prierais pour qu'elle tombe par la fenêtre et se brise le cou.

– Ne pense pas à elle et, surtout, ne parlons pas d'elle. Es-tu beaucoup sortie? Qui as-tu rencontré?

Au moment même où il posait ces questions, il avait conscience de n'être pas du tout intéressé par les réponses.

Une seule pensée occupait son esprit : sa pièce. La journée de travail qu'il venait de passer défila sous ses yeux. La répétition n'avait pas été bonne. Ils n'avaient pas accordé assez de temps à la dernière scène et le premier acte traînait en longueur. Il fallait qu'il en parlât à Bruce.

Jane bavardait et il n'avait pas la moindre idée de ce qu'elle disait. Il éprouva soudain le besoin urgent de revenir au théâtre et, s'ils l'avaient tous quitté, d'aller chez Bruce. Il fallait qu'ils discutent de ces problèmes ensemble. Il ne pouvait pas prendre de décision seul.

– ... C'était vraiment très amusant, conclut Jane.

– Vraiment? demanda Randal pour donner l'impression de s'intéresser au récit de Jane.

– Si tu avais vu la tête de Diana. Elle ne savait pas comment prendre cette réflexion. Pendant un instant, elle crut qu'elle devait se fâcher puis elle décida de la traiter en plaisanterie. Bien sûr, tout le monde savait que son auteur l'avait faite dans un tout autre esprit.

– Oui, bien entendu, murmura Randal.

– Chéri, ton verre est vide.

– Merci, j'ai assez bu.

– C'est ridicule. Il reste presque la moitié de la bouteille. Tu ne peux pas la laisser gâcher, dit Jane en lui remplissant son verre.

Randal sentit sa tête lui tourner. Il se souvint qu'il

n'avait rien mangé de la journée, à l'exception d'un sandwich avalé en deux minutes à l'heure du déjeuner.

S'il rentrait chez lui, Sorella lui préparerait une omelette et il boirait de ce délicieux café que seule la jeune fille savait faire. Peut-être ferait-il mieux de partir et de demander à Bruce de venir chez lui.

– Chéri, tu es fatigué!

– Oui, je crois que je ferais mieux de rentrer me coucher.

Randal allait se lever quand soudain Jane vint s'asseoir près de lui et, l'entourant de ses bras, attira sa tête sur son épaule.

– Mon pauvre Randal, tu travailles trop, dit-elle doucement.

Il sentit les doigts de la jeune femme qui lui caressaient le front. Elle les appliqua sur ses yeux fatigués puis les fit descendre le long de ses joues. Elle les arrêta sur son cou et, avec une ardeur que Randal ne lui avait jamais connue, elle pressa ses lèvres contre les siennes.

Pendant un instant, il résista à ses baisers. Il était bien trop préoccupé pour se livrer à des ébats amoureux. Mais rapidement, les caresses de Jane éveillèrent en lui un désir irrésistible.

Cette femme qui se pressait contre lui était Jane, Jane qui lui avait si souvent semblé froide et distante et qui, à une certaine époque, avait été hors de sa portée. Il l'enlaça et il sentit, au même instant, la jeune femme se serrer plus fortement contre lui. Ils s'animèrent d'une même passion jusqu'au moment où Randal se sentit plonger dans un état d'extase qui lui fit oublier tous ses soucis. Seul son désir de plus en plus violent pour le corps de Jane subsistait.

Deux heures plus tard, Randal descendit lentement l'escalier. Il n'y avait personne dans le hall, bien que les lumières fussent allumées. Son manteau était posé sur une chaise. Il l'endossa et quitta la maison sans bruit.

Lorsqu'il fut au volant de sa Bentley, il se rendit compte de ce qui venait de se passer. Pendant un instant, il se mit à haïr Jane car elle avait détruit une des dernières illusions qui lui restaient. Il l'avait crue différente des autres femmes. Sans doute voyait-il en elle la femme idéale qu'il avait toujours recherchée sans pouvoir la définir.

Mais il devait maintenant reconnaître qu'en ayant cru que Jane incarnait cet idéal, il s'était trompé. C'était une jeune femme jolie et séduisante mais qui n'était pas unique. Elle ressemblait à toutes ces autres jolies femmes qu'il n'avait possédées que trop facilement et qui ne l'avaient jamais aimé pour lui-même mais pour sa virilité.

Si seulement il pouvait savoir ce qu'il voulait, pensa Randal. S'il pouvait exprimer clairement ses désirs. Mais ce quelque chose qu'il poursuivait depuis si longtemps restait insaisissable, tout comme l'intrigue d'une nouvelle pièce qui traversait soudain son esprit puis s'évanouissait. Un frisson le parcourait alors, identique à celui qu'il ressentait lorsqu'il voyait pour la première fois une femme dont il croyait qu'il pourrait l'aimer; puis brusquement l'enchantement auquel il avait succombé se brisait et il se retrouvait seul de nouveau, profondément déçu.

Ce sentiment de déception, Sorella lui avait prédit qu'il l'éprouverait. « Si vous épousez Jane, vous serez déçu. »

Ces paroles résonnaient encore à ses oreilles et il se souvenait seulement que, elles lui avaient déplu. Mais maintenant, il se rendait compte qu'elle avait raison. Il était déçu par Jane. Elle avait trahi l'image qu'il s'était faite d'elle.

N'était-ce pas Sorella, aussi, qui avait dit : « Les gens sont si égoïstes »?

C'était la vérité. Jane était égoïste. Il s'était attendu à

tellement plus de générosité de sa part et, maintenant, il était forcé de reconnaître qu'il n'y avait rien à espérer d'elle.

Sa vie lui apparut comme un pèlerinage. Il lui semblait qu'il marchait sur une route sinueuse qu'il devait suivre jusqu'au bout. Souvent, il croyait toucher au but mais, après un moment de repos, il devait se rendre à l'évidence : il s'était trompé. Ce qu'il avait atteint n'était qu'un mirage.

Il était comme un pèlerin cherchant le chemin menant à un lieu de culte inexploré que l'on ne mentionnait pas sur les cartes. Un mirage : c'est ce que Jane avait été.

Décevante, égoïste. Ces mots le hantaient. Il s'endormit en les répétant à voix basse et, lorsqu'il s'éveilla le lendemain, ils étaient toujours sur ses lèvres.

Hoppy entra dans sa chambre avant même qu'il eût commencé à prendre son petit déjeuner.

– Je suis désolée de vous déranger de si bonne heure, Randal, mais il faut que vous me signiez ces lettres. Je ne vous dérangerais pas si elles n'étaient pas urgentes.

– Donnez-les-moi.

Randal apposa sa signature sans même regarder ce dont il s'agissait, ce qui n'était pas dans ses habitudes, à moins qu'il ne fût trop pressé ou soucieux. Aussi Hoppy le regarda-t-elle avec une expression inquiète.

– Quelque chose ne va pas? demanda-t-elle.

– Qu'est-ce qui n'irait pas? répondit Randal d'un ton tranchant.

Hoppy eut alors la certitude que ça n'allait pas du tout. Mais comme elle avait du tact, elle ne dit rien. Elle se contenta de rassembler les lettres et quitta la pièce.

Une demi-heure plus tard, lorsque Randal sortit de sa chambre, il trouva Sorella qui l'attendait dans le hall. Elle portait un nouveau manteau et était coiffée d'un petit béret vert du même ton que sa robe.

– Puis-je vous accompagner, ce matin? demanda-t-elle d'un air mélancolique.

– Si vous voulez, répondit Randal avec mauvaise grâce.

Ils descendirent dans l'ascenseur sans dire un mot. Une fois dans la voiture, elle demanda doucement :

– C'est la répétition générale aujourd'hui, n'est-ce pas?

Randal grommela une réponse et se faufila avec hardiesse entre les voitures qui encombraient Park Lane.

– Puis-je dire quelque chose? demanda Sorella après quelques instants.

– Au sujet de la pièce? Si c'est pour me dire que quelque chose ne va pas, je le sais déjà.

– Je sais bien que vous le savez. J'étais au théâtre, hier après-midi. J'y suis restée jusqu'à 6 heures, puis Hoppy m'a demandé de rentrer avec elle. C'est la raison pour laquelle je suis partie.

– Et quelle est votre conclusion?

Il parlait d'une manière sarcastique comme il ne l'avait pas fait depuis longtemps. Sorella lui jeta un regard en dessous mais ne sembla pas y attacher d'importance.

– Lucille est inquiète et malheureuse.

– Eh bien, si elle l'est, ce n'est pas ma faute.

Randal pensa à la semaine qui venait de s'écouler. Il n'avait rien à se reprocher qui pût être à l'origine de l'humeur sombre de Lucille. Il avait été très gentil avec elle. Il lui avait montré de l'affection et de la considération.

Non, certes, si Lucille était malheureuse, on ne pouvait l'en rendre responsable. Sorella devait se tromper. Il n'en était toutefois pas certain car il était rare que la jeune fille n'eût pas raison.

– Peut-être Edward pourrait-il découvrir ce qui la préoccupe, suggéra Sorella. Il sait que quelque chose ne va pas. Je l'ai entendu dire hier à quelqu'un : « Si seulement je savais ce qui tourmente Lucille. Elle se tait et lorsqu'elle ne dit rien, c'est sérieux. »

Randal reconnut immédiatement le bien-fondé de ces propos. Lucille était restée silencieuse. Elle était généralement si volubile qu'il était impossible qu'on ignorât sa présence. Elle dominait tout. On ne voyait qu'elle sur la scène. Randal avait cerné le problème.

Il avait compté sur Lucille pour mener la pièce du début à la fin. Le rôle de Marlène avait été écrit pour une comédienne au caractère affirmé. Inconsciemment, il avait écrit cette pièce pour Lucille bien qu'il ne fût pas certain, à l'époque, qu'elle en interpréterait le rôle principal. Seule la présence d'une comédienne dominant tous les autres acteurs pouvait assurer le succès de la pièce.

Or, Lucille disait son texte, se déplaçait exactement comme on le lui demandait, mais elle jouait sans être concernée. Seuls l'âme et l'esprit de Lucille pouvaient faire d'*Aujourd'hui et Demain* un succès.

Sorella avait raison, parfaitement raison. Et cependant, par méchanceté, Randal refusait de le reconnaître devant elle. Ils échangèrent à peine quelques mots jusqu'à leur arrivée au théâtre et Randal quitta la jeune fille dès qu'ils eurent pénétré dans l'édifice. Imaginant qu'elle traverserait les coulisses et irait rejoindre l'orchestre, il se précipita au premier étage où se trouvait la loge de Lucille.

La vieille Maggie, son habilleuse, était là. Tout le monde l'aimait, bien qu'elle pût être un véritable démon lorsqu'elle était énervée ou qu'elle trouvait que Lucille n'était pas assez attentive. Toutes les lumières étaient allumées. Un feu de bois brûlait en jetant de vives lueurs. Le parfum des innombrables fleurs qui décoraient la pièce se mélangeait à l'odeur suave des eaux de toilette de Lucille.

– M. Jepson est-il arrivé, Maggie? demanda Randal.

– Bonjour, monsieur Gray, répondit Maggie. Oui, il était ici il y a un instant. Il ne doit pas être loin.

Au même moment, Randal entendit un bruit de pas dans le corridor. Edward arrivait.

– Edward, je veux te parler, s'écria Randal.

– Entendu, mon vieux. Il y a une loge vide que j'ai réquisitionnée pour mon usage personnel. Tu sais combien de gens je dois voir lorsqu'on monte une pièce. Or, Lucille ne veut pas que je parle affaires dans sa loge. Elle dit que ça crée une mauvaise ambiance.

Edward introduisit Randal dans la pièce. Elle était très différente de la loge de Lucille. Elle avait pour tout mobilier une table en bois blanc et deux chaises qui se reflétaient à l'infini dans les miroirs couverts de poussière qui étaient suspendus aux murs.

– Je n'ai pas encore eu le temps de la meubler, dit Edward avec un sourire. Mais je n'ai pas oublié l'essentiel.

Il sortit une bouteille de whisky d'un placard et posa deux verres sur la table.

– Sers-toi, dit-il.

– Il est encore trop tôt pour moi, répondit Randal.

– Oh! j'en supporterai bien un petit, dit Edward en se servant deux doigts de whisky qu'il but d'un trait. Et maintenant, dis-moi quel est ton problème?

– C'est à moi de poser cette question, dit Randal. Qu'est-ce qui ne va pas avec Lucille?

Edward leva les sourcils, ne sachant d'abord que répondre; puis il décida de ne pas tergiverser.

– Si seulement je pouvais le savoir!

– Tu ferais mieux de trouver. La première a lieu demain. Si les représentations se déroulent comme la répétition d'hier, nous fermerons le théâtre à la fin de la semaine.

– Et que reproches-tu à Lucille? demanda prudemment Edward.

– Elle se contente de réciter son texte. Et tu sais aussi bien que moi que ça ne suffit pas. Marlène est un personnage hors du commun. Elle a une telle personnalité que personne ne peut l'ignorer. Lucille, par sa stature, ne doit pas seulement effacer tous les autres comédiens mais il faut aussi qu'elle subjugue le public, sinon il quittera la salle avant la fin de la représentation. Tu as compris?

– As-tu une idée de ce qui la tourmente? demanda Edward.

– Si tu sous-entends par là que j'en suis responsable, la réponse est non. J'ai satisfait à toutes ses requêtes, absolument toutes.

Edward plissa les yeux en regardant Randal.

– Pourrais-tu préciser ce que tu entends par absolument toutes?

– Lucille pourra te l'expliquer elle-même en temps voulu.

– Je comprends.

Edward se servit un second verre de whisky.

Ils entendirent soudain résonner le pas de Lucille dans le couloir. On en reconnaissait le bruit entre tous. Elle entra dans sa loge en laissant la porte claquer derrière elle.

Edward vida son verre et replaça la bouteille de whisky dans le placard.

– Tu ferais mieux d'aller voir ce qui se passe sur la scène et de me laisser seul avec elle, dit-il.

Randal le vit s'éloigner dans le corridor et entrer dans la loge de Lucille sans frapper. Un instant plus tard, Maggie sortit et resta près de la porte, appuyée contre le mur, avec une expression de mécontentement sur le visage. Elle avait horreur qu'on la priât de sortir de la loge de Lucille. Elle considérait toujours cela comme un affront personnel. Randal attendit quelques minutes, puis descendit l'escalier qui conduisait à la scène.

L'héroïne n'apparaissait dans le premier acte qu'au

bout d'un quart d'heure. La répétition générale commença très bien, mais Randal était nerveux. Il attendait le moment où Lucille ferait son entrée, se demandant si elle serait toujours la même, ou si Edward aurait réussi à découvrir ce qui la tourmentait et à la rassurer.

Lorsque son tour d'entrer en scène arriva, Lucille n'était toujours pas là. On l'attendit pendant un certain temps, tandis que résonnait la voix du régisseur qui criait :

– Mademoiselle Lund, s'il vous plaît! Mademoiselle Lund, s'il vous plaît!

Les comédiens qui étaient déjà très tendus semblèrent s'effondrer. Randal comprenait leur abattement. Bruce qui passait et repassait ses doigts dans ses cheveux jeta soudain son manuscrit sur la scène.

– Où est Lucille? demanda-t-il, furieux.

Il n'y eut aucune réponse. Chacun semblait attendre. C'était comme une grande machine arrêtée brusquement dans son mouvement.

– Où est Lucille? répéta Bruce en se tournant vers Randal.

– Je vais voir ce qui se passe, répondit ce dernier.

Il longea le premier rang des fauteuils d'orchestre en direction de l'entrée des artistes. Sorella était assise au bout. Elle regardait en direction de la scène et ne le vit pas approcher jusqu'au moment où il fut derrière elle. Elle se tourna alors vers lui et se leva prestement. A ce moment, un employé du service de la direction qui descendait l'allée en direction de Sorella demanda :

– Etes-vous mademoiselle Forest? On vous demande au téléphone.

– Moi? questionna Sorella avec une expression de surprise. (Puis, regardant Randal :) Je me demande qui ça peut être?

– Probablement Hoppy, répondit Randal.

– Oh! bien sûr, dit Sorella en souriant et elle remonta l'allée.

Le bureau de la direction était rempli de monde. L'employé qui était allé chercher Sorella lui indiqua le téléphone. Comme l'avait pensé Randal, la voix de Hoppy résonna dans le récepteur :

– Est-ce vous, Sorella?

– Oui, Hoppy. Qu'y a-t-il?

– Il faut que vous rentriez à la maison immédiatement. A la minute, comprenez-vous? C'est très important. Quelqu'un vous attend.

– Qui est-ce?

Sorella comprenait Hoppy avec difficulté car beaucoup de gens parlaient autour d'elle.

– Je ne puis vous le dire au téléphone, répondit Hoppy d'une voix que Sorella trouva étrange.

– Je saute dans un taxi et rentre aussi vite que possible, dit Sorella.

Elle reposa le récepteur et remercia l'employé qui l'avait prévenue. Avant de sortir, elle jeta un dernier regard vers la scène. Les comédiens, immobiles, attendaient toujours dans une attitude de profond abattement. Seul Bruce montrait des signes extérieurs d'énervement. Il arpentait la scène de long en large et passait sans cesse ses doigts dans ses cheveux.

Sorella poussa un petit soupir. Elle aurait voulu rester pour voir ce qui allait se passer. Elle savait à quel point il était important pour Randal que Lucille fît ce qu'on attendait d'elle.

Sorella soupira de nouveau. Il ne servait à rien d'attendre. Hoppy lui avait demandé avec insistance de rentrer tout de suite.

« Je dois faire comme elle m'a demandé », pensa Sorella, et elle sortit d'un pas décidé. Elle aurait aimé que Randal fût là afin de jeter un dernier regard vers lui avant de sortir.

14

Lorsque Edward entra dans la loge, il fit comprendre à Maggie qu'il voulait être seul avec Lucille.

– Nous n'avons pas le temps..., commença l'habilleuse, mais Edward l'interrompit brutalement.

– Fichez-moi le camp! hurla-t-il.

Maggie sortit dans le couloir en marmonnant et claqua la porte derrière elle. Lucille se tourna vers Edward et demanda en levant les sourcils d'un air étonné :

– Aurais-tu un problème?

– Oui.

La comédienne posa le crayon gras qu'elle avait à la main.

– Quel est-il?

Edward crut relever une note d'appréhension dans sa voix.

– Pour parler sans détour, chérie, il s'agit de toi, dit-il.

Il lui sembla qu'une expression de soulagement se dessinait sur le visage de Lucille.

– ...Tu as très mal joué, pendant les répétitions, mon ange, continua-t-il, et je ne suis pas le seul à m'en être aperçu.

– Très mal? (Lucille se leva dans un mouvement de colère.) Vous n'avez pas le droit de dire cela. Je connais mon texte sur le bout des doigts et je fais exactement ce que Bruce et Randal me demandent.

– Mais c'est l'ensemble qui ne va pas. Tu fais ce qu'ils te demandent et rien de plus. Or, tu sais comme moi-même, que ça n'est pas assez et le public demain sera de cet avis.

– Tu dis n'importe quoi, dit Lucille, agressive.

Edward poussa un soupir et ses mains, profondément enfouies dans ses poches, firent tinter les pièces de monnaie qui s'y trouvaient. Il attendait. Par expérience, il savait qu'il valait mieux se taire.

Lucille, lui tournant le dos, se dirigea vers l'autre extrémité de la pièce. Elle portait la blouse de lin blanc qu'elle mettait toujours pour se maquiller. La pureté du blanc allié à la sévérité de la coupe donnaient à Lucille un air de jeunesse inhabituel. « Elle ressemble à une communiante », pensa Edward. Lorsqu'elle se retourna, il fut saisi par l'expression inquiète de son visage.

– Lucille, mon petit, qu'y a-t-il? demanda-t-il d'une voix grave et tendre.

Elle leva les yeux vers lui puis serra ses mains d'une étrange manière, comme si elle voulait les tordre.

– Je ne peux pas te le dire, Edward.

– Ecoute, chérie, si tu es inquiète ou dans une situation difficile, c'est le moment de faire appel à moi. Je suis là pour ça, pour veiller sur toi, pour tenir les loups à distance, quels qu'ils soient.

Lucille émit un son qui ressemblait à un sanglot ou à un rire étouffé.

– Il ne s'agit pas de cela, Edward.

– Je croyais que peut-être Randal...

– Non, non! s'écria Lucille. Il ne s'agit pas de Randal. Ça n'a rien à voir.

Elle avait l'air affolée. Edward, étendant son bras solide, attira la jeune femme vers lui.

– Ecoute, ma petite chérie, il faut dire à ton vieil ami ce qui te tourmente. Quel que soit ton problème, je trouverai une solution, je te le promets. Il y a peu de problèmes que je ne puisse résoudre lorsque je fais travailler mon cerveau.

– Tu ne peux pas trouver de solution à celui-là.

Un instant, elle sembla sur le point de succomber sous la pression paternelle et puissante du bras d'Edward. Elle appuya sa tête contre son épaule, mais soudain elle repoussa son ami d'un geste nerveux et marcha jusqu'à la chaise placée devant sa coiffeuse.

Elle s'y laissa tomber et observa son visage dans le miroir.

Même dans cet état de vive inquiétude, elle était très belle. Elle s'était attendue à découvrir un visage à l'expression hagarde, défiguré par l'affolement, mais au contraire, la glace lui renvoya l'image d'une très jolie femme dont le teint avait la coloration tendre d'un pétale de rose. Ses yeux, grands et superbes, n'exprimaient que la gravité feinte d'une héroïne de film et sa bouche, au lieu d'être déformée par la douleur morale, avait une moue provocante.

– Eh bien? dit Edward, comme s'il la rappelait à l'ordre.

Lucille, soudain, sembla décidée à parler.

– Si tu veux savoir la vérité, tu l'auras... J'ai tué un homme!

Avant de répondre, Edward fit tinter ses pièces de monnaie.

– Et comment as-tu fait, mon ange?

– Je l'ai assassiné. Comprends-tu? Je l'ai tué!

Edward sortit une de ses mains de ses poches pour se gratter le nez.

– Un homme que je connais?

Les lèvres de Lucille se crispèrent.

– Mon mari.

Cette fois, Edward fut stupéfait.

– Ton mari? répéta-t-il lentement. Raconte-moi tout depuis le début, ma chérie. Où l'as-tu trouvé et comment s'appelle-t-il?

Lucille fit le récit de sa vie. Elle ne refusait plus de parler. Au contraire, un flot de paroles jaillit de ses lèvres comme si elle ne pouvait plus les contrôler. Elle raconta à Edward dans quelles circonstances elle avait épousé Beau à l'âge de vingt ans. Elle lui dit combien, au début, elle avait été amoureuse de son mari, mais quel enfer avait été sa vie après la cérémonie de mariage.

Elle raconta tout avec simplicité et n'eut pas besoin

d'exagérer pour faire comprendre à Edward quelle avait été sa détresse lorsque, engagée avec Beau dans des troupes de troisième ordre, elle partait faire des tournées en province. Son impresario devina sans peine toute l'horreur de ces voyages : les longues nuits passées dans les trains aux banquettes trop dures; les heures d'attente, interminables, dans des gares balayées par les courants d'air; l'inconfort des hôtels dans lesquels leur pauvreté les forçait à descendre. Edward se représentait très bien quels sentiments de misère et d'abandon Lucille avait pu éprouver. Mais il comprenait aussi pourquoi Beau avait cherché une consolation dans la boisson.

Puis Lucille, continuant son récit, dit à Edward qu'elle avait cru Beau mort jusqu'au moment où il l'avait surprise au Savoy.

– Il m'a demandé cent mille dollars, dit-elle. Et comme je refusais de les lui donner, il menaça de raconter ma vie aux journaux. Il connaissait parfaitement mon âge et savait quel préjudice cette révélation me causerait auprès du public. Il m'avait mise au pied du mur. Je le renvoyai le premier soir. Avant de partir, il vida mon porte-monnaie et m'avertit qu'il reviendrait le lendemain. J'étais absolument désespérée, Edward.

» Quand bien même je lui aurais donné les cent mille dollars, ce qui représente à peu près la totalité de mes économies, je n'aurais pas eu la garantie qu'une fois l'argent empoché il garderait son secret pour lui. Il aurait pu faire ses révélations à n'importe quel moment par besoin d'argent ou simplement par désir de me nuire. Je passai toute la nuit éveillée, hantée par de sombres pressentiments et, lorsque le jour vint, je pris ma décision.

Lucille s'interrompit. Edward remarqua qu'elle serrait ses mains l'une contre l'autre avec tant de force que les articulations en étaient blanches.

– ...C'était mal, c'était horrible, je m'en rends

compte maintenant. Mais au moment où je l'ai fait, je ne pensais qu'à me débarrasser de lui et à le faire taire pour toujours.

– Qu'as-tu fait?

Lucille fut parcourue par un frisson.

– J'ose à peine te le dire. Il fallait que je sois folle mais je voulais en finir avec lui, non seulement parce que j'avais peur, mais aussi parce que je le haïssais. Il représentait tout ce que j'avais connu de sordide et d'ignoble dans ma vie, un horrible cauchemar auquel j'avais réussi à échapper et que je croyais à jamais oublié. Sa présence me rappelait tous les instants odieux que j'avais vécus. Il me semblait que j'étais de nouveau cette femme misérable et cette mauvaise comédienne que j'avais été.

» Lorsque je t'ai rencontré, tu as changé mon existence. Tu m'as changée moi-même. Je ne pouvais pas supporter de redevenir cette comédienne d'autrefois, craintive et sans talent.

– Qu'as-tu fait? répéta Edward.

On frappa violemment à la porte puis la voix stridente du régisseur résonna. Ni Edward ni Lucille n'y prêtèrent attention. Ils restèrent silencieux quelques instants puis, après avoir respiré profondément, Lucille répondit à Edward :

– Pendant la guerre, je connaissais un pharmacien qui était amoureux de moi. Je ne pense pas que tu puisses t'en souvenir. Je le voyais rarement mais il était fou de moi. Il avait d'ailleurs un comportement un peu anormal. Sans doute était-ce dû aux heures terribles qu'il avait vécues lorsqu'il avait fui la Pologne envahie par les Allemands.

» Il avait la conviction que les Allemands envahiraient tôt ou tard les Etats-Unis et il m'avait conseillé de me suicider lorsque l'événement se produirait, plutôt que de fuir. Il me parlait pendant des heures des tortures que les Nazis nous infligeraient, le jour où ils auraient conquis le monde. A l'occasion d'une de ses sinistres prédictions, il me donna une petite fiole contenant de la morphine et me fit jurer de toujours la garder avec moi. Elle renfermait six comprimés. Il me dit que deux comprimés seulement étaient une dose mortelle mais il me les donna tous les six au cas où je voudrais les partager avec une personne chère.

» J'imagine qu'il pensait à lui-même. J'acceptai la morphine, que je rangeai dans mon écrin à bijoux, et cessai de voir cet homme dont les récits d'atrocités finissaient par m'ennuyer. Je pensais que la morphine était en sécurité là où je l'avais mise et je ne la changeai jamais de place. On ne sait jamais quand on peut en avoir besoin.

– C'est ce que tu as donné à Beau?

– Oui. J'ai émietté les six comprimés et je les ai mélangés à une demi-bouteille de whisky. En secouant bien, ils se sont parfaitement dissous.

– Et Beau a bu cette mixture?

– Je ne sais pas. Lorsqu'il est revenu le lendemain pour prendre l'argent je lui ai dit que je faisais de mon mieux pour rassembler la somme. Je lui ai donné cinquante dollars et je l'ai invité à revenir à la fin de la semaine. Bien sûr, il a voulu boire. Il était incapable de rester tranquille un moment sans un verre à la main. Je lui ai servi généreusement un whisky, vidant volontairement la bouteille jusqu'à la dernière goutte. Lorsqu'il eut fini et en réclama davantage, je sortis du placard la bouteille à moitié pleine dans laquelle j'avais dissous la morphine. « J'attends une visite et il ne faut pas que l'on te voie ici, lui dis-je. Tu ferais mieux de partir. Si tu veux boire, prends la bouteille avec toi. » Beau n'avait jamais eu le moindre amour-propre quand il s'agissait d'alcool. Il a mis la bouteille dans sa poche et s'est dirigé vers la porte. Avant de sortir il m'a dit : « Je reviendrai », puis il a disparu.

» Au début j'étais trop ébahie par mon habileté pour penser à rien d'autre. Puis j'ai commencé à avoir des remords. Je ne pouvais distraire mon esprit de l'image de Beau débouchant la bouteille et la buvant. Je me demandais quelles seraient ses sensations lorsque la morphine ferait son effet. Et depuis, je n'ai pas cessé d'y penser.

Lucille se voila la face des deux mains.

– ...Je ne peux plus dormir, Edward. Je n'ai pas dormi depuis cette soirée.

Edward mit la main sur l'épaule de Lucille.

– Pauvre petite! Pourquoi ne me l'as-tu pas dit plus tôt?

– J'avais peur... et honte, aussi.

– Bon, écoute-moi maintenant..., commença Edward brusquement.

On frappa de nouveau à la porte.

– Mademoiselle Lund, s'il vous plaît.

– Pour commencer, continua Edward sans prêter attention au régisseur, je ne pense pas que de la morphine absorbée avec du whisky tue un homme. Il va falloir s'en assurer mais, à mon avis, l'alcool devrait agir comme antidote.

– Alors tu crois que Beau n'est pas mort? s'écria Lucille. Oh, Edward! S'il ne l'est pas, comme je serai heureuse, merveilleusement heureuse! Je ne serai plus poursuivie par ces horribles remords.

– Cette idée que tu es une meurtrière est parfaitement injustifiée, affirma nettement Edward. Maintenant, chérie, je te dis ce que je vais faire. Je vais téléphoner à l'un de mes amis qui travaille à Scotland Yard et lui demander de retrouver les traces de Beau Brittain qui est sorti récemment de prison où il purgeait une peine pour homicide volontaire. Il ne faudra pas plus de quelques heures à la police pour nous dire s'il est en vie ou s'il est mort.

– Oh, Edward! Si seulement il était en vie! Je lui donnerais l'argent. Je ferais tout ce que tu suggéreras pourvu que je ne sois plus condamnée aux terribles insomnies que je connais depuis une semaine.

– Pauvre petite fille! dit Edward, la main posée sur l'épaule de Lucille.

– Tu es un véritable ami, Edward. Je me sens déjà mieux. Ce poids qui m'écrasait me semble plus léger.

– N'y pense plus pour le moment. Va sur la scène et tâche de jouer convenablement. Tu le dois à Randal. Il est terriblement inquiet à ton sujet.

– Je ne peux pas jouer. Je ne fais que penser à Beau. Lorsque tu seras sûr qu'il n'est pas mort, peut-être serai-je différente, mais pour le moment j'ai l'impression d'agir comme un automate. Je peux dire mon texte, je peux faire tout ce qu'on m'a dit de faire, mais il m'est impossible d'exprimer ce que Marlène doit éprouver. La seule chose qui soit présente à mon esprit, c'est que j'ai tué un homme, un homme qu'à une époque de ma vie j'ai aimé et qui fut mon mari pendant trois années.

– Ça suffit! ordonna Edward. Tu vas te rendre malade. Promets-moi de me laisser m'occuper de cette affaire. Je t'assure que rien de ce que tu imagines n'est vrai. Les hommes ne meurent pas si facilement.

– Et s'il vit, qu'allons-nous faire?

Edward lança à Lucille un regard pénétrant.

– Il faut se poser la question, n'est-ce pas?

– S'il est en vie, je divorcerai.

– Ça ne sera pas facile, surtout sans publicité.

– Je sais, mais je le ferai quand même.

– A cause de Randal?

– A cause de Randal.

Les mains dans les poches, Edward marcha jusqu'à la fenêtre. Il observa pendant un moment les immeubles délavés en face du théâtre.

– Je n'avais jamais imaginé que tu épouserais un autre homme que moi.

– Edward! s'écria Lucille sans feindre l'étonnement.

Edward se tourna vers elle, un sourire amer aux lèvres.

– Je n'ai cessé de t'aimer depuis le jour où je t'ai vue pour la première fois. Ne le savais-tu pas?

– Mais tu ne me l'as jamais dit. Tu n'y as même jamais fait allusion.

– Nous nous entendions bien ainsi et étant donné que je croyais être beaucoup plus âgé que toi, il me semblait plus raisonnable de ne pas t'en parler. Mais maintenant, je ne suis plus sûr d'être ton aîné de beaucoup.

– Oh, Edward!

Lucille, les yeux baignés de larmes, se leva et se dirigea vers Edward. Ils se regardèrent pendant quelques instants, puis elle glissa son bras sous le sien.

– Méchant garçon! dit-elle d'une voix assurée. Pourquoi ne pas me l'avoir dit? J'ai dû te blesser si souvent... Tous ces hommes... et maintenant Randal.

– Oui, maintenant Randal, répéta Edward, désabusé.

– Je songeais à devenir productrice le jour où je serais trop vieille pour jouer les rôles qu'on m'a toujours confiés. Randal, jeune auteur dramatique en vogue, voué à un avenir brillant, me semblait être le mari idéal. Mais, bien sûr, je pensais que tu serais à mes côtés car, et tu le sais aussi bien que moi, je ne pourrais rien faire sans toi.

– Vraiment?

Edward sembla satisfait, mais Lucille poursuivit :

– Pourquoi me laisses-tu parler ainsi? dit-elle en se détournant brusquement de lui. Tu essaies de me réconforter. Tu me mens pour me faire oublier que j'ai tué Beau. Je suis une meurtrière, Edward, quoi que tu puisses dire. Comment Randal ou toi, ou n'importe quel autre homme pourrait aimer une meurtrière?

Lucille se laissa tomber sur une chaise et se mit à sangloter. Edward, qui ne l'avait, pour ainsi dire, jamais vue pleurer, s'agenouilla et essuya ses larmes avec son mouchoir.

– Allons, allons, mon ange, ne t'en fais pas...

Soudain, la porte s'ouvrit, laissant entrer Randal.

– Que se passe-t-il, Lu...

Edward se tourna vers lui.

– Lucille n'est pas bien. Elle ne peut pas jouer pour l'instant.

– Mais nous attendons tous. Ecoute, Edward, tu sais combien cette répétition est importante.

Edward se leva d'un bond.

– Je me rends parfaitement compte de l'importance de cette répétition, dit-il lentement, et je mesure aussi combien le succès de cette pièce dépend de Lucille mais laisse-lui du temps. (Puis, baissant le ton de sa voix pour n'être entendu que de Randal, il ajouta :) Et maintenant, sors, jeune imbécile, et laisse-nous seuls!

La journée avait mal commencé et l'atmosphère s'alourdit au fil des heures. Les comédiens étaient vivement contrariés par le retard de Lucille. Ils rongeaient leur frein et lorsque, enfin, Lucille fit savoir qu'elle était prête, il fut difficile de dissiper les orages qui menaçaient.

Les émotions que Lucille venait d'éprouver l'avaient laissée sans énergie. Elle interpréta son rôle machinalement, sans commettre d'erreurs mais faisant de Marlène un personnage tellement dépourvu de vie et de caractère que l'on se demandait pourquoi *Aujourd'hui et Demain* avait été écrit.

– Puis-je vous parler, mon garçon? dit à Randal le directeur du théâtre au milieu de l'après-midi. Cette pièce sera le plus grand four que ce théâtre ait jamais connu. Je ne dis pas que c'est votre faute. C'est celle de cette sacrée star. Vous voulez un conseil? La prochaine fois, laissez-la devant les caméras : il faut des tripes pour monter sur une scène!

Il ne servait à rien de contredire le directeur. Il disait

la vérité. C'était bien des tripes qu'il fallait pour interpréter le rôle de Marlène. Or, Lucille, en ce moment, n'avait rien dans le ventre...

Enfin la répétition générale se termina. Tous avaient la même opinion, des comédiens qui jouaient les rôles secondaires et qui critiquaient à voix basse, au directeur du théâtre que l'on entendait marmonner dans les coulisses.

Tandis que les membres de l'orchestre enfilaient leurs manteaux et se hâtaient vers la sortie des artistes, Randal entendit un musicien prononcer ces paroles de mauvais augure : « Trois semaines. » Bruce, les cheveux dressés sur la tête comme s'il avait vu un revenant, invita les comédiens à venir répéter le lendemain matin.

– C'est inutile, tout le monde est fatigué, dit-il. Mais il faudra revoir toute la pièce demain avant la représentation. Je ne vous dirai rien de plus maintenant, je pense que vous savez tous ce qui ne va pas.

Bien sûr, ils le savaient tous. Mais pas un d'entre eux ne pouvait proposer de remède. Ils se contentèrent de regarder Lucille qui quittait la scène, sans dire un mot et se dirigeait vers sa loge.

Randal s'apprêtait à la suivre, mais soudain il changea d'avis. Il en avait assez vu. Il était fatigué, il avait faim et il était découragé. La pièce serait un fiasco et il n'y avait rien qu'il pût faire pour l'éviter. Il prit son manteau et son chapeau. Au moment où il sortait, il rencontra Edward qui entrait. Ce dernier avait un large sourire sur le visage.

– Alors, mon vieux! Comment cela s'est-il passé? demanda-t-il à Randal.

– Il n'y a qu'une manière de qualifier cette répétition : complètement nulle.

Randal prononça ces dernières paroles avec hargne comme pour soulager sa colère. Puis il s'éloigna d'un pas rapide sans attendre la réponse. Il eut l'impression d'entendre son nom, mais ne se retourna pas. Tout en marchant, il pensait qu'il en voulait autant à Edward qu'à Lucille. Il souhaitait n'avoir jamais écrit une pièce aussi ambitieuse que *Aujourd'hui et Demain.*

Tandis qu'il roulait vers son domicile sous la pluie, Randal imaginait qu'il remettait à plus tard la première. Il pourrait persuader Lucille de dire qu'elle était malade ou prétendre que la mise en scène n'était pas au point. Peut-être ferait-il mieux de trouver une excuse, aussi incroyable fût-elle, plutôt que de laisser les critiques l'éreinter demain soir et ruiner sa réputation d'auteur.

Plus il y songeait, plus il était déprimé. En montant dans l'ascenseur, Randal se demanda pourquoi Sorella n'était pas revenue au théâtre. Il regrettait maintenant qu'elle eût été absente. Peut-être aurait-elle trouvé une solution. Elle l'avait bien aidé quelques jours auparavant.

Randal ouvrit la porte de son appartement avec le sentiment qu'on avait mal agi envers lui. Il était blessé que Sorella et Hoppy l'eussent délaissé tout l'après-midi alors qu'il aurait eu besoin de leur présence. En particulier, il attendait de Sorella des conseils pratiques et pleins de bon sens, bien qu'il fût incapable d'expliquer pourquoi il croyait une enfant à même de résoudre des problèmes d'adultes.

Hoppy était dans son bureau lorsque Randal pénétra dans le hall. Il entendit le déclic du téléphone indiquant la fin d'une communication. Il retira son manteau, le posa sur une chaise et, se retournant, vit Hoppy debout dans l'embrasure de la porte de son bureau.

Il allait lui demander ce qu'elle avait fait pendant tout l'après-midi lorsque quelque chose dans l'expression de son visage l'alarma.

– Qu'est-ce qui ne va pas?

– Avez-vous vu Sorella?

– Non, bien sûr que non. N'est-elle pas ici?

– Ne l'avez-vous pas vue au théâtre? J'ai téléphoné

et on m'a répondu qu'elle n'y était pas, mais je pensais qu'elle vous avait peut-être parlé.

– Non, je ne l'ai pas vue. Mais qu'y a-t-il? Que s'est-il passé?

– Venez au salon, dit Hoppy.

Il était chaud et confortable avec ses rideaux rouges tirés et le feu de bois qui brûlait dans la cheminée. Des sandwichs et des boissons étaient disposés sur un plateau d'argent placé sur la table.

Mais Randal avait oublié sa faim, et cédait au sentiment de panique qui montait en lui.

– Qu'est-il arrivé à Sorella?

– Oh, Randal! Je suis inquiète, horriblement inquiète et tout est ma faute. Je ne me pardonnerai jamais, si quelque chose est arrivé à cette enfant.

– Mais de quoi parlez-vous? demanda Randal avec colère. Qu'a-t-il pu lui arriver? Où est-elle?

– Je vais tout vous expliquer depuis le début, dit Hoppy d'une voix épuisée.

– Racontez-moi tout ce que vous voulez mais, en premier lieu, dites-moi où elle est.

– Elle est partie.

– Partie? Mais où et pourquoi?

– C'est précisément ce que j'essaie de vous dire. Oh, Randal! Je n'arrive pas à comprendre comment j'ai pu être aussi bête.

Randal prenait conscience petit à petit de la douleur de Hoppy. Aussi poursuivit-il d'une voix plus douce :

– Dites-moi tout à votre manière, mais d'abord je vais vous servir à boire. Vous avez l'air si abattue.

– Je suis terriblement inquiète. Je n'ai aucune idée de l'endroit où elle a pu aller.

Randal remplit un verre.

– Buvez, ordonna-t-il. Et maintenant, dites-moi ce qui s'est passé.

– Vous veniez de partir pour le théâtre, ce matin, et j'étais en train d'écrire quelques lettres avant de sortir pour vous rejoindre. Norton m'annonça qu'un homme désirait vous voir. J'allai dans le hall et j'y trouvai un homme d'un certain âge, de petite taille. Au premier coup d'œil, je devinai que c'était un homme de loi. Il en avait toute l'apparence.

» " Monsieur Gray est au théâtre, dis-je. C'est la répétition générale de sa nouvelle pièce dont la première a lieu demain. " " Une nouvelle pièce? demanda le petit homme. Je n'en savais rien. Comme c'est intéressant! Ma femme a vu une pièce de M. Gray à Leeds et l'a beaucoup aimée. "

» " Que puis-je pour vous? " demandai-je. Il sembla hésiter. " Vous êtes la secrétaire de M. Gray, je suppose? " dit-il enfin. " Oui. Sa secrétaire particulière et de confiance. " Ma réponse sembla l'encourager. Il jeta un coup d'œil vers Norton qui attendait et je compris qu'il voulait me parler seul à seule.

» Je le fis entrer dans le bureau et je fermai la porte. " Eh bien, en quoi puis-je vous être utile? " demandai-je avec un peu d'impatience car il me tardait de me rendre au théâtre. " Je suis venu pour demander à M. Gray s'il pouvait me donner des nouvelles de Mlle Sorella Forest qui était, je crois, en sa compagnie lorsque le père de la jeune fille a été tué dans un accident d'avion? "

» " Oui, bien entendu. Sorella vit ici pour le moment. " " Bien, bien " (le petit homme sembla ravi). " Je crains que vous ne pensiez que nous sommes très négligents, poursuivit-il, de ne pas être entrés en contact avec elle plus tôt mais, pour parler franc, je n'ai appris ce qui s'était passé que récemment. Je ne lis que le *Times* et je devais être particulièrement pressé le jour où le décès de M. D'Arcy Forest y était annoncé car je ne l'y ai point vu. Enfin, mieux vaut tard que jamais. Je suis impatient de voir Mlle Forest car j'ai de bonnes nouvelles pour elle. "

» " De bonnes nouvelles! m'exclamai-je. Serait-ce indiscret de vous demander ce dont il s'agit? " " Pas du tout, répondit le petit homme. L'étude que je représente est exécutrice du testament de feu M. Bathurst qui, comme vous le savez sans doute, était le grand-père de Mlle Forest. " " Je l'ignorais, dis-je, mais j'espère qu'il lui a laissé un peu d'argent. "

» " Ça n'est pas une somme très importante, répondit mon interlocuteur, elle s'élève à environ huit cents livres sterling. Mais je suis sûr qu'elle sera très bien accueillie par la jeune fille qui ne s'attendait certainement pas à hériter de ses ascendants du côté maternel. " " Pour quelle raison ? " demandai-je. Le petit homme me regarda avec un léger sourire.

» " Feu Mme Forest rompit tout lien avec sa famille lorsqu'elle s'enfuit du domicile paternel pour épouser un comédien. M. Bathurst était un homme très puritain qui pensait que celui qui montait sur les planches courait droit à sa perdition. Il changea son testament, immédiatement après le mariage de sa fille, la privant de tout droit. Il léguait tout à son fils, mais ce dernier fut tué à la fin de la dernière guerre. "

» " Ce fut un terrible choc pour le vieil homme. Il eut une attaque peu après, dont il se remit, mais qui avait altéré profondément sa santé. Aussi, six mois avant de mourir, refit-il son testament. Il ne laissait pas beaucoup d'argent, mais il était bien décidé à ce que pas un *cent* ne tombât dans la poche de D'Arcy Forest qu'il haïssait toujours autant que le jour où il était parti avec sa fille. "

» " Aussi rédigea-t-il un testament stipulant que son héritage ne devrait être versé à sa petite-fille que lorsqu'elle aurait atteint l'âge de dix-huit ans et à la seule condition que son père fût décédé. Le reste de son argent fut versé à un fonds de financement de bourses d'études destinées à des étudiants appartenant à des collèges de Leeds et des alentours, et ce en mémoire de son fils. " »

Hoppy respira profondément. Puis elle continua son

récit, faisant part à Randal de la joie qu'elle avait éprouvée en apprenant cette nouvelle.

» " Huit cents livres sterling! s'était-elle écriée. Sorella sera enchantée mais, bien sûr, elle ne pourra pas toucher cette somme avant quelques années. Serait-il possible qu'on lui en versât une partie d'avance afin de financer ses études? "

Son interlocuteur avait semblé perplexe.

» " Je ne comprends pas " avait-il répondu.

» " Eh bien, cette enfant est absolument sans argent, avait expliqué Hoppy. Son père ne lui a rien laissé. Il semble qu'il n'ait été propriétaire que de ses vêtements. M. Gray se sent responsable de Sorella et il est tout à fait prêt à la garder ici. Mais il me semble qu'une jeune fille de cet âge aimerait avoir un peu d'argent personnel. "

En réponse, l'homme avait retiré ses lunettes et avait sorti des documents de la serviette qu'il avait à la main.

» " Non, je ne me trompe pas, avait-il dit après avoir regardé attentivement ses documents. Mlle Forest a eu dix-huit ans il y a six semaines. "

» " Dix-huit ans! s'était écriée Hoppy. Mais nous ne parlons sûrement pas de la même personne. "

» " Je crois néanmoins que si, avait-il répondu. La jeune fille dont je parle est bien Mlle Sorella Forest, fille unique, autant que je sache, de M. D'Arcy Forest, autrefois comédien, et de Mme feu D'Arcy Forest, née Margaret Bathurst, autrefois danseuse de ballet. J'ai ici le certificat de naissance, établi à Manchester, où Mlle Forest est née. "

» " Dix-huit ans! Je ne peux pas le croire. " »

Et pourtant, elle avait dû se rendre à l'évidence. Elle comprenait mieux, maintenant, la personnalité ambiguë de Sorella.

Hoppy avait alors téléphoné au théâtre, demandant à Sorella de rentrer immédiatement.

Tout en attendant la jeune fille, elle avait commencé

à envisager les conséquences que la révélation de l'âge véritable de Sorella aurait sur le comportement de Randal : elle s'était aperçue de l'intérêt qu'il lui portait et, après sa rupture avec Jane, elle avait craint que celui qu'elle considérait presque comme un fils ne lui échappât.

Le mariage de Jane avec Randal lui avait toujours semblé être une solution avantageuse pour lui. Cette union impliquait qu'il disposerait de la fortune de lord Rockampstead et qu'il aurait une femme comptant parmi ses relations et ses proches amis les personnalités les plus importantes du royaume.

Il était toujours apparu essentiel à Hoppy que les portes de la haute société, aussi bien que du monde du théâtre et du cinéma, lui fussent ouvertes. Elle l'aimait et, par conséquent, elle voulait qu'il eût tout pour réussir. Or, Jane pouvait lui donner tout ce qui lui faisait encore défaut. Et alors que Jane et Randal étaient secrètement fiancés et que seule la nécessité de ménager Lucille retardait l'annonce officielle de leurs fiançailles, Sorella était entrée en scène et avait brouillé toutes les cartes!

Hoppy ne craignait pas que Randal considérât sérieusement Sorella comme une adulte. Mais il était attaché à cette petite et aimait bien l'avoir auprès de lui. Or, quelle femme pourrait le supporter? Jane avait déjà dit clairement son opinion à ce sujet et pourtant elle n'était pas jalouse. Hoppy n'aurait pas osé lui attribuer des sentiments aussi vulgaires. Mais au lieu de donner tout son temps, tout son amour à Jane, Randal en gardait une partie pour la petite fille abandonnée qu'il avait ramenée chez lui après le tragique accident dans lequel il avait tué son père.

Si seulement D'Arcy Forest n'avait pas été tué, avait pensé Hoppy, ils auraient été loin à l'heure actuelle. Personne ne se serait préoccupé d'eux et ils seraient sortis de la vie de Randal aussi vite qu'ils y étaient entrés. Mais D'Arcy Forest était mort et Sorella était bien en vie.

Hoppy se rendait compte de la joie que Randal éprouvait à être en compagnie de l'enfant. Ce week-end à Queen's Hoo lui avait fait prendre conscience qu'il existait une très grande affinité entre eux. Au théâtre, pendant les répétitions, même s'il n'était pas assis à côté d'elle, elle s'était rendu compte qu'il demeurait toujours conscient de sa présence. Lorsque la scène se déroulait bien, Randal jetait un regard vers Sorella comme s'il cherchait son approbation et lorsque ça n'allait pas, il la regardait aussi, comme s'il quêtait une suggestion.

Tous ces instants révélateurs étaient revenus à la mémoire de Hoppy d'un seul coup : elle revoyait le visage de Sorella s'éclairer à la vue de Randal et la lueur brillant dans le regard de ce dernier; dès que Randal franchissait le seuil de l'appartement, Hoppy l'entendait appeler Sorella. Le cri de joie de la jeune fille répondait alors immédiatement et on pouvait les entendre entrer au salon en conversant sur un ton empressé et intime.

Lorsque Hoppy avait été témoin de ces marques d'affection réciproque, elle les avait ignorées, les considérant comme sans conséquence. Mais maintenant qu'elle connaissait l'âge véritable de Sorella, elles représentaient un danger pour le bonheur de Randal.

Lorsque la jeune fille était revenue du théâtre, elle était entrée immédiatement dans le bureau où attendait le clerc de notaire. Pendant un instant, Hoppy s'était dit qu'elle se trompait et qu'elle était ridicule.

Sorella avait une allure tellement juvénile dans sa robe verte à col rond et à manches courtes! Il ne lui manquait que le cartable pour avoir l'air d'une écolière! Mais, tandis qu'elle écoutait attentivement le clerc, l'absence étonnante d'expression sur son visage au moment où on lui apprenait la vérité sur son âge et sur ses droits à l'héritage de son grand-père, avait révélé à Hoppy qu'elle n'était plus une enfant.

Elle leur avait paru très jeune à cause de sa petite taille et de la finesse de ses traits. La fragilité de son corps leur avait fait croire exactement ce que D'Arcy Forest voulait faire croire.

Peut-être aussi Sorella avait-elle joué inconsciemment le rôle que l'on attendait d'elle : la jeune enfant que D'Arcy pouvait utiliser pour extorquer de l'argent à des femmes stupides, la jeune fille de quinze ans qui avait dupé Randal et Hoppy.

Pourtant, elle avait beaucoup changé en quelques semaines, pensait Hoppy. Et, cependant, ils n'avaient pas été ébranlés dans leur conviction d'avoir affaire à une enfant.

Combien de fois Randal n'avait-il pas dit que tout l'art de la comédie était de croire au rôle que l'on jouait! Sorella avait cru à son rôle ainsi que toutes les personnes avec lesquelles elle était entrée en contact.

Hoppy avait senti son cœur battre plus vite en apprenant son âge véritable. Tout serait différent maintenant : c'était une adulte, presque une femme...

Elle avait été prise de panique. Elle avait laissé Sorella raccompagner seule le clerc jusqu'à la porte et lorsque la jeune fille était revenue, calme et posée, mais avec une lueur dans le regard qui trahissait sa joie, Hoppy lui avait dit d'une voix dure :

– Vous avez donc dix-huit ans.

– Oui, n'est-ce pas merveilleux? Je m'étais toujours sentie trop mûre pour l'âge que l'on me donnait. Il me semblait que je savais certaines choses que j'aurais dû ignorer et je ne rencontrais jamais d'enfants avec lesquels me comparer. Je me souviens du jour anniversaire de mes cinq ans. Il y avait cinq bougies sur le gâteau. Je devais, en réalité, en avoir huit car j'ai su compter à partir de cette époque.

» Je me souviens d'avoir dit une fois à papa :

“ J’aurai neuf ans la semaine prochaine ”, et il m’avait répondu : “ Pour l’amour de Dieu n’en fais pas tant d’histoires. Nous ferons croire que tu as sept ans. ” Il essayait toujours de me rajeunir mais lorsque nous étions seuls je l’obligeais à dire la vérité, enfin ce que je croyais être la vérité. Maintenant, je me rends compte qu’il a été plus intelligent que moi. Il m’avait déjà rajeunie de trois ans!

– Je n’arrive pas à comprendre comment nous avons pu être trompés au point de vous donner un autre âge que le vôtre, avait dit Hoppy avec aigreur.

– Je suis si petite! Je n’arrive qu’à l’épaule de Randal.

Hoppy avait alors encore durci sa voix.

– Eh bien, maintenant que vous avez dix-huit ans, nous ferions bien de faire des projets pour votre avenir car vous ne pouvez plus rester ici.

– Pourquoi?

– Parce que nous savons que vous avez dix-huit ans, ma chère enfant. Vous ne pouvez pas être innocente au point de ne pas comprendre que la réputation de Randal est en jeu. Il lui était déjà difficile de faire admettre qu’il gardait une fille de quinze ans sous son toit, mais une de dix-huit!

Hoppy avait levé les yeux au plafond avec une expression d’horreur.

Il y avait eu un moment de silence, puis Sorella avait demandé :

– Vous pensez vraiment que je peux faire du tort à Randal?

– Bien entendu. Les gens sont si heureux de voir le mal partout! Nous devons aussi tenir compte de Jane. Je préfère ne pas penser à ce qu’elle dira en apprenant la vérité, d’autant plus qu’elle m’a déjà confié, il y a longtemps, que vous ne devriez pas être ici.

– Jane a dit ça?

– Oui, absolument, avait répondu Hoppy d’un ton tranchant.

» Mais je lui ai expliqué que Randal se sentait responsable de vous et que ça n'avait guère d'importance si vous ne restiez que jusqu'à leur mariage. Que vais-je lui dire, maintenant? Vous nous mettez dans une position très inconfortable.

Elle s'était soudain interrompue comme si une pensée avait traversé son esprit.

– J'espère seulement que Randal ne se croira pas obligé d'être chevaleresque!

Au moment même où elle avait prononcé ces paroles, elle avait souhaité ne les avoir jamais dites.

– Vous voulez dire qu'il se pourrait qu'il se sentît obligé de m'épouser?

– Non, je n'ai évidemment rien pensé de la sorte. C'est bien trop ridicule.

Mais c'était trop tard. L'idée était née et toutes deux en étaient profondément conscientes.

– Au moins, j'ai vingt-cinq livres à moi, avait dit Sorella d'une très petite voix.

– Le clerc vous a-t-il donné cette somme?

Sorella avait fait signe que oui.

– J'avais l'intention d'acheter des cadeaux pour chacun.

– La meilleure chose que vous puissiez faire est de trouver un endroit où habiter. Je crois qu'il y a une chambre libre au dernier étage de mon immeuble. Vous devriez y courir et vous adresser au gardien. Il vous renseignera tout de suite.

Hoppy n'avait pas voulu être méchante. Elle n'avait pris en considération que l'intérêt de Randal. Au fond d'elle-même, elle savait parfaitement que la découverte de l'âge de Sorella modifierait l'attitude de Randal, mais elle refusait de l'admettre. Elle fuyait la vérité, s'évertuait à reculer le moment où il lui faudrait reconnaître que la vie de Randal n'était plus la même depuis l'arrivée de Sorella.

La jeune fille était sortie du bureau et avait fermé la porte derrière elle. Très en colère, Hoppy avait commencé à taper à la machine quelques lettres sans importance. Elle se sentait incapable, pour le moment, d'aller au théâtre.

L'entrée de Norton dans le bureau lui fit prendre conscience de l'heure qu'il était.

– Déjeunez-vous ici, mademoiselle? avait-il demandé. La cuisinière croyait que vous étiez déjà partie. Elle m'envoie vous dire que si vous voulez il y a du ragoût de mouton pour le personnel.

– Non, merci, Norton. Je n'ai pas faim. Mais j'aimerais bien une tasse de thé, si c'est possible.

– Je vous l'apporte tout de suite, mademoiselle.

Norton allait sortir de la pièce lorsqu'il s'était retourné pour dire d'un ton détaché :

– Je suis vraiment désolé au sujet de Mlle Forest. Nous la regretterons tous.

– Oui, sans doute, avait répondu Hoppy. (Puis elle avait ajouté rapidement :) Que voulez-vous dire? Mlle Forest a-t-elle trouvé un logement?

– Elle n'a pas dit où elle allait, mademoiselle. Elle a réuni quelques affaires que j'ai portées jusqu'à l'ascenseur. Elle n'a emporté que ce que sa valise pouvait contenir. " Dites à M. Gray d'envoyer mes autres affaires à l'endroit où il a envoyé celles de mon père, m'a-t-elle dit, ils en feront un bon usage. " Puis elle m'a donné une livre, mademoiselle.

» Je n'osais pas accepter car j'ai toujours su que Mlle Forest n'avait pas de fortune, mais elle a insisté. " Merci beaucoup pour tout ce que vous avez fait pour moi, Norton ", m'a-t-elle dit en me tendant la main. Je ne sais pas pourquoi, mais je me suis vraiment senti très triste en la voyant partir.

– Mais où est-elle allée? Elle a dû laisser une adresse.

– Pas à moi, mais je pensais que vous le sauriez, mademoiselle. Pour vous dire la vérité, je pensais que vous n'étiez pas là, étant donné que vous deviez aller au théâtre dès ce matin.

– Elle a dû laisser un message pour moi ou pour M. Gray.

Hoppy avait couru à la chambre de Sorella. Il n'y avait plus rien, à l'exception de deux robes que Sorella avait choisies en sa compagnie. Les tiroirs étaient vides et elle ne trouva aucun message.

Elle était restée quelques instants immobile, frappée de stupeur, puis elle s'était précipitée sur le téléphone. Elle avait appelé le gardien de son immeuble : « Une demoiselle Forest, à la recherche d'une chambre, s'est-elle présentée ? » Non, le gardien ne l'avait pas vue. C'est alors que Hoppy avait pris conscience de toute l'horreur de son geste.

Elle était bien trop honnête pour essayer de se disculper en trouvant de mauvaises excuses. C'était elle qui avait mis Sorella à la porte et c'était à elle de faire part de cette terrible nouvelle à Randal.

Hoppy termina son récit d'une voix faible et entrecoupée. Elle s'assit, tremblante, sur une chaise. Elle avait été, sans aucun doute, en proie à une terrible tension nerveuse tout l'après-midi. Elle avait téléphoné dans tous les endroits où Sorella était susceptible d'avoir été vue, même dans les magasins où elle était allée en sa compagnie.

Mais, tout en le faisant, Hoppy savait que c'était inutile. Elle avait très bien compris que Sorella avait laissé ses robes parce qu'elles ne pouvaient plus lui aller. Elles appartenaient à une époque révolue. Elle allait s'acheter de nouveaux vêtements, qui pouvaient convenir à une jeune femme de dix-huit ans.

Hoppy, soudain, cacha son visage dans ses mains.

– Je n'ai aucune idée de l'endroit où elle a pu aller. J'ai réfléchi, réfléchi, Randal, mais en vain.

Randal ne dit rien. Le récit de Hoppy avait été fait avec un tel accent de sincérité qu'il ne doutait pas qu'il fût vrai. Il mesurait dans toute son étendue la douleur qui avait été infligée à Sorella et il comprenait sans doute mieux que Hoppy pourquoi elle était partie.

C'était uniquement par amour pour lui. Elle était prête à tous les sacrifices, pour sauvegarder sa réputation et son bonheur.

Randal s'assit, songeur. Il se leva soudain d'un bond et courut à la fenêtre dont il tira les rideaux. Il voulait contempler l'obscurité du parc, le scintillement des lumières sur l'avenue comme il avait si souvent vu Sorella le faire.

Il comprit alors que s'il ne devait jamais la revoir, sa vie n'aurait plus de sens et se rendit compte de tout ce qu'elle représentait pour lui. Il sut d'un seul coup qu'elle était celle qu'il avait toujours cherchée et tant attendue.

Son pèlerinage touchait à sa fin, il était au bout de sa quête. Pendant un instant, la révélation de ce miracle le laissa muet et pétrifié. Il sentit une joie immense envahir son cœur et, tout à coup, se rappela que Hoppy, pâle et tremblante, attendait qu'il parlât.

Il se tourna vers elle et lui dit, avec une expression de douceur et de bonté qu'il n'avait jamais eue et que seul expliquait son amour pour Sorella :

– Ne vous faites pas de reproches, Hoppy. Vous ne pouviez pas savoir puisque je ne vous avais jamais dit, pas plus qu'à Sorella d'ailleurs, que je l'aime de tout mon cœur. Je l'aime comme je n'aurais jamais cru possible qu'on pût aimer quelqu'un et, si elle veut bien de moi, je l'épouserai.

15

Hoppy fondit en larmes. Randal la vit s'abandonner sans retenue au chagrin, ses cheveux gris en désordre et ses épaules secouées par les sanglots. Contenant un instant son émotion, elle releva la tête et dit d'une voix étranglée :

– Je suis désolée, Randal, je ne savais pas. Je ne comprenais pas.

Elle était très laide lorsqu'elle pleurait et ce fut sa laideur plus que son chagrin qui frappa Randal. Il éprouva soudain une vive affection pour elle. Il savait combien elle l'aimait et comprenait enfin que tous les projets qu'elle avait faits pour lui ne lui avaient été dictés que par cet amour quasi maternel.

– Ne pleurez pas, Hoppy. Il faut que vous m'aidiez. J'ai besoin de votre aide plus que jamais.

C'était la seule formule qui pût permettre à Hoppy de rassembler ses esprits. Elle tira un mouchoir de sa poche, essuya énergiquement ses yeux et se moucha bruyamment.

– Que voulez-vous que je fasse?

– Il faut que nous retrouvions Sorella. Mais il y a quelque chose que je dois faire auparavant.

– Quoi donc?

– Je dois mettre de l'ordre dans ma vie. Il me reste à régler quelques détails avant d'en avoir fini avec le passé.

Il se dirigea avec résolution vers le téléphone.

– Randal, qu'allez-vous faire? s'écria faiblement Hoppy.

Il décrocha le récepteur et, avant de composer le numéro, se tourna vers sa secrétaire. Il avait une expression résolue sur le visage.

– Je vais enfin agir avec honnêteté, Hoppy. Quand je reverrai Sorella, j'aurai les mains propres.

Il composa le numéro. Hoppy le regardait faire, impuissante. Mais ses premières paroles lui firent l'effet d'un coup de fouet.

– Je voudrais parler à Mlle Lund.

Elle se précipita sur Randal et, masquant le microphone de la main, dit à voix basse :

– Etes-vous fou, Randal? Si vous dites maintenant à Lucille que vous aimez Sorella, elle est capable de tout. Il se peut qu'elle refuse de jouer, qu'elle ait une crise de nerfs, qu'elle rentre aux Etats-Unis à la minute même. Attendez jusqu'à demain soir. Pour l'amour du ciel, attendez!

Avec douceur mais fermeté, Randal écarta Hoppy.

– Vous ne comprenez pas. Je me comporte en goujat depuis suffisamment de temps. (Sa voix soudain changea :) Est-ce toi, Lucille?

Hoppy s'éloigna sans un mot et claqua la porte derrière elle.

– Allô, Randal?

– Lucille, il faut que je te dise quelque chose...

– Moi aussi, j'ai quelque chose à te dire, l'interrompit Lucille. Oh! Randal, je suis vraiment désolée de m'être si mal comportée pendant toute la semaine. J'étais inquiète, horriblement inquiète et, chéri, je ne me souviens plus très bien de ce que j'ai dit ou fait. Il faut que tu me pardonnes.

– Oui, oui, bien sûr, Lucille, dit Randal avec impatience. Je voulais te dire...

Mais Lucille parlait trop rapidement et il ne pouvait arrêter le flot de ses paroles.

– Un jour, Randal chéri, je te dirai tout ce que j'ai souffert et peut-être alors comprendras-tu... Sache seulement que maintenant tout est changé. Je jouerai de mon mieux ta pièce qui est vraiment merveilleuse.

Une voix chuchota derrière elle. Elle s'interrompit une seconde.

– Edward dit que je n'ai pas l'air assez désolé mais, crois-moi, je le suis profondément. Mon étrange comportement n'était dû qu'à une terrible inquiétude. Tu sais, je croyais qu'un de mes très grands amis était mort, mais il ne l'est pas. Il est bien en vie et en prison.

– En prison?

Randal ne comprenait pas ce que Lucille voulait lui dire. Il aurait voulu parler de lui mais pour l'instant, il lui était impossible de placer un mot.

– Oui, en prison, répéta Lucille en riant. C'est un curieux motif de réjouissance, n'est-ce pas? Mais je croyais qu'il était mort et, au lieu de cela, il a été simplement mêlé à une bagarre parce que quelqu'un avait cassé la bouteille de whisky qu'il avait sur lui. Après avoir assommé le malheureux imprudent, il a cassé la figure d'un policier qui était intervenu. Il semble que ce soit un crime monstrueux en Angleterre! Aussi mon pauvre ami a-t-il été condamné à deux ans de prison. Deux ans! Mais j'en suis très contente, oui, très contente!

Lucille parlait comme une folle. Randal comprit qu'il ne pouvait rien faire d'autre que tomber d'accord avec elle.

– Eh bien, je suis très content aussi puisque ça te rend heureuse. Mais, écoute un intant, Lucille. J'ai quelque chose à te dire qui peut-être te fera de la peine.

– Rien ne peut me rendre malheureuse maintenant.

– Je l'espère. La vérité, Lucille, est que je suis amoureux. J'aime Sorella et, si elle veut bien de moi, je l'épouserai.

Il y eut un silence, puis Lucille dit lentement :

– Tu vas épouser Sorella... mais comment le pourrais-tu? Ce n'est qu'une enfant.

– Elle a dix-huit ans. Nous nous trompions sur sa date de naissance. Mais maintenant nous savons la vérité et je vais l'épouser.

Il dit ces paroles d'un ton de défi et s'attendait à ce que la tempête éclatât. Mais, de façon surprenante, la voix de Lucille resta calme.

– Ainsi... on s'était trompé sur son âge... C'est assez amusant que tu veuilles épouser une si petite chose.

– Eh bien, c'est le cas, dit Randal, très décidé. (Et il ajouta d'une manière plus diplomatique :) J'aimerais que tu sois la première à me féliciter, Lucille... bien sûr à condition que Sorella m'accepte.

– Ne lui as-tu pas déjà demandé?

– Pas encore.

Il allait ajouter qu'il ne savait pas où elle était mais s'en abstint. C'était une histoire trop longue et compliquée pour être racontée au téléphone. D'autre part, il était impatient de se lancer à sa recherche. C'était plus important que tout le reste.

Il avait enfin fait son devoir en avouant la vérité à Lucille. Il savait qu'il n'aurait pas pu se présenter devant Sorella encore souillé par tous ses mensonges des semaines précédentes.

Pour la première fois depuis longtemps, Randal pouvait se regarder en face sans dégoût. Toutefois, la réaction de Lucille était très différente de ce qu'il attendait.

– Je te souhaite d'être heureux, dit-elle enfin. J'ai cru pendant très longtemps que nous devions nous marier, mais maintenant je n'en suis plus si certaine. En fait, je ne crois pas que je me marierai. Pas avant quelques années, en tout cas.

Elle se mit à rire tout en parlant et Randal eut l'impression d'être tenu à l'écart d'un complot.

– Il faut que je te quitte, dit-il d'une voix pressée. Tu es un ange, Lucille, de prendre la chose aussi gentiment.

– A demain, chéri, et tu sais, tu seras très fier de moi. Je ferai de ta pièce le plus grand succès de la saison.

– Merci, Lucille.

Randal reposa le récepteur. Il pouvait à peine croire qu'il avait pu dire à Lucille que tout était fini entre eux sans qu'elle protestât. C'était si étonnant que, pendant un instant, il pensa avoir rêvé. Il ne pouvait expliquer ce comportement inattendu que par l'intervention d'Edward. Sans doute avait-il raisonné Lucille ou l'avait-il persuadée que sa carrière était plus importante que le mariage.

Quelle que fût la cause de son attitude, Randal était

très soulagé. Il avait toujours eu horreur des relations sentimentales qui se terminaient par des pleurs et des reproches.

Il s'était libéré d'un des liens qui l'empêchaient de partir à la recherche de Sorella, mais il n'était pas encore totalement libre.

Il savait qu'il n'avait jamais vraiment aimé Jane. Mais il avait voulu l'épouser et, pendant une courte période, il l'avait réellement désirée. Maintenant, il avait honte non seulement de lui-même, mais aussi pour elle, en pensant à la facilité avec laquelle elle lui avait offert son corps quelques jours auparavant.

Il souhaitait de tout son cœur ne l'avoir jamais connue. Il s'en voulait de s'être laissé convaincre de l'épouser par Hoppy et d'avoir été séduit aussi aisément par la vie pleine de fastes et de mondanités que Jane menait. Il avait été ébloui par le Cercle magique comme l'eût été n'importe lequel de ces adolescents qui font la queue au théâtre devant l'entrée des artistes.

– Je suis enfin devenu un adulte, pensa Randal tandis que la sonnerie du téléphone retentissait chez Jane.

Le maître d'hôtel répondit et pria Randal d'attendre quelques instants. Une minute plus tard, il entendit la voix de Jane.

– Allô, Randal?

– Oui, c'est moi, Jane.

– Oh, Randal, Randal chéri! J'étais justement en train de penser à toi.

– Jane, je veux te parler... es-tu seule?

– Oui, oui... mais qu'y a-t-il? Quelque chose de grave est arrivé?

– Oui, Jane. Il est arrivé quelque chose.

– Est-ce au sujet de la pièce?

– Non, tout va bien en ce qui concerne la pièce, répondit Randal, conscient qu'il n'aurait pas pu faire cette remarque avec autant d'assurance une demi-heure plus tôt.

– Je m'en réjouis. Je croyais que Lucille avait encore fait des siennes.

– Non, ce que j'ai à te dire n'a rien à voir avec Lucille.

– Avec qui alors?

– Sorella.

– Sorella?

– Oui, nous ignorions sa véritable date de naissance. Elle a dix-huit ans.

Après un court silence, Jane dit :

– Je m'en étais doutée. J'avais toujours pensé qu'elle n'avait pas l'âge qu'elle prétendait avoir.

– Même elle ignorait son âge. Elle croyait en toute candeur ce que son père lui avait dit. Nous n'avons découvert la vérité qu'aujourd'hui.

– Et alors?

Le ton coupant de Jane fit comprendre à Randal qu'elle avait deviné ce qu'il allait lui annoncer.

– Je regrette de te blesser, Jane, dit-il après un silence. Sans doute as-tu déjà compris que j'aimais Sorella. Je veux l'épouser.

Il y eut un silence, un silence interminable. Puis Jane prit la parole :

– Je l'avais compris le soir où je suis venue chez toi à l'improviste et où je vous ai trouvés tous deux en train de bavarder joyeusement. J'avais eu le sentiment de vous importuner. Oui, ce jour-là, j'ai compris...

Il y avait tant de tristesse et de déception dans sa voix que Randal ne put retenir son émotion.

– Ne dis plus rien, Jane. Ne dis plus rien.

Mais Jane continua sans prêter attention à ses prières.

– Et pourtant, j'ai été assez stupide pour croire que je pourrais te garder. C'est la raison pour laquelle je me suis donnée à toi l'autre soir. Après ton départ, j'ai compris que j'avais échoué. Je croyais que c'était ma dernière chance. C'était idiot, n'est-ce pas?

– Je suis désolé, Jane. Je regrette de te faire du mal mais ce serait encore pis de continuer à faire semblant. Tu trouveras un mari bien meilleur que moi. Le fils d'un directeur de banque de Worcester ne peut pas vraiment se sentir à l'aise dans le monde auquel tu appartiens. Tu le sais autant que moi. Mais ne dénigrons pas le bonheur que nous avons eu ensemble. Je te serai toujours très reconnaissant des joies que tu m'as données. T'en souviendras-tu?

– Oui, Randal, j'essaierai. Peut-être cela m'aidera-t-il un peu à affronter l'avenir. (Et soudain la voix de Jane s'étrangla.) Adieu, chéri... adieu.

Elle raccrocha : un simple déclic et tout était fini. Randal se sentit honteux comme il ne l'avait jamais été. Il se méprisait et se haïssait d'avoir eu à infliger à Jane une souffrance qu'elle ne méritait pas.

Toutefois, il ressentait un immense soulagement. Il était enfin libre!

Il alla jusqu'à la cheminée. Combien de fois avait-il vu Sorella assise devant l'âtre, son petit visage tourné vers le sien avec, dans le regard, une expression profonde et sérieuse. Quel sot il avait été pour ne pas comprendre immédiatement à quel point elle était unique, combien elle était différente des autres femmes qu'il avait connues.

Elle était entrée dans sa vie d'une façon si inattendue et dans des circonstances si étranges, enfant misérable et sans famille, n'appartenant à aucun milieu social, que l'on pouvait admettre qu'au début il ne se fût pas rendu compte de ses qualités inestimables. Cependant, il pensait maintenant qu'il fallait être aveugle pour ne pas s'en être aperçu.

Lentement, insensiblement, elle avait joué un rôle de plus en plus important dans sa vie, si bien qu'aujourd'hui l'appartement semblait vide et mort sans elle et Randal pensait qu'il ne pourrait jamais retourner à Queen's Hoo sans l'avoir à ses côtés.

Il était en train de réfléchir à ce qu'il devait faire pour la retrouver lorsque Hoppy entra. Elle était pâle, ses yeux étaient rouges et gonflés. Elle avait une expression inquiète.

– Entrez et asseyez-vous, Hoppy, dit Randal amicalement.

Elle lui obéit. Ses mains tremblaient.

– Tout est en ordre, Hoppy, dit-il avec un sourire réconfortant aux lèvres. Lucille m'a promis qu'elle ferait de la pièce le plus grand succès de la saison. Donc il n'y a plus lieu de vous inquiéter à ce sujet.

– Et Jane?

Randal évita de croiser le regard de Hoppy.

– Je suis désolé pour elle.

– Hélas! j'y suis pour beaucoup, commença Hoppy.

Mais Randal l'interrompit.

– Tout cela appartient au passé. N'en parlons plus. Nous n'y pouvons rien. Il y a beaucoup de choses que je regrette, Hoppy, et dont je suis même honteux. Mais ce qui est fait est fait. Je ne peux rien effacer. Et maintenant, il faut retrouver Sorella.

– Oui, mais comment?

– C'est ce que je me demande.

– Si seulement j'avais pu me taire! murmura Hoppy.

– C'est fait et c'est irréparable, dit rapidement Randal. Nous devons nous le rappeler en toutes circonstances, Hoppy. Seul l'avenir compte.

– Mais où a-t-elle pu aller?

– Si seulement elle avait de la famille ou des amis, dit en soupirant Randal.

– Elle n'a personne d'autre que nous, chuchota Hoppy d'une voix presque inaudible.

Randal mesura tout ce qu'impliquaient ces paroles. Ils avaient tous deux manqué à leurs devoirs envers la jeune fille. Bien qu'il pensât à Sorella comme à une enfant, Randal n'oubliait pas qu'elle était une femme. Mais, pensait-il, peu importe qu'on parle d'elle comme d'une enfant, d'une jeune fille ou d'une femme car elle est les trois à la fois.

« Où a-t-elle pu aller? » Randal arpentait la pièce comme si cela pouvait l'aider à trouver une réponse.

– Nous pourrions demander à la police de nous aider, suggéra Hoppy.

– Non, sauf en dernier recours. Sorella ne supporterait pas d'être poursuivie et interrogée. D'autre part, j'ai le sentiment que c'est à moi qu'il appartient de la retrouver. Je sais que cette idée peut sembler absurde et romantique, – le Prince Charmant des contes de fées! –, et pourtant, je crois que c'est ce que désire Sorella. J'ai passé tant de temps à côté d'elle que je devrais savoir où elle est allée.

» Vous savez, Hoppy, si les rôles étaient inversés, Sorella saurait où me trouver. Elle est toujours si sûre d'elle, elle devine si facilement la vérité. Quels que soient les problèmes auxquels elle se trouve confrontée, elle découvre le moyen de les résoudre. Et parce que je l'aime, je dois être maintenant capable de la retrouver. Comprenez-vous?

Tout en l'écoutant, Hoppy eut un serrement de cœur. Pendant toutes les années où elle avait travaillé avec Randal, elle ne l'avait jamais vu ainsi. Elle se sentit soudain très fière de lui. Elle avait un homme nouveau sous les yeux, qui faisait tout son possible pour être honnête, droit, sincère et bon.

– Je dois retrouver Sorella, continua Randal. Je suis sûr que dans tout ce qu'elle m'a dit je peux découvrir un indice susceptible de me mettre sur la voie. (Il se dirigea vers la porte .) Je sors!

– Où allez-vous?

– Je ne sais pas. Je vais marcher en réfléchissant. En errant par les rues j'aurai peut-être une idée. Ne vous inquiétez pas pour moi. Rentrez chez vous et mettez-vous au lit.

Hoppy ne répondit pas. Au lieu de rentrer chez elle, elle activa le feu et s'assit devant. Elle avait froid et se sentait vieille.

Elle n'avait pas été digne de Randal, pas plus que toutes ces femmes qui l'avaient aimé. Elles ne lui avaient demandé que ce qu'il pouvait donner très facilement. Randal avait tant de talent, de qualités et de charme qu'il était difficile de se rappeler qu'il était capable de se montrer bien supérieur à la moyenne. C'est en cela que Sorella avait été différente des autres.

Elle n'avait jamais flatté Randal et avait toujours obtenu qu'il donnât le meilleur de lui-même. Elle ne lui avait inspiré ces nobles attitudes que parce qu'elle avait en elle-même une égale grandeur. Décidément, pensait Hoppy, un lien spirituel irremplaçable unissait leurs âmes.

Hoppy comprenait maintenant que, comme Randal, elle avait été aveuglée par la richesse de Jane et le prestige de sa position sociale. Elle avait cru qu'elle pourrait beaucoup apporter à Randal. Mais maintenant elle comprenait que ce que lui apporterait Sorella avait bien plus de valeur.

Avec humilité, Hoppy reconnaissait son échec et souriait en pensant à l'avenir. Randal et Sorella seraient très heureux; ils découvriraient un monde nouveau, réaliseraient ensemble des projets ambitieux.

« Je les y aiderai », pensa Hoppy qui s'endormit, un sourire aux lèvres.

Elle se réveilla en sursaut quelques heures plus tard. Le feu était éteint. Elle avait froid. Elle bâilla, frotta ses mains l'une contre l'autre, puis regarda l'heure.

Il était 3 heures du matin. Elle se demanda si Randal n'était pas rentré pendant qu'elle dormait. Elle regarda dans le hall. La lumière y brillait toujours et le manteau de Randal n'était pas accroché à la patère. Son cœur se serra à la pensée que Randal errait encore par les rues de Londres, en proie sans doute à une très grande tristesse.

Pourquoi ne pas prévenir la police? Elle trouverait certainement Sorella bien plus facilement que Randal.

Mais en même temps, Hoppy se souvint qu'il était parti à la recherche de Sorella comme à la croisade, que c'était pour lui la fin de ce pèlerinage dont il avait parlé avec tant d'enthousiasme et d'émotion.

Elle devait rentrer chez elle. Elle ne pouvait rien pour Randal. C'était une épreuve qu'il devait subir et réussir seul. Se sentant fatiguée et impuissante, Hoppy enfila son manteau, noua un foulard sous son menton et sortit dans la nuit.

Elle était de retour à l'appartement à 8 heures et demie le lendemain matin. C'était une heure plus matinale que celle à laquelle elle avait l'habitude d'arriver, mais elle n'avait pas pu fermer l'œil de la nuit et savait que le seul remède à son inquiétude était de savoir ce qu'était devenu Randal.

En entrant dans l'appartement, elle rencontra Norton qui avait en main un pantalon couvert de boue.

– M. Gray est-il levé?

– Levé, mademoiselle? Il est tout à fait levé pour la bonne raison qu'il ne s'est pas couché. Il n'est rentré qu'à 6 heures du matin et a dû sonner car il avait oublié ses clefs. Je l'ai trouvé dans un triste état. Regardez son pantalon.

– Qu'a-t-il fait?

– C'est ce que j'aimerais savoir. Il était trempé jusqu'aux os et ses chaussures étaient mouillées comme s'il s'était amusé à marcher dans le ruisseau. J'appelle ça de la folie, si vous voulez connaître mon opinion.

Hoppy ne voulut rien entendre de plus et courut à la salle à manger. Randal prenait son petit déjeuner, un journal déplié devant lui. Il portait une robe de chambre en soie bordeaux avec les revers et les poignets bleu roi. Ses initiales étaient brodées sur l'une des poches. Lorsqu'il l'avait achetée, il avait dit à Hoppy que c'était une tenue indispensable pour un auteur à succès.

Mais, ce matin, il semblait à Hoppy que ce vêtement ne lui allait plus. Il avait l'air très fatigué, ses yeux étaient cernés, mais en même temps, il semblait en meilleure forme et plus alerte qu'il ne l'avait été depuis longtemps. Les traces laissées par toutes ces années de vie confortable avaient été effacées en une nuit.

– Bonjour, Hoppy, dit-il en souriant. Voulez-vous une tasse de café?

– Non, merci. Où êtes-vous allé?

– Je savais que vous alliez me poser cette question, mais je n'en sais rien.

– Mais vous devez bien le savoir.

– Je puis me souvenir de beaucoup d'endroits : l'Embankment (1), Shaftsbury Avenue, St Paul's, le Palais de Westminster... J'ai couvert d'innombrables kilomètres. J'ai pensé, Hoppy, pensé comme je ne l'avais pas fait depuis longtemps et ç'a m'a fait un bien immense.

– Avez-vous deviné où pouvait se trouver Sorella?

– Oui, je crois le savoir.

– Et où pensez-vous qu'elle soit?

– Je ne connais pas encore le nom exact de l'endroit. J'attends l'ouverture des agences de voyages pour m'aider.

– Pensez-vous qu'elle soit partie pour l'étranger?

– Non, j'ai la certitude qu'elle est en Angleterre. Elle m'a souvent dit qu'elle voulait mieux connaître son pays; aussi n'y a-t-il aucune raison pour qu'elle l'ait quitté. Hier soir, en marchant, j'ai essayé de me

(1) Un des quais le long de la Tamise.

rappeler tout ce qu'elle m'avait dit jusque dans les moindres détails. Une remarque qu'elle avait faite au sujet de Marlène m'est d'abord revenue à la mémoire. En parlant du dernier acte de la pièce, elle m'avait dit que si elle se trouvait à la place de Marlène, elle voudrait tout quitter.

» Or, nous savons tous les deux que c'était l'intention de Sorella hier. Elle croyait qu'elle me ferait du tort en restant ici, et elle a voulu disparaître immédiatement. Je suis sûr qu'elle n'est pas restée à Londres.

» Je l'entends encore me parler d'un petit hôtel dans le Yorkshire où elle avait séjourné avec son père. Elle y avait été, me disait-elle, plus heureuse que nulle part ailleurs. Elle passait ses journées dans la lande, étendue au milieu de la bruyère, bercée par le chant des oiseaux. Elle ne s'était jamais sentie seule car elle devinait la présence de Dieu dans la nature.

» Bon, Hoppy, pensez à Sorella au moment où elle est partie, hier. Elle devait être malheureuse ou, du moins, j'ose espérer qu'elle l'était et, à cause de cette tristesse, elle a dû avoir envie de se réfugier dans le seul endroit où elle avait connu le bonheur, le seul lieu au monde où elle s'était sentie proche de Dieu.

– Mais où est-ce, Randal? Où est-ce?

– Tout ce que je sais est que cet hôtel se trouvait dans le Yorkshire et qu'il y avait un vieux moulin à côté.

– Un vieux moulin? dit Hoppy fiévreusement. C'est déjà un indice.

– C'est la raison pour laquelle je vais me renseigner dans une agence de voyages. Ils penseront que je suis fou. Et s'ils ne peuvent pas m'aider, je battrai la campagne du Yorkshire de fond en comble jusqu'à ce que je retrouve cet hôtel.

Il jeta un coup d'œil sur sa montre et se leva d'un bond.

– Les agences ouvrent à 9 heures.

– Randal, laissez-moi y aller à votre place, supplia Hoppy. Vous devez être à la répétition à 9 heures et demie.

– Répétition? répéta Randal. Puis il éclata de rire.

– Pourquoi riez-vous? N'y assisterez-vous pas?

Randal saisit Hoppy par les épaules.

– Ecoutez, Hoppy, et essayez de comprendre ce que Sorella représente pour moi! Je pars à sa recherche. Je n'irai pas à la répétition aujourd'hui ni à la première demain. Je me moque de ce qui arrivera. Je n'ai qu'un sujet de préoccupation : Sorella dont je suis éperdument amoureux.

Randal se pencha et embrassa Hoppy sur la joue tandis qu'elle le regardait bouche bée. Puis il sortit précipitamment de la pièce et s'éloigna en courant dans le corridor avec la vitalité et la fougue d'un jeune homme. Hoppy l'entendit prendre son bain en sifflotant et, quelques minutes plus tard, crier au revoir et traverser le hall à grandes enjambées.

Au moment de partir, Hoppy était sortie sur le pas de la porte et avait demandé :

– Vous connaissez le nom de l'endroit où vous allez?

– On m'a indiqué trois hôtels situés près d'un moulin. Au revoir, Hoppy!

– Bonne chance et que Dieu vous aide! dit doucement Hoppy et elle fit au revoir de la main jusqu'à ce que la voiture fût hors de vue.

A peine était-il sorti que le téléphone se mit à sonner et Hoppy, avec un sursaut de surprise, se prépara à faire face aux problèmes qu'il laissait derrière lui.

Deux heures plus tard, Randal, au volant de sa Bentley, prenait la route du Nord. Un sac rempli de sandwiches était posé près de lui. Norton avait insisté pour qu'il l'emportât, ainsi qu'une valise contenant quelques vêtements de rechange.

Hoppy se rendait compte maintenant que Randal

aimait Sorella comme il n'avait jamais aimé aucune autre femme. Elle ne l'avait jamais vu négliger son travail pour personne.

Bruce Bellingham téléphona à 10 heures pour demander pourquoi Randal n'était pas à la répétition et ne put croire Hoppy lorsqu'elle lui dit qu'il n'irait pas au théâtre.

– Est-il malade ou fou?

– Ni l'un ni l'autre, répondit Hoppy, incapable d'en dire davantage.

Bruce avait raccroché, écœuré. Il n'avait pas été le seul à téléphoner. Le directeur du théâtre, Edward, de nombreux journalistes avaient appelé et tous avaient été pareillement stupéfaits d'apprendre que Randal ne pouvait être touché.

Tandis qu'il se faufilait aussi vite qu'il pouvait au milieu de la circulation dense de la banlieue londonienne, Randal n'avait aucune pensée pour ce qu'il laissait derrière lui. Il avait le sentiment de voyager sur cette longue route qui devait le conduire au terme de sa quête. Il sentait qu'il devait se dépêcher, que chaque instant était précieux.

Il roulait de plus en plus vite, ne pensant qu'à Sorella à laquelle il était impatient de déclarer son amour.

Tard dans l'après-midi, il atteignit le Yorkshire. La lande s'étendait à l'infini et l'air était plus pur et plus frais. Il lui semblait qu'il avait atteint le bout du monde.

Il avait choisi d'aller d'abord à un endroit nommé Bendale Mill. On y parvenait par une petite route serpentant dans la montagne et après avoir franchi plusieurs cours d'eau qu'enjambaient de vieux ponts de pierre semblant trop étroits pour un véhicule moderne. C'était une belle journée. Les collines se paraient de toutes les couleurs de l'automne que la lumière du soleil, sur le déclin, rendait encore plus belles. Randal roulait de plus en plus vite sur la petite route sinueuse. Il ne se sentait pas fatigué et son impatience ne cessait de grandir au fur et à mesure que le jour avançait.

Soudain, il découvrit Bendale Mill. Quelques vieilles maisons étaient blotties autour d'un petit hôtel, la lande s'étendait à l'infini derrière le moulin semblable à la description que Sorella en avait faite.

Il gara la voiture près de l'hôtel et se précipita à l'intérieur. Il dut attendre quelques instants à la réception avant que la propriétaire, une robuste femme aux joues rouges, ne vînt l'accueillir, un large sourire aux lèvres.

– Une demoiselle Forest est-elle descendue chez vous? demanda-t-il d'une voix émue.

– Oui, monsieur. Elle est arrivée hier soir. Vous voulez la voir?

Le cœur de Randal battait si vite qu'il ne pouvait répondre. Il avait tellement redouté une réponse négative. Or, elle était là. Enfin, d'une voix déformée par l'émotion, il dit :

– Oui, j'aimerais voir Mlle Forest. Pourriez-vous me dire où elle se trouve?

– Je l'ai vue monter sur la colline après le repas. Il y a un tout petit sentier qui part du jardin. Suivez-le. On a une vue exceptionnelle du sommet. J'imagine que la jeune dame l'a remarqué.

Déjà, Randal n'écoutait plus. Il s'était précipité dans le jardin et courait sur le sentier. L'hôtelière, souriant d'un air entendu, retourna à sa cuisine.

La pente était raide et Randal était haletant en atteignant ce qu'il crut être le sommet mais, après un replat, la lande s'élevait à nouveau. Il regarda alentour et, ne voyant personne, poursuivit son chemin. La montée était dure et le vent, de plus en plus fort, à mesure qu'il gravissait la pente, retardait sa marche. Après avoir fourni un dernier effort, il parvint enfin au sommet de la colline et aperçut Sorella.

Elle était assise, lui tournant le dos, et contemplait un immense et magnifique panorama de collines couvertes de bruyères; une rivière scintillait sous les derniers rayons du soleil, le ciel bleu apparaissait, par intermittence, entre les nuages.

Randal s'immobilisa. Il avait enfin atteint son but. Son émotion était si forte qu'il pouvait à peine respirer. Il n'osait bouger ni parler de crainte de rompre le charme mystérieux auquel il succombait. Et comme si un fluide leur permettait de communiquer sans se parler ni se voir, Sorella tourna lentement la tête et, reconnaissant Randal, se leva.

Elle resta immobile, attendant qu'il vînt jusqu'à elle. Lentement, pour mieux jouir de cet instant, Randal avança. Lorsqu'il fut à sa hauteur, il s'arrêta et plongea son regard dans celui de la jeune fille. Si cela avait été nécessaire, il aurait fait le tour du monde, pieds nus, pour la retrouver.

Ils se regardèrent en silence puis, d'une voix que l'émotion rendait grave et profonde, Randal dit :

– Sorella, ma chérie! Comment as-tu pu partir et me laisser?

– Je l'ai fait pour ton bien, répondit-elle avec une expression inquiète dans le regard.

Randal ne tendit pas les bras pour l'enlacer car il savait qu'il ne devait pas la toucher avant de lui avoir dit pourquoi il était venu. Toutefois, c'était inutile car ils avaient déjà compris qu'ils s'appartenaient. Néanmoins, Randal, respectueux des traditions, ressentait le besoin de dire à Sorella ce qu'elle avait déjà compris.

– Je suis venu te chercher, Sorella, parce que je ne peux pas vivre sans toi, je t'aime et je veux t'épouser. J'ai dit à Lucille et à Jane que je voulais que tu deviennes ma femme. Chérie, si tu refuses, sache qu'il ne me restera rien sur terre.

Randal attendait avec émotion la réaction de Sorella. Une joie immense l'envahit lorsqu'il vit ses joues se colorer et une lueur de joie naître dans son regard. C'était la naissance d'une aube si belle et si délicate qu'aucune parole ne pourrait la décrire.

Ne pouvant retenir davantage un cri de triomphe, Randal tendit les bras et attira Sorella contre lui.

– Dis-moi que tu m'aimes, Sorella! Dis-le moi, je ne puis plus attendre. Je t'aime, Sorella!

Elle répondit par un sourire. Ses lèvres légèrement entrouvertes conféraient à son visage une telle grâce que Randal eut la conviction qu'elle était la plus belle femme du monde. Elle avait la beauté d'un ange. On aurait pu voir son âme briller à travers la transparence de son corps.

– Je vous aime, Randal, répondit-elle d'une voix grave et sérieuse comme si elle avait prononcé un serment devant l'autel.

– Sorella!

Ses lèvres cherchèrent celles de la jeune fille. Au même moment, le soleil, sur son déclin, perça les nuages et inonda les deux amoureux d'une dernière clarté et d'une douce chaleur qui semblait être une bénédiction venue du ciel.

Randal pressait ses lèvres contre celles de Sorella et goûtait dans ce premier baiser un bonheur presque céleste. Il sentait que la jeune femme éprouvait la même joie et il en était émerveillé.

Il lui semblait qu'aucun autre moment de sa vie ne pourrait être plus beau et plus émouvant que celui-là.

Sorella, ne pouvant résister à son émotion, laissa tomber sa tête sur l'épaule de Randal et il vit des larmes de bonheur dans ses yeux.

– Je t'aime, Sorella, s'écria-t-il de nouveau. Je t'aime. Oh! mon amour chéri, mon adorable amour, dis-moi que tu ne me quitteras jamais plus, que tu es à moi, à moi pour toujours.

– Pour toujours, Randal, dit-elle dans un murmure.

Randal savait que son pèlerinage était fini. Il avait atteint cet absolu qu'il avait tant recherché. Il avait trouvé l'amour et il le garderait pour l'éternité...

Le massacre des innocents (474★)
La découverte, à travers un homme admirable, des souffrances où la guerre jette les enfants.

L'espion aux yeux verts (499★★)
Des nouvelles qui sont aussi les souvenirs les plus chers de Bernard Clavel.

La grande patience:
1 - La maison des autres (522★★★★)
2 - Celui qui voulait voir la mer (523★★★★)
3 - Le cœur des vivants (524★★★★)
4 - Les fruits de l'hiver (525★★★★)
Julien ou la difficile traversée d'une adolescence sous l'Occupation.

Le seigneur du fleuve (590★★★)
Le combat, sur le Rhône, de la batellerie à chevaux contre la machine à vapeur.

Pirates du Rhône (658★)
Le Rhône d'autrefois, avec ses passeurs, ses braconniers, ses pirates.

Le silence des armes (742★★★)
Après la guerre, il regagne son Jura natal. Mais peut-on se défaire de la guerre?

Ecrit sur la neige (916★★★)
Un grand écrivain se livre à ses lecteurs.

Tiennot (1099★★)
Tiennot vit seul sur son île lorsqu'une femme vient tout bouleverser.

La bourrelle - L'Iroquoise (1164★★)
Au Québec, une femme a le choix entre la pendaison et le mariage.

Les colonnes du ciel:
1 - La saison des loups (1235★★★)
"Un hiver terrible où le vent du nord portait la peur, la mort et le hurlement des loups."

2 - La lumière du lac (1306★★★★)
L'histoire de ce "fou merveilleux" qui bouleverse les consciences, réveille les tièdes, entraîne les ardents.

3 - La femme de guerre (1356★★★)
Pour poursuivre l'œuvre du "fou merveilleux", Hortense découvre "l'effroyable devoir de tuer".

Lettre à un képi blanc (D 100★)
La lutte contre la guerre est le combat essentiel.

COLETTE
Le blé en herbe (2★)
Phil partagé entre l'expérience de Léa et l'innocence de Vinca.

DAUDET Alphonse
Tartarin de Tarascon (34★)
Sa vantardise en a fait un héros immortel.
Lettres de mon moulin (844★)
Le curé de Cucugnan, la chèvre de M. Seguin... Des amis de toujours.

FLAUBERT Gustave
Madame Bovary (103★★)
De cet adultère provincial Flaubert a fait un chef-d'œuvre.

FOURASTIÉ Fr. et J.
Les écrivains témoins du peuple (1090★★★★)
De Chrétien de Troyes à Zola, la vie quotidienne des générations qui ont fait la France d'aujourd'hui.

PEREC Georges
Les choses (259★)
Le bonheur est-il lié aux choses qui peuvent s'acheter?

PERRAULT Gilles
Casanova (1279★★★★)
Le plus célèbre séducteur de son temps, un grand écrivain.

RENARD Jules
Poil de carotte (11★)
Sous son ironie facilement amère, que de tendresse pour son père!

ROY Claude
Victor Hugo, témoin de son siècle (1171★★★★)
Le XIXe siècle décrit par le grand visionnaire.

TROYAT Henri

La neige en deuil (10★)
Une tragédie dans le cadre grandiose des Alpes.

La lumière des justes:
1 - Les compagnons du coquelicot (272★★★)
2 - La barynia (274★★★)
3 - La gloire des vaincus (276★★★)
4 - Les dames de Sibérie (278★★★)
5 - Sophie ou la fin des combats (280★★★)
Entre 1814 et 1870, les amours d'une jeune Parisienne et d'un lieutenant du tsar.

Le geste d'Eve (323★)
Les histoires les plus invraisemblables ne sont pas forcément les moins vraies.

Les Eygletière:
1 - Les Eygletière (344★★★)
2 - La faim des lionceaux (345★★★)
3 - La malandre (346★★★)
Dans une famille bourgeoise, l'égoïsme, les appétits et les vices se déchaînent.

La pierre, la feuille et les ciseaux (559★★)
Un rêveur impénitent lutte avec maladresse contre la passion qui le dévore.

Anne Prédaille (619★★)
L'amour étouffant d'Anne dévore aussi bien son père que le jeune Laurent.

Le Moscovite:
1 - Le Moscovite (762★★)
2 - Les désordres secrets (763★★)
3 - Les feux du matin (764★★)
Emigré français en Russie sous la Révolution, il se retrouve exilé à Paris, pris entre deux amours.

Grimbosq (801★★★)
Un architecte français à la cour du tsar Pierre le Grand.

Le front dans les nuages (950★★)
Deux femmes mûres découvrent la vie.

Le prisonnier n° 1 (1117★★)
Nul ne saura qui il est, ainsi en a décidé Catherine II.

Viou (1318★★)
Cette petite fille transforme en lumière la grisaille de la vie.

ZOLA Emile

L'assommoir (900★★★)
Gervaise, courageuse ouvrière, affronte le drame de l'alcool et de la misère.

Germinal (901★★★)
Le mineur Etienne Lantier appelle ses camarades à la révolte.

La terre (902★★★)
Le monde des paysans dans sa réalité terrible et grandiose.

Nana (954★★★)
Une courtisane sensuelle et subversive.

La bête humaine (955★★★)
Elle fonce et tue, telle la locomotive folle...

La fortune des Rougon (1008★★)
«C'était une famille de bandits à l'affût, prêts à détrousser les événements.»

Thérèse Raquin (1018★★)
La déchéance d'une femme soumise à ses sens.

J'ai Lu Cinéma

Une centaine de romans J'ai Lu ont fait l'objet d'adaptations pour le cinéma ou la télévision.
En voici une sélection.
Demandez à votre libraire le catalogue semestriel gratuit.

ANDREVON Jean-Pierre
Cauchemar... cauchemars! (1281★★)
Répétitive et différente, l'horrible réalité, pire que le plus terrifiant des cauchemars. Inédit.

ARSENIEV Vladimir
Dersou Ouzala (928★★★★)
Un nouvel art de vivre à travers la steppe sibérienne.

BENCHLEY Peter
Dans les grands fonds (833★★★)
Pourquoi veut-on empêcher David et Gail de visiter une épave sombrée en 1943?
L'île sanglante (1201★★★)
Un cauchemar situé dans le fameux Triangle des Bermudes.

BLIER Bertrand
Les valseuses (543★★★★)
Plutôt crever que se passer de filles et de bagnoles.
Beau père (1333★★)
Il reste seul avec une belle-fille de 14 ans, amoureuse de lui.

BRANDNER Gary
La féline (1353★★★★)
On connaît les loups-garous mais une femme peut-elle se transformer en léopard?

CAIDIN Martin
Nimitz, retour vers l'enfer (1128★★★)
Le super porte-avions Nimitz glisse dans une faille du temps. De 1980, il se retrouve à la veille de Pearl Harbor.

CHAYEFSKY Paddy
Au delà du réel (1232★★★)
Une terrifiante plongée dans la mémoire génétique de l'humanité. Illustré.

CLARKE Arthur C.
2001 - L'odyssée de l'espace (349★★)
Ce voyage fantastique aux confins du cosmos a suscité un film célèbre.

CONCHON, NOLI et CHANEL
La Banquière (1154★★★)
Devenue vedette de la Finance, le Pouvoir et l'Argent vont chercher à l'abattre.

COOK Robin
Sphinx (1219★★★★)
La malédiction des pharaons menace la vie et l'amour d'Erica. Illustré.

CORMAN Avery
Kramer contre Kramer (1044★★★)
Abandonné par sa femme, un homme reste seul avec son tout petit garçon.

COVER, SEMPLE Jr et ALLIN
Flash Gordon (1195★★★)
L'épopée immortelle de Flash Gordon sur la planète Mongo. Inédit.

DOCTOROW E.L.
Ragtime (825★★★)
Un tableau endiablé et féroce de la réalité américaine du début du siècle.

FOSTER Alan Dean
Alien (1115★★★)
Avec la créature de l'Extérieur, c'est la mort qui pénètre dans l'astronef.
Le trou noir (1129★★★)
Un maelström d'énergie les entraînerait au delà de l'univers connu.
Le choc des Titans (1210★★★★)
Un combat titanesque où s'affrontent les dieux de l'Olympe. Inédit, illustré.
Outland... loin de la terre (1220★★)
Sur l'astéroïde Io, les crises de folie meurtrière et les suicides sont quotidiens. Inédit. Illustré.

GROSSBACH Robert
Georgia (1395★★★)
Quatre amis, la vie, l'amour, l'Amérique des années 60.

GANN Ernest K.
Massada (1303★★★★)
L'héroïque résistance des Hébreux face aux légions romaines.

HALEY Alex
Racines (2 t. 968★★★★ et 969★★★★)
Ce triomphe mondial de la littérature et de la TV fait revivre le drame des esclaves noirs en Amérique.

ISHERWOOD Christopher
Adieu à Berlin (1213★★★)
Ce livre a inspiré le célèbre film Cabaret.

JONES John G.
Amityville II (1343★★★)
L'horeur semblait avoir enfin quitté la maison maudite ; et pourtant... Inédit.

KING Stephen
Shining (1197★★★★)
La lutte hallucinante d'un enfant médium contre les forces maléfiques.

RAINTREE Lee
Dallas (1324★★★★)
Dallas, l'histoire de la famille Ewing, au Texas, célèbre au petit écran.
Les maîtres de Dallas (1387★★★★)
Amours, passions, déchaînements, tout le petit monde du feuilleton "Dallas".

RODDENBERRY Gene
Star Trek (1071★★)
Un vaisseau terrien seul face à l'envahisseur venu des étoiles.

SAUTET Claude
Un mauvais fils (1147★★★)
Emouvante quête d'amour pour un jeune drogué repenti. Inédit, illustré.

SEARLS Hank
Les dents de la mer - 2e partie (963★★★)
Le mâle tué, sa gigantesque femelle vient rôder à Amity.

SEGAL Erich
Love Story (412★)
Le roman qui a changé l'image de l'amour.
Oliver's story (1059★★)
Jenny est morte mais Oliver doit réapprendre à vivre.

SPIELBERG Steven
Rencontres du troisième type (947★★)
Le premier contact avec des visiteurs venus des étoiles.

STRIEBER Whitley
Wolfen (1315★★★★)
Des êtres mi-hommes mi-loups guettent leurs proies dans rues de New York. Inédit, illustré.

YARBRO Chelsea Quinn
Réincarnations (1159★★★)
La raison chancelle lorsque les morts se mettent à marcher. Inédit, illustré.

Editions J'ai Lu, 31, rue de Tournon, 75006 Paris

diffusion
France et étranger : Flammarion, Paris
Suisse : Office du Livre, Fribourg
diffusion exclusive
Canada : Éditions Flammarion Ltée, Montréal

Achevé d'imprimer sur les presses de l'imprimerie Brodard et Taupin
7, Bd Romain-Rolland, Montrouge. Usine de La Flèche,
le 20 décembre 1982
1785-5 Dépôt Légal décembre 1982. ISBN : 2 - 277 - 21402 - 7
Imprimé en France